# 风从故乡来

倪红艳 著

天天出版社

图书在版编目（CIP）数据

风从故乡来 / 倪红艳著. -- 北京：天天出版社，2025.1. -- (新时代优秀散文书系). -- ISBN 978-7-5016-2478-2

Ⅰ.I267

中国国家版本馆CIP数据核字第2025RX1491号

---

**责任编辑**：赵　迎　　　　　　　　**文字编辑**：李克柔
**责任印制**：康远超　张　璞

---

**出版发行**　天天出版社有限责任公司
**地址**：北京市东城区东中街42号　　　　**邮编**：100027
**市场部**：010-64169002

---

**印刷**：成都市兴雅致印务有限责任公司　　**经销**：全国新华书店等
**开本**：880×1230　1/32　　　　　　　　　**印张**：8
**版次**：2025年1月北京第1版　　　**印次**：2025年1月第1次印刷
**字数**：209千字

---

**书号**：978-7-5016-2478-2　　　　　　　　**定价**：69.00元

---

版权所有·侵权必究
如有印装质量问题，请与本社市场部联系调换。

# 序

朱 维

这是一组村庄的年画；

这是一段村庄的秘史。

一曲曲秦腔、一声声乡音，在我的耳际反复回荡。这是我读了即将出版的散文集《风从故乡来》后之感觉。

作者倪红艳，是我们董坊塬上的女才子。我早年的记忆中，她是一个不爱说话的小女孩。印象较深处，有一年春节村里耍地台社火，她扮演扑灯蛾，很显灵巧与可爱。后来，这只扑灯蛾竟然扑进了西北大学；再后来，她又变成孔雀向西南飞了。以前，由于多种原因，我与作者未曾交际，只知道她很优秀，有鸿鹄之志。

在作者笔下，故乡那些熟悉的人物、景物、事物是那么亲切，甚至连每一块泥土、每一丝空气、每一声蝉鸣都是那么温暖。作者童年时虽随父辈们受了不少委屈，流了不少泪水，但在她笔下，对故乡的情感并不是怨，而是无限的爱。

高尔基说：文学即人学。散文可以写人，可以写事，也可以写物。但塑造人物形象，仍是散文创作的重中之重。

在《父亲送我上大学》中，作者没有过多地描写父亲的外形，而是描述父亲的情绪变化。父亲在大学里办手续时情绪兴奋；办完手续后情绪低落；"要我注意这注意那"；然后他哭了；然后"他一步三回头地消失在熙熙攘攘的人流中"。作者用情绪变化塑造人物，与朱自清的《背影》有异曲同工之妙。

《丁家山》中那个小男孩，作者是用行为塑造人物。小男孩似乎连名字都没有，作者只用他的几个行为，一点"鼻涕"，就将一个纯朴、可爱的小男孩刻画得淋漓尽致。《爸婆》中，上炕不脱鞋的爸婆；《木匠》中，担箱子串乡的木匠；《老先生》中，写春联的老先生等人物形象，作者均刻画得形神兼备。

语言是一个作家水准的试金石。"村庄物事"的语言朴实而有质感，厚重而有灵气，既耐读，又耐品。

诗意化的语言：

"腊八，拉开了年的序幕。"（《腊八粥》）

"灯笼，是黑夜里的一盏明灯，它一直照着家乡的村庄。"（《灯笼年年红》）

有画面感的语言：

"一把镰刀、一顶草帽，外加一袋炒面，应该是他们全部的家当。"（《麦客》）

"马家湾就是从大路上朝旁边的坡下弯，一弯连一弯，不知弯了几弯，就弯到了山庄的院子。"（《山之脉动》）

哲理化的句子：

"我想，他的眼神一定穿越了这炎热的夏，想起了麦子的前生。"（《麦香的味道》）

"马家湾很小，小得只有两户人家；马家湾很大，大得养活了一个生产队的人马。"（《山之脉动》）

作者这样的语言，不胜枚举。

作者的散文还有一个更主要的特色，就是以细节取胜。

《社火》中有一段细节描写，表现文先生和海先生给扮演社火角儿的孩子们画脸的过程，细致入微。作者给先生们画脸过程，一连用了沾、扑、坐、叉、板、托、描、站、瞧、画等十个动词，将先生们的神态刻画得细腻而生动。被画脸的孩子只描述"仰着脸一动不动"，主次分明。孙犁先生曾评价贾平凹的早期散文是"细而不腻",我认为作者也是。

作者的散文以风轻云淡的心态,娓娓道来。看似不太重视结构,其实并非,只是不露痕迹罢了。这里以我偏爱的《进城》为例。

"我"从来没有进过城。第一次,"我"随爷爷到镇上买猪娃,以为镇就是城;第二次,"我"随父亲进县城卖麦草、看病,以为县城才是城;第三次,"我"再次进县城参加中考,因为知道得多了,才明白县城还不是真正的城,真正的城在很远的远方。

这是一篇递进式结构的散文,将一个贫困农村的小女孩十分渴望进城之心态表现得浑然天成,余音绕梁。

作者写故乡的系列散文,远非我的解读所能概括,其实更重要的意义在于,作者用她的亲身经历、优美的文笔,为故乡真实地留住了一段历史、一方烟火、一众人物、一缕乡愁以及日渐消失的乡村文化。故乡在,根就在。否则,我们都是游子。

我与作者倪红艳曾经同食一地谷,同喝一泉水。虽职业不同,但故乡相同,情感相通。作者常常一听到秦腔就感动,我也是。她写散文,我写剧本,其实都是表达对故乡的爱。所以,她这次约我作序,我即使自觉水平有限,也不遑多让。如此,谬误难免,聪明的读者自会明察秋毫。

是为序。

2024 年中秋

作者简介:

朱维,男,陕西千阳人。中国戏剧家协会会员、陕西省作家协会会员、陕西省委宣传部重点文艺创作资助作家、宝鸡市有突出贡献拔尖人才。至今已创作剧本五十多部,并有多部作品获奖，其中小戏《九品官上树》、小品《神圣的草地》分别获得第三届、第四届中国戏剧奖·小戏小品优秀剧目奖。小吕剧《村官上树》获第十六届中国群星奖。大戏《清水弯弯》获陕西省第八届艺术节文华剧目奖。

# 目 录

## 乡音不老

秦腔里的乡音 …………………………… 002

社　火 …………………………………… 007

腊八粥 …………………………………… 011

年　味 …………………………………… 013

小院里的暖 ……………………………… 016

灯笼年年红 ……………………………… 019

灯影戏 …………………………………… 022

端午艾香 ………………………………… 026

中秋月圆 ………………………………… 028

麦香的味道 ……………………………… 030

麦　客 …………………………………… 036

拾麦穗 …………………………………… 040

面之情 …………………………………… 043

## 村庄物事

山之脉动 —————————————— 046
泥土成就的村庄 ———————————— 058
那些年的庄稼 ————————————— 064
村庄里的树 —————————————— 071
皂角树情思 —————————————— 075
牛 ——————————————————— 078
游门子 ———————————————— 082
发　事 ———————————————— 084
夏　夜 ———————————————— 086
月光之下 ——————————————— 089
风从故乡来 —————————————— 092
云之魅 ———————————————— 096
柿子里的乡情 ————————————— 098
白杨礼赞 ——————————————— 101
苜蓿的春天 —————————————— 103
春天多少钱 —————————————— 106
秋天的模样 —————————————— 108
蚂　蚁 ———————————————— 111
石　头 ———————————————— 114

## 乡间小路

一路吃喝 ············ 118
与羊为伍的旧时光 ············ 123
小学那些事儿 ············ 126
水的干渴 ············ 132
甜的味道 ············ 135
开水泡馍 ············ 138
半世柴火香 ············ 141
我的冬天 ············ 145
雪在故乡 ············ 148
柳枝拂过童年 ············ 150
自行车的年代 ············ 152
破破烂烂的日子 ············ 155
无书可读的阅读 ············ 157
进　城 ············ 160
活在西安 ············ 166
在勤工俭学的路上 ············ 170

## 情之所至

依依送别情 …… 176
雪　归 …… 179
与母亲一起过国庆 …… 181
母亲的信 …… 183
母亲的花园 …… 185
父亲送我上大学 …… 187
有父母相伴的清明节 …… 189
爷爷的向日葵 …… 191
奶奶的微笑 …… 194
爸　婆 …… 197
妹　子 …… 201
青春之殇 …… 208
木　匠 …… 211
老先生 …… 214

## 醉在故乡

与光阴一起老去的女人 …… 218

静在高崖的风尘里 …………………………… 221

苹果花开 …………………………………… 224

千湖雨韵 …………………………………… 228

夕照书院 …………………………………… 231

梧桐树下 …………………………………… 233

那一湾夏荷 ………………………………… 236


后　记 ……………………………………… 238

# 乡音不老

## 秦腔里的乡音

回家探亲，走进院子，父亲正坐在房檐台抱着"戏匣子"如痴如醉地听着早已听了百十遍的各种秦腔唱段。太阳很暖，父亲愉悦享受的表情，是从骨子里透出的。

我也是喜欢秦腔的，只是对秦腔的喜爱是潜移默化到骨子里的。要叫我说爱秦腔什么，或者秦腔是什么，我一样也答不上来，甚至让我讲一个完整的本戏我也不一定能讲出来。但这并不影响我对秦腔的喜爱，只要听到秦腔的旋律，情绪就会不由自主地高涨起来，生出无端的愉悦，甚至还能跟着唱上一两段戏文。我想这与我小时候经常看秦腔是不无关系的。

在陕西，生于20世纪七八十年代的乡村孩子，可以说是伴随着秦腔长大的。那时候的乡村文化生活，除过偶尔看几场电影，就数一年数次的秦腔演出了，我们叫唱戏。唱戏最多的时节当数农历的正月二月和三伏天的六月七月。一个村子唱戏，十里八乡都会有布告提前贴出来。即使没有布告，消息也会像长了翅膀一样飞去方圆几十里，大抵秦腔的魅力也由此可见。

乡村的秦腔演出，都是有讲究的。记忆中，家乡一年一度的"清明会"尤为出名，每年正月或者二月演出。至于为什么叫"清明会"，我一直没闹明白，后来听老一辈说应该叫"青苗会"，这倒是可以解释得通了。但从我记事起，乡人们一直纯正地叫"清明会"。我以为清明会是为"神"唱的，因为每次清明会唱戏，乡人一定是要请"神"的。至于"神"是什么，我并不明白，而且对乡人们敬重的"神"有一种莫名的惧怕。

清明会由几个相邻的村庄轮流承办。早早地，大队的领导干部就忙活开了，请戏班子、搭台子、办大灶，准备迎神仪式、社火演出……总之事情好像很多。正是因了这忙乱的一切，孩子们是兴奋无比的，跑进跑出看热闹——在刚搭建的戏台子上蹦跳，到临时修建的大灶上蹭吃蹭喝，偶尔会安静地趴在桌子旁看大队文书写戏报。

一场清明会一般三天四夜，第一天晚上"挂灯"开唱，表示清明会正式开始了，请"神"仪式便是在"挂灯"那天下午举行。浩浩荡荡的一路人敲锣打鼓牵着马上山去请"神"，至于如何请的，我并没有跟去看过，只记得请下山来的"神"用红布包着驮在马背上，一个年轻小伙拉着马沿着戏场跑三圈，然后把"神"安放在早已搭建好的"神庙"里。

秦腔开唱后，热闹是无与伦比的。十几个村庄的乡亲们在戏场聚会，戏场上必定是人山人海。来得早的在前面占了好位子，或坐在凳子上，或捡几块砖头当凳子；来得晚的，或站在戏场后面踮着脚仰着脑袋从人缝里往台上瞅，或站在高凳上居高临下看。戏场的秩序是自发形成的，一般情况下都会安安稳稳地看完整场戏，但也有发生"骚乱"的时候，忽地拥前，忽地挤后，又忽地向左，忽地向右，倒成一片，然后在嘻嘻哈哈或者骂骂咧咧的吵闹声中恢复正常。也有乱成一锅粥的时候，这时就会有专门维护秩序的大汉跳出来，如贾平凹在《秦腔》中写的那样："此时便拿了枝条儿，哪里人挤，哪里打去，如凶神恶煞一般"。

孩子们是不专注看戏的，只在戏场跑来跑去看热闹。先是在卖各种吃食的摊位前徘徊，油糕、油饼、粽子、麻花、面皮、豆腐脑……样样让人垂涎欲滴，终究因"囊中羞涩"，流着口水离开。又跑到卖杂耍的摊子前东瞅西瞧，拿起一个个杂耍把玩，直到卖杂耍的不乐意了，才恋恋不舍地离开。

台上的秦腔唱得正欢，戏声通过扩音器在整个塬上回荡，虽然不能激起孩子们看戏的欲望，却觉得很舒畅，于是继续在戏场荡来荡去。荡得实在无聊了，便跑到戏台子的后面，钻进幕布看后台的演员画脸穿戏服。近距离地看着演员梳妆打扮，对他们是充满了羡慕的，觉得他们是那样荣耀。有些脾气好的演员会对着孩子们微笑，或者伸手摸摸孩子们的小脑袋。倘若遇到脾气倔的后台管理人员，孩子们就会被轰出来，作鸟兽散。于是又钻到了前台侧面拉板胡敲锣鼓的乐队后边，瞅瞅拉板胡的，瞧瞧打锣鼓的，看看敲扁鼓的。再看那台上唱戏的，一抬手一投足都在眼前，甩袖舞出的风、踩台弄出的响声，一清二楚，感觉比在前台看戏有趣多了。然而这里更是不可久留之地，不一会儿便会被轰出来。

　　终究又回到了前台，大人们看戏看得正入迷。该玩闹的地儿都玩过了，孩子们便也站在前台看戏了，可终究昏昏欲睡。"老旦本来是我最怕的东西，尤其是怕他坐下了唱……那老旦当初还只是踱来踱去的唱，后来竟在中间的一把交椅上坐下了……我忍耐的等着，许多工夫，只见那老旦将手一抬，我以为就要站起来了，不料他却又慢慢的放下在原地方，仍旧唱。"用鲁迅《社戏》里的这段文字形容孩子们的心情再贴切不过了。这时候，孩子们的耐心已到了极限，只等有个"丑角"出来，逗几段笑才过瘾。正想着呢，就真有个丑角跳出来，唱唱跳跳，说些陕西方言中的调皮话儿，滑稽可爱，于是便一个个跟着笑起来，先前的疲惫神情一扫而光。

　　清明会的高潮在于社火队的巡游。马社火、柳木腿、车社火……都是各个演员扮成不同时代的人物，画着脸，穿着戏服，或骑马，或坐车，或踩着柳木腿绕戏场游行。社火游行时，戏场便沸腾起来了，铿铿锵锵的锣鼓、咿咿呀呀的秦腔混成一片，耳朵听着，眼睛看着，不必分辨什么，只需感受这热闹便是。

白天看戏是小孩子和亲戚们的事，主人家是没有多少时间看戏的，趁亲戚们看戏的时间，主人家得准备招待亲戚的饭菜。平时再怎么节俭，唱戏这几天一定吃得跟过年一样，凉菜、热菜、臊子面是必不可少的。大概下午三点，戏散场了，一个个看戏的人手里提着一串麻花，或一叠油饼，或几个油糕，陆陆续续走出会场，散入各家各户。

秦腔的韵味，应该在晚上，这是我长大一些后看了几场夜戏感悟到的。白天看戏看的是花红柳绿、热闹喜庆和浸润在乡人们心田的纯朴情感，人们在这种氛围里享受着无与伦比的欢愉。夜戏才是真正享受秦腔艺术的盛宴，戏场安静得只有唱腔响彻夜空，久久地在整个塬上回荡。此时人们的情绪都沉浸到戏里去了。秦腔独特的伴奏或急或缓，或密或疏，时而雷霆万丈，时而水流花谢；秦腔独特的唱腔时而深沉哀婉、慷慨激越，时而欢乐明快、刚劲有力，让看戏的人时时处在音乐的水深火热和剧情的跌宕起伏里。一场夜戏下来，演戏的演得酣畅淋漓、浑身舒坦，看戏的看得如痴如醉、意犹未尽，真正是两厢皆大欢喜。

热热闹闹地办完清明会，村庄的喜庆却不会一下就消散。大喇叭时不时放上几段秦腔，乡亲们时不时吼上几句秦腔。孩子们则有更多的时间"研究"秦腔——组织三五个小伙伴排演秦腔。大一点的孩子当"制片"兼"导演"，取了灶膛里没烧完的柴火当画笔描一描眉毛；拿了家里剪窗花的红纸，吐上口水擦口红和胭脂；摘了玉米秆上的缨缨当胡须。至于其他的木棍、树叶甚至柴草都能拿来派上用场。《柜中缘》《三滴血》《拾玉镯》等选段，竟然也被孩子们唱得有腔有调，演得有模有样。

长大后，我倒是很少有机会看秦腔了，因为在外求学，后来到南方工作，秦腔的旋律就停留在儿时的记忆里了。

回家看父亲对秦腔的痴迷，突然潜在心底深处的秦腔情韵被唤醒，于是在网上连续找了好几个本戏完完整整地看了一遍。令我始料不及的是，每一本戏，竟然都会让我热泪盈眶！在这些唱腔里，无论是老生的苍凉悲壮，还是小生的清悦脱俗；无论是小旦的乖巧活泼，还是老旦的浑厚圆润，都让我心生感动，仿佛又回到了关中那个小村子，在戏场上跑来跑去看热闹。

# 社 火

家乡的社火种类很多，马社火、车社火、柳木腿、高芯、地台社火……可谓应有尽有。不管哪种社火都是要画脸谱穿戏服的，都要以锣鼓开道。扮演社火的演员由大队书记和画脸先生挑选，所选孩子大都十几岁，乖巧机灵。画上各种人物的脸谱，穿上各个朝代的戏服，便成了观众眼中的"人物"。

画脸的自然是大队里懂戏文的先生们，他们一般也会成为社火队的队长。我们大队画脸的"角儿"是威望颇高的文先生和海先生。每到画脸时节，先生们面前一字排上五颜六色的颜料碟，先生先是用粉扑沾上粉，在孩子的脸上扑扑扑地打上粉底，然后坐在凳子上，叉开双腿，让孩子站在他的面前，一只手板着孩子的脸，一只手拿着毛笔仔细地画；或者蹲成马步站在孩子面前，一手托着颜料碟子，一手拿着毛笔细致地描，间或站起来，眯了眼睛左瞧瞧右瞧瞧，然后接着画。被画脸的孩子是十分安静的，仰着脸一动不动。旁边围观的孩子则随着先生的毛笔来回移动自己的眼睛，间或哧溜哧溜地吸着鼻涕，好像比画脸的先生还费力。

画好脸，先生根据各个人物的不同脸谱，分发给他们不同的戏服。待一切装扮到位，喧天的锣鼓早就响了起来，小演员们在大家的簇拥下准备出演。

在我十多岁的时候，第一次参加了马社火的表演。那年正月初六早饭过后，村里的大喇叭响了，先播放了一会儿《东方红》，然后开始通知表演社火的演员名字。当听到我的名字时，我心中怦地跳了一下，然后兴奋地跟母亲说我要去表演社火了。母亲看着我微笑，心中应该也是很高兴的，却并不陪我前去。按照通知，我来到了大队办公室，办公室里已经有很多先到的小孩子，文先生和海先生正在给他们画脸。轮到我了，文先生板着我的脸前后左右地看了一遍，便开始给我化装。扑上粉，先生娴熟的毛笔在我的脸上左勾右画，一会儿的工夫，岳云的脸谱便出现在我面前的镜子里——当然我是不认识这脸谱的，只听先生叫我岳云，然后围观的孩子也"岳云岳云"地叫起来。虽然不认识脸谱，却听大人们说岳云是大英雄，心中便得意起来。

等所有的演员化好装穿好戏服，大队的院子里的骡马也都整整齐齐地排好了。我穿着岳云的戏服，双手拿着两个铜锤，被安排骑在一匹白马上，然后先生让我把铜锤双手交叉举在头顶。其他孩子也跟我一样，被安排在各色骡马背上做着不同的动作。一切准备停当，大人们牵着驮着小演员的骡马，锣鼓震天响，社火队伍便浩浩荡荡地出发了。

然而，这马社火的表演着实不那么简单。在这之前，我是没有骑过马的，虽然社火队挑选的都是比较温顺的骡马，我骑在马背上还是战战兢兢。正如我担心的那样，社火队伍出发没多久，我这个看着威风凛凛的岳云便被这匹看似温顺的马儿撂在了地上，当时并无大碍，而且表演的兴致极高，爬起来又让大人扶我上马继续表演。这样走村串户的表演一直持续到下午三点才结束。回家后，才发现脚背竟然肿了，母亲带我找了村里的土郎中，按揉了几日，便在家休息。后来不疼了，只当是好了，其实是骨头错位，留下了小小的后遗症。

虽然受了伤，但表演社火的兴致丝毫不减，第二年，我开始参加地台社火的表演。地台社火一般在晚上表演，有点像唱戏，只是以大地做舞台，只表演不唱曲，最普遍、流传最广的是关公、张飞和三个小旦的组合表演。在铿锵的锣鼓声中，关公舞着大刀趋小步，小旦两手撩起裙边像蝴蝶一样跟在关公后边细步飞舞，俗称"跑旦"，张飞则扮演丑角搞笑。在天寒地冻的腊月里，我和几个小伙伴与大人们共同排练，准备正月里正式表演，并不觉得寒冷。

正月里，社火队走村串户地在很多个村庄表演。冬天的夜晚，大地寂静而寒冷，社火队或踏着厚厚的积雪，或踩着泛白的青霜，爬坡上坎、翻沟越岭，在各个村子穿梭表演。没有月亮的夜晚，伸手不见五指，社火队的队长文先生手拿电筒在前面引路，后面的人依次紧跟，都有些紧张；有月亮的夜晚，一行人的影子映在硬邦邦的大地上，泛着寒光。锣鼓响起时，铿锵的声音在空旷的原野上回响，传遍各个村庄，却让夜更加寂静；锣鼓停歇时，并没有人说话，只听得见每个人的喘息声。

一路的寂静被村庄欢迎的鞭炮声赶走，村庄沸腾起来，早就铺排好的场地灯火通明，来看表演的大人小孩围了一大圈，叽叽喳喳地吵闹着，等着表演开始。随着铿锵的锣鼓声，关公小旦张飞依次上场，关公大刀挥舞，步调不徐不疾；小旦细步飞舞，蹁跹若蝶；张飞铜锤叮当作响，张牙舞爪。来去几个回合，大约一个小时的表演便结束了。社火在农人们的心中是神圣的，所以在表演结束后，总有些人家请社火队到自家院子表演，以祈求平安。在农家小院的表演就简单了一些，打打锣鼓、挥挥道具，便有了驱邪的意思。还有一些乡亲抱了自家的小孩让张飞来抱抱——据说被张飞抱了，小鬼就不敢来纠缠小孩了。这时主人家送上点心表示对演出的感谢，队长也不推辞，便收下了。歇息片刻，队长又带着社火队到下一个村庄表演。这样的表演每天晚上有三四场，直到凌晨一两点才结束，此时我们这些小演员早就打起了瞌睡，走路都迷迷糊糊的，只能被大人背回家。

第二天，每个参加社火队的成员都能收到挣来的点心。领上点心，心中就有了小小的成就感。说是点心，其实也不过一包月饼或者用面粉炸出来的糖果。

社火队里，从画脸先生、演员到服务人员，都是没有任何报酬的——除了前面提到的点心。但每个成员都乐此不疲、一呼百应，那种高涨的热情散发出发自内心的快乐。也许父亲的一句话道出了那个年代人们普遍的单纯心理，那就是"有吃没喝欢乐着"。

## 腊八粥

母亲说，腊八来了。说这话时，离腊八只有两天了。说这话时，我没有意识到已进入腊月。我猝不及防地应了母亲一声："腊八来了呀？"我有些回不过神，自从离开陕西老家到重庆后，腊八不知不觉从我的生活里消失了。母亲的话似乎惊醒了沉睡的我，一丝惆怅涌上心头。腊八，只属于故乡，只属于母亲。腊八，遥远而朦胧。

母亲又说，该喝腊八粥了。嗯，要喝腊八粥了。心中突然有些潮湿，母亲来了，也把节带来了，有家的味道，也有故土的温暖。旧的日子朴素地活泛起来。

那时我还是年年盼过年的孩子，进入腊月，年就在眼前。腊八，是年的门，我站在门外，只等母亲那一锅粥打开门，使我跌入丰足而热闹的年。丰足是我的感觉，匮乏是母亲的现实，她做不出什么花样——一般只有小米粥或者玉米粥。腊八粥并不特别，只是比平时浓稠了些，也许还会有菜相配。菜毕竟是稀缺的，平时大多以盐或者醋调和。

清晨的阳光和着冷从窗格里透进来时，粥的香气叫醒了我。我赖在热炕上并不起。腊八节的粥很多，是喝不完的。母亲在腊八会熬比平时多一倍的粥，她说："腊八粥剩一半，谷子糜子打一石。"我以为年年有余这个说法大概就是从腊八来的。等我走进灶房时，母亲已舀了一大碗粥端在手里，锅里的粥正冒着热气。阳光跟在我身后进了灶房，钻进了粥的热气里，朦朦胧胧，似有细细的颗粒在飞。我知道母亲碗里的粥不是给我们喝的。

母亲端着粥碗出门，先给门神爷"喂"粥，上房的两扇门上，先一年年三十贴的秦琼敬德门神画像已褪了色，画像斑斑点点，纸角东翘西翘。母亲挑起两筷头粥，分别抹在两张画像上，嘴里说："吃饱了好好给咱看门。"母亲又端着粥去房山墙的窑窝，挑一筷头粥抹在土地爷的画像上，说："保佑家里平平安安。"母亲又站在院里咕咕咕地唤鸡，刚才还空落落的院子，一下子又跳又飞地跑出来一大群鸡，咕咕叫着围在母亲脚下。母亲边倒粥边说："鸡吃腊八下疙瘩。"意思是鸡吃了腊八粥要多下蛋。

至此，母亲的腊八仪式算是结束了。母亲并不说这是一种仪式，或者说她并不懂得这算一种仪式，她只是机械地重复祖辈的做法，就如重复生生不息的日子一样。我并不比母亲懂得多，觉得腊八就该这样过，就该是粥的味道。我甚至认为门神土神是吃了粥的，因为到晌午时，画像上的粥明显地少了许多。

当我懂得腊八的真正来历时，我已成年。母亲的腊八，却是契合了腊八真正的内涵。上古时代，腊八是用来祭祀祖先和神灵的，包括门神、户神、宅神、灶神、井神等，通过祭祀仪式，祈求丰收和吉祥。如此说来，母亲是继承了祖先的传统。或者说，传统一直在一辈又一辈人的骨子里，沉静而厚重地繁衍。

腊八一过，年的气息开始在嫁娶与烟火里浓烈起来，人们喜欢在这消闲的季节，贴着年的喜庆决定儿女的终身大事。雪停留在树梢屋顶，呼吸着阳光，吱吱有声，闪着刺眼的亮。孩子们在村庄疯跑，进这家看看新娘子，去那家瞧瞧放鞭炮。热气腾腾的炊烟在农家小院缠绕、上升，穿过男男女女粗糙的面孔，聚拢着庞大的喜悦。腊八，拉开了年的序幕。

母亲已计划好了腊八节的粥，玉米粥，热切的希望里有固守的旧日子似的欢喜。其实，现在喝粥是真正地丰足了，一定有很多菜相配。我的腊八，也许不能一直延续粥的味道，但从此不再缺席。

# 年　味

　　吃过腊八粥，村庄不紧不慢，在人们备年货的节奏里一步步向腊月三十走。人们的忙碌于我们小孩子来说是一种向往，向往各种吃食、向往压岁钱、向往走亲戚、向往放鞭炮……通往小镇和县城的路上，来去匆匆办年货的农人们热火朝天的采购充满热烈的幸福感。猪肉、蔬菜、各种调料及装扮屋子的年画和窗花等，应有尽有。这样的置办一直持续到腊月二十九。在物资匮乏的年代，人们采集的货物其实是有限的，却充满愉悦和满足感。至少于我们孩子来说是这样的。

　　于小孩子们来说，年货中吃的东西当然是最吸引人的。除此之外，年画和窗花自然也很受欢迎。那些精美的年画和窗花，总是让孩子们爱不释手，于是买年画和窗花就成了孩子们最乐意帮大人做的事——当然，也可以用剩下的几分钱买几颗水果糖和一本连环画。母亲是村里的"花把式"，窗花是不用去买的，全是自己剪的，年画却一定是要买几张。于是，我便会带上弟弟妹妹，约上同村的孩子们到乡里的小镇上去赶集。腊月的小镇自然是热闹非凡，各种商品也是琳琅满目。除过买母亲交代的东西，那就是在街上东游西逛看热闹了，一直等到街上开始冷清，才恋恋不舍地回家。因为迟回家，自然少不了家长的几句责骂，但心里仍然是高兴的。

　　等到腊月底，人们似乎更忙了，二十三杀猪，二十四打扫屋子。母亲是极爱美的，腊月里就早早地谋划，用废旧书本和讨来的报纸糊墙。母亲打好糨糊，全家动手，整个厢房从顶棚到脚底，全都糊满。总能记得热乎乎的炕上，母亲刷着糨糊，父亲仰着头糊。母亲用买来的墙围纸绕炕周贴一圈，再在墙纸边沿贴上自己剪的花边。格子窗也是买了雪白的纸糊上，再贴上母亲剪的花鸟虫鱼等各种窗花。厢房就成了一个崭新的天地，美得心里热乎乎的。

腊月里结婚的人颇多，来找母亲剪纸画花的人也颇多，母亲是送走一个又迎来一个，窗花剪了一大堆，枕头画了几摞子。我从这进进出出的乡邻里，就看出了谁家又要办喜事了。果然不几日就能吃到喜酒。

年的高潮是在腊月三十。下午，母亲早早地开始煮肉，整个村子弥漫着肉香。等到肉煮熟了，父亲母亲忙着压肉、做冻肉，用肉汤炖萝卜。我和弟弟妹妹闻香而来，围在锅边看父亲母亲干活。母亲撕了几条瘦肉递给我们，于是一绺一绺撕着吃。

天擦黑，似乎更忙了，先是提上一壶酒，拿上一捆纸钱给先人们上坟，再是回家贴对联。忙着冻着，却不冷着，这年似乎就得在极寒的天气里才能过出热气。

当一家人坐在热乎乎的炕头开始享受一年来最丰盛的美味时，期待的心情达到了极致。因为吃年夜饭时，父亲母亲会给我们每人一角两角的压岁钱——虽然知道第二天或者过几天母亲总会以各种借口把钱拿去买油盐酱醋，但我们仍然会为一时的拥有而兴奋。拿了压岁钱，不知该放到哪儿才安全，这种甜蜜的负担会一直带到梦里。一家人吃着谈着，不知不觉夜就深了。院子里早就堆好了父亲砍来的柏树枝，只等零点燃起篝火。守夜，孩子们是守不住的，大多时候，我是在睡梦中听篝火的燃烧和噼里啪啦的鞭炮声。偶有守着的时候，便是一边烤火，一边放鞭炮，围着火堆一圈一圈地跑着玩乐。

整个正月，人们是快乐而消闲的，走亲访友，看热闹——村里的各种民俗表演会断断续续持续到正月十五，人们继续沉浸在年的气氛里。这种愉悦，是一段日子里醇厚的香甜，要很久很久才渐渐淡去。

## 小院里的暖

腊月二十三，年味越来越浓，整个村庄沉浸在一片喜庆之中。狗儿在院子里东蹿西跳，公鸡站在院门口最高的粪堆上对着太阳打鸣。我拿着一把小剪刀，站在暖阳下刻着窗花。

阳光带着年的喜庆，穿过光秃秃的树梢，照在上房和西房的瓦片上，照在还粘着积雪的柴垛上，整个院子透着冬日暖阳下特有的明亮。院子很安静，安静得只听得见母亲洗刷锅碗瓢盆的叮当声——此时，才吃过早饭。我沉浸在这暖得似乎有些灼热的冬阳里，专心致志地刻着窗花。

当父亲拿着杀猪刀从上房出来时，母亲正端着空猪食盆从猪圈里出来。父亲嘴里衔着自制的粗烟棒，一边叮咛母亲给猪少喂点，一边从旮旯里拿出磨刀石，舀半碗水，蹴在房檐台磨起了刀。磨一会儿，用左手大拇指搭在刀刃上试几下，然后又磨。院子里的寂静在霍霍的磨刀声中瞬间消失，升腾起一种令我愉悦又害怕的气氛。我知道要杀猪了，心里既紧张又兴奋，父亲布着皱纹的脸在烟雾中似透着笑意。

等父亲把刀磨好，三五个早就约好合伙帮忙杀猪的邻居说说笑笑进了院门。父亲一边打招呼，一边起身拿烟。几个男人蹴在房檐台，一边吃烟，一边商量起了杀猪的细节。一阵忙乱后，大门外支起了杀猪的案板和大缸。

母亲已经在灶房忙着烧开水，切萝卜片，弄葱姜蒜。母亲也是黯然神伤的，本来父亲不让母亲早上再给猪喂食，但母亲不忍心,还是给猪喂了最后一顿食。

当父亲他们把嚎叫着的猪抬上屠宰板时,我和母亲都躲进了屋里,听着猪的惨叫,忍不住落下几滴泪。我经常给猪拔草、喂食,有时还给猪挠痒痒。

"怕啥哩,拿盆来接血呀!"父亲嘴里嚷嚷着,终究还是一个男人拿了盆去接。当猪的嚎叫声越来越弱,到最后只有出的气没有进的气时,母亲跑出来拿一张黄纸在猪血里蘸一下,晾在一边,然后迅速拿起桶,把烧好的滚烫的开水一桶一桶倒进预备烫猪毛的大缸里。几个男人把猪抬起来放进开水里上下翻烫。烫一会儿,父亲伸出粗大的手扯一把猪毛说:"行了。"众人便把猪摆到案板上开始拔猪毛。此时我早已加入了看热闹的一群小孩中间。我们一拥而上,七手八脚地帮忙拔猪毛。大人们嫌我们碍手碍脚,总是喊一声:"一边耍去,瞎搅和。"可最终还是让我们瞎搅和着。于是,十几只大手小手噌噌噌地拔毛。

母亲把蘸了血的黄纸烧给灶爷,开始蒸猪血。一切准备就绪,单等猪脖子下锅,母亲也出来看杀猪。此时,案板上已经是一条滚圆白净的"猪"了。才烫过毛的猪并不是浑圆的,拔一阵猪毛后,总有一些皱褶里的毛和污垢清除不干净。于是父亲从猪的腿上切一个小口,然后用一根叫"捅肠"的铁棍子从切口插入,顺着猪皮使劲捅,使猪皮与猪肉剥离。父亲捉了那小切口,搭上嘴,使劲吹。等他脸红颈涨时,瘪着的猪也变得圆滚滚了。这时,父亲拿来割麦子的刃片,刮去拔不掉的毛和污垢。

大人们把白净而浑圆的猪挂上简易的木架,父亲开始剖腹挖内脏。首先是要把猪脖子割下给母亲的,母亲回去煮肉准备招待帮忙的人。小孩子这时是不会散的,一直等到大人们把猪尿脬摘下来给他们,用烫过猪毛的水洗一下,拿一节竹筒把尿脬吹圆,系住口,再用竹棍儿挑着,嬉闹着跑走。狗儿兴奋地在主人身边窜来窜去,眼睛直直地盯着猪内脏,等主人把不要的内脏扔给它，迅速衔起来跑到一边享用。

父亲算是杀猪的把式，常常捉刀杀猪，一刀毙命，但我一次也没见过他杀猪，因为害怕。他剖腹刮肚的手艺我却是见过的，手法娴熟，条理清晰，猪的内脏在他的打理下，一会儿便井井有条了。

当院子里飘出一阵阵肉香时，父亲他们已经手脚麻利地处理好了一切。两片净肉抬到堂屋的桌子上放好，猪头挂到屋檐下，猪内脏挂到墙壁上。母亲端来一盆水，父亲和帮忙杀猪的人说笑着洗完手，坐到热火乎乎的炕头品尝香喷喷的新猪肉。

此时，日已过午，太阳的暖弱了一些，甚至有些干冷。院子里恢复了平静，大公鸡慢悠悠地在院子里踱步，狗儿却不知去向。似乎没有什么变化，又似乎有什么不同，冷着的午后让人有些恍惚。

黄昏来临时，母亲已把烙好的灶干粮献给了灶爷。她点几炷香，烧几张黄表，磕几个头，然后把贴在锅后面墙上的灶爷像撕下来烧掉。以这种方式把灶爷送走，父亲说灶爷住娘家去了。等腊月三十，母亲贴上新灶爷像，正月初一上几炷香，烧几张黄表，磕几个头，灶爷又被迎回来了。

年猪，是为祭灶做了一些贡献的，那血，应该是被灶爷带回娘家了。我望着渐渐暗下来的天，似乎还没从早晨的暖中回过神来。

# 灯笼年年红

对灯笼的记忆,是从母亲在柜上点灯笼开始的。那时我家只有三间西房,隔成了两半。一半住着爷爷奶奶,一半住着爸爸妈妈弟弟妹妹和我。我们住的这半边有一个厢房,厢房里边住人,外边做饭,于是厢房就相当拥挤。进了厢房,靠右首挨窗盘了一张大炕,靠左首挨墙放着母亲陪嫁的箱子,厢房对门靠墙摆放着柜子。这柜面是厢房里最常用的地方,当桌子用。镜子、梳子、煤油灯、洋火及一些小杂耍都堆在上面。

母亲就在煤油灯下给我们点灯笼,点各式各样的灯笼。柜面上放着几支两三寸长的细蜡烛。灯光下,母亲的身影、弟弟妹妹和我的身影挤成一堆映在墙上,又胖又长。摇曳着的身影洇着一种说不出的愉悦。母亲一个灯笼一个灯笼地点,我们姐弟三人趴在柜子边上巴巴地望着,间或说点自己的意见。点灯笼是个技术活,点着的蜡烛伸进灯笼的姿势不正确或者放在灯笼里没栽稳,灯笼就着了,随着几缕细烟,几片纸灰,一个崭新的灯笼便灰飞烟灭了。灯笼被点亮,姐弟三人便依次提着灯笼出门。

此时,村庄已是灯笼的世界,三个一堆五个一团的灯笼在村庄的各个方向闪烁着、游移着。聚集在一处的灯笼,必定是在比谁的更好看,谁的更新奇。瞧,一只鱼灯笼白底红鳞,摇头摆尾、活灵活现地过来了;那一只西瓜灯笼却有着火红的皮儿,在空中欢快地滚着来的;另一只莲花灯笼黄皱褶一层一层,层层向上,像个大大的糖葫芦,正被主人忽上忽下地摇摆;门灯笼最稳重，四方四正，各面门上还画着精美的图案，主人把它放在地上炫耀它的稳当。灯笼越聚越多，鸭子来了，兔子来了，莲花来了……浩浩荡荡的游灯笼队伍让夜沸腾起来。

"游灯，倒灯，猴娃它娘害脚疼……"歌谣响彻夜空，欢乐弥漫整个村庄，孩子们乐此不疲地游串，从村东串到村西，从东家串到西家。一些好客的主人家对孩子们的到来非常欢迎，让我们进屋照照黑暗的角落。游了这家游那家，一些孩子的蜡烛就快燃完了。带着蜡烛的，在大孩子的帮助下换上新的；没带蜡烛的，回家找娘换去了。

和谐的游灯也有被破坏的时候。先是有些小孩的灯笼不知什么原因着火了，紧吹慢打，终究是救不下了，于是没了灯笼的孩子灰溜溜地走掉了。接着，调皮的大孩子专门打灯笼来了。冷不丁地从哪儿飞来一块小石子，扑的一下，游灯队伍中一只灯笼就灭了，于是一个孩子哭着回家找娘去了。不一会儿，就有妇人拉着小孩出来了，满村子嚷嚷："谁打了我娃的灯笼？手要掉呀？"此时游灯笼的队伍已有些乱，耳朵听着叫骂，手里护着灯笼，心里多少有些不美气。

我游过的最霸气的灯笼是兔娃灯笼。那是父亲母亲为我做的，用竹子编成兔子的形状，糊上白纸，再画上兔子的眼睛鼻子，简直像活的。重点是，我的兔子是在地上跑的，父亲用木头做了一个小车，我的兔子就坐在小车上。小车的四个木轮子在地上跑时当当当地响着，老远就知道是我的兔娃灯笼来了。兔娃灯笼很受小孩子们欢迎，我的兔娃灯笼一到，他们便围着看，眼里尽是羡慕之色。竟然到现在都能想起那时才四五岁的我的得意。只是这样出彩的灯笼必遭人嫉妒，不知从哪儿飞来一块小石子，我的兔娃灯笼便没有了颜色，剩下黑乎乎的一团，破了的肚子还扇着风。

做灯笼卖，是父亲母亲为了贴补家用。做得最多的是鱼灯笼，也许因为鱼灯笼好做吧。架子是父亲用竹条编的，分三段，头、尾、身子。头和尾最不好做，一是编织样子不容易，二是中间用来平衡的泥丸有讲究，哪一个方面没做好，鱼儿就不能头尾平衡，自由活动。正月里，初七八父亲母亲就忙活开了，灯笼架子和用来平衡的泥丸不知父亲是什么时候做好的，只记得母亲打糨糊剪纸，用白白的纸糊了鱼身，然后拿了笔画鱼鳞，用红的颜料。一个半弯，又一个半弯，半弯挨着半弯，就有了一片一片的"鱼鳞"，再用绿色的颜料在每个半弯里点上点，就真的"鱼鳞闪闪"了。这样的活在父亲母亲的手下是快乐的，在我眼里也是快活的，于是也帮着画过"鱼鳞"。

卖灯笼也是快活的。父亲领我去乡上的小镇，此时小镇上挂满了各式各样的灯笼，一个个灯笼挂在临时系起来的线绳上，随风摇摆，有些似乎要挣脱束缚跑掉。看着满街的灯笼在小镇的风里摇，心里的畅快饱满得好似要喷涌而出。摆了自己的摊，等着顾客光临，一个个买灯笼的拿起放下、放下拿起，在几个摊子前徘徊，犹豫不决，不知买哪个好。鱼灯笼便宜，两角钱一个，卖得倒也快，看着一个个灯笼被买主买走，我和父亲都喜笑颜开。

灯笼年年红。灯笼，是黑夜里的一盏明灯，它一直照着家乡的村庄。

# 灯影戏

把皮影戏叫灯影戏，我觉得是我们董坊塬上人的智慧。这种戏，就是靠灯成影来演出的。至于幕布上那些"角儿"是什么材质做的，至少我们小孩子是不关心的。我们甚至不关心戏里到底唱了什么，我们喜欢的是热热闹闹的气氛。

每年忙毕，整个村庄是丰满的。家家户户的新麦子装满了麦包，有些还扑出了屋子，堆在家门口。那些麦草垛子则像蘑菇一样一朵一朵见缝插针，生在村庄的各个场上，圆润饱满、新鲜明亮。村庄这时候像个吃饱饭的人，撑着圆滚滚的肚子，不小心就会打个饱嗝。灯影戏就是这时候进村的，不知什么时候，戏棚子已在靠近村庄大路的场里搭了起来。戏棚子很简单，三面围上帆布，形成一个小小的独立空间。

我是听到下午的戏班子唱"自乐班"时跑出来的，此时太阳已偏西，亮晃晃的夕阳和着轻轻的凉风照着戏棚子。戏班子对于村庄来说是熟悉而陌生的，这是隔了一年后的重逢。一年又一年，也许戏班子里少了旧的面孔，多了新的面孔，可是灯影戏对于村庄来说，一切照旧。

"自乐班"的唱腔清脆洪亮，一会儿就布满村庄的角角落落，村里的大人小孩像我一样朝戏棚子拥来。我感觉他们是突然冒出来的，刚才还空荡荡的村庄，一下子就人影绰绰，大人提着小板凳，慢悠悠地一摇一晃，迈着碎步，不急不躁；小孩子跑跑跳跳，风一样刮过来。戏棚子前聚拢了一堆人时，"自乐班"唱得更欢了，扁鼓敲得密集如暴雨，二胡拉得激昂如战马，锣钹拍得响亮如雷鸣……那唱戏的男角儿想必是也唱到了激越之处，脸红颈涨，吼声如狮。一会儿，换个女角儿来唱，唱风突转，细细绵绵，婉转清悦，唱得人浑身如羽毛拂着一样舒坦。

"自乐班"确实就是乐和乐和，只吹吹打打，说说唱唱，并不表演，算为晚上的灯影戏热场。唱上几段，戏班子收了家什，各个成员到派饭的人家吃饭去了。

戏声再一次响起，已是晚上，没有月亮，几颗星星明明灭灭，眨着眼，人们打着手电筒，摸摸索索朝戏场走去。总觉得忙毕过后并没有多少活，但看戏的人们似乎习惯了听到戏声才往戏场赶。从各个村巷里走出来的人听到对方的脚步声才能发现彼此，相互打一声招呼："看戏去呀？""嗯，你也看戏去呀？"于是一同朝戏场走去。此时村庄是十分安静的，高高矮矮的房舍沉在一片黑暗里，沉默不语。戏场上的灯火在黑暗里闪闪烁烁，戏声使村庄的寂静更增加了几分。

戏棚子前已坐着黑压压一片人，从后面看去，一片脑袋在白色的幕布下借了弱弱的灯光圆溜溜地布着——此时，戏棚子前已架好了白色的幕布，灯影戏正唱得热火朝天。一片祥云从右上角飘了下来，一个仙人驾着祥云飞走了；一张桌子摆了上来，一个戴官帽的人唱着秦腔晃动着身影走到桌前；一棵树栽在了幕布上，一个人扛着斧头来了……我并不能看懂戏里演的什么，我只看那一个个影子在幕布上变幻着，人影物影忽大忽小，或和风细雨，纤纤移动，或暴风骤雨，腾挪翻飞。我便想起了父亲在油灯下教我们做手势游戏的情景。父亲用手指的交错变换，教我们把影子映在墙上，于是一只狼吐着长长的舌头探出头；一只兔子摇着耳朵晃来晃去；一把剪刀咔嚓咔嚓铰着挪过来……

于是跑到了戏棚子的侧面，从帆布和幕布之间的空隙朝里看。唱戏的各种声响骤然大了起来，轰轰地朝耳朵里灌。那挑戏的老汉正半蹲着马步，两手各挑一个皮影人，手指不知如何交错运作，幕布上的两个人影便打得不可开交。突然，他张嘴开唱，吼声如雷贯耳。才唱罢，另一个敲扁鼓的接上唱。此时细瞅戏班子里的各个角色，都各执其器，眼睛盯着幕布，专心致志。原来唱灯影戏的角色都是一人担几职，又会乐器又会唱。我想那挑皮影的老汉一定是个人物，他不时会对其他人说几句，于是一会儿这个唱一会儿那个唱。

我正看着戏班子的各色人物各种表现，生出一些联想，突然听到戏场上哈哈的哄笑，又跑到前台去看。原来幕布上的画风已变，一个老婆正在教训他的老汉，各种调皮话倒核桃似的从老婆老汉嘴里蹦出来，惹得看戏的人不由大笑。我也跟着笑起来，这就像秦腔大戏里的丑角戏一样，是最讨孩子们喜欢的。我想我能隐隐约约记得的灯影戏也就是《张三怕老婆》《刘海砍樵》之类的几个丑角戏了。至于其他咿咿呀呀总也唱不完的戏，只是听听热闹，并未认真看过。于是，在很多时候，戏没唱完，孩子们的瞌睡便来了，一个个回家睡觉去了。

对灯影戏的人物，孩子们是感兴趣的，我们趁灯影戏没开演前，跑到戏棚子跟前看挑戏的老汉收拾各个"牛皮人"——皮影。他把晚上要演出的皮影拿出来摆在案板上，拿起这个摆动比画几下，拿起那个左右端详一阵，有时会卸下这个人物的头安装到那个人物的身上，一个一个挂在戏棚子里专门拉扯着的一根线上。那些皮影在线上一颤一颤，影子在光线下拉得老长。一个个皮影人物脸谱和服饰造型生动形象，或纯朴粗犷，或细腻浪漫，或夸张幽默。流畅的雕镂、艳丽的着色，使各个人物生动活泼。后来才知道，皮影的制作是颇费工夫的，一个皮影，从选皮、制皮、到画稿、过稿，到镂刻、敷彩，再到发汗熨平、缀结完成，是经过了复杂而烦琐的程序的。于是对皮影多了一份崇敬。

皮影也是充满诱惑的，那些挂在线上活灵活现的皮影，总让我有伸手去摸一摸的冲动，终究是怕挑皮影的老汉骂，不敢伸手。我却可以长久地盯着皮影看，看皮影的雕刻模样，看皮影的脚手关节构造，看挑皮影的竹扦子。这个倒让挑皮影的老汉有了几分自豪，他不会赶我走，偶尔还会朝我笑一笑。

　　看皮影的时候，我心中已生出许多想法。等唱灯影戏的唱完走了，我便有了事做，找来硬皮纸，画上记忆中的人物形象，用母亲画花的颜料上了色，再用剪刀剪下来。人物的头、手臂、腿等各个关节是分开制作的，头用枣刺与身体连接，便于我做的好几个头形换来换去使用，其他关节用线连接，再在脖颈、双手用枣刺各安上一个长短合适的细高粱秆，像模像样的"皮影"便做成了。那一阵子，古代人物的形象占据了我的整个小脑袋，连包课本的书皮封面都画着各式人物。

　　无论灯影戏曾经如何辉煌，终究已成过往，我儿时记忆中的灯影戏已成为历史的符号。灯影戏，那"一口道尽千古事，双手对舞百万兵"的艺术形象，只活跃在那个人丁兴旺的乡村时代，用它质朴灵动的表演，反映着一代人自足幸福的日子。

## 端午艾香

"端午来了!"端午节前几天母亲就开始念叨了。至于端午有什么讲究,作为小孩子的我并不懂,只知道会有鸡蛋、香包、花线绳儿,于是满心的激动,满心的期待。

每年端午节来临前,母亲就把平时拿去换油盐的鸡蛋攒起来。那些天鸡窝里的母鸡"个个大""个个大"一叫,我们姐弟三个便抢着去收鸡蛋,热乎乎的鸡蛋拿在手里十分舒服。抢到鸡蛋的,双手捧着鸡蛋,小心翼翼地拿去放到草兜里,然后不忘数一数草兜里总共有多少个蛋了。

端午节的早上,饭桌上除了稀饭和窝窝头,多了炒鸡蛋和煮鸡蛋,这顿饭自然也吃得跟过年一样热闹。煮鸡蛋是舍不得一下子吃完的,要装到书包里吃到第二天甚至第三天。

至于粽子,我们很少吃到,有时姑姑姑父为爷爷送端午,便会买粽子来,一般送粽子是五个一串,煮熟的,我们全家六口人是分不过来的。当然大人是不会和小孩子争吃的,母亲会给爷爷两个,我们姐弟仨一人一个。用竹叶包裹成三角形的米粽子透着竹叶和米混合的清香,吃时放在盘子里,抹上蜂蜜当佐料,真是香甜可口。那种滋味,现在想起来还回味无穷。

当然,过端午节最让我们高兴的就是有香包和花线绳儿。母亲是村里的"花把式",过节的头两天,她便会给我们每人缝五六个香包,有鸡狗等动物形象,也有荷梅等花卉样子,似乎世间万物没有母亲不会做的。香包里装了母亲从药铺讨来的香草,一路走过留下一串香味。村里有不会做的来求母亲做,母亲也从未拒绝过。光戴香包是不行的,端午节一大早,母亲会把用五颜六色的线合成的线绳缠在我们的手、脚腕和脖子上,据说是防蛇咬。等过七七四十九天后再取下来挂在荆棘上。至于是什么讲究,我到现在也不明白。

很多年过去了,我仍然能清晰地忆起母亲坐在炕上细致地裁剪、细致地缝香包的情景。她的面前放着针线笸篮,一会儿翻找合适的碎布,一会儿翻找合适的丝线。母亲安详淡定的脸上浮着愉悦的微笑。

艾草是过端午必不可少的东西,农村的田间地头到处都可寻得。几岁的时候,割艾草一般是父亲带着我们一起去。大点了,这活便是我们姐弟三人的了,拿着镰刀,一边戏耍,一边走向田野。到了地里,已有三三两两和我们一样来割艾草的大人与小孩。艾草的香味也在整个田野上弥漫。等我们拿着大小不一的一把把艾草回家,母亲便把一些挂在门上,一些放在窗台上,于是,整个院子里有了艾草的香味。

如今,人们的日子好过了,端午节吃鸡蛋、粽子也不是什么稀罕事了,可香包似乎一直是孩子们拿来对比炫耀的什物,艾草也一直是要挂的。母亲也不再张罗着煮鸡蛋、包粽子了,但只要她身体好,香包还是要做的——现在是做给她的孙辈们了。当然,尽管我们都成年了,在母亲眼里,我们似乎永远是小时候围着她抢香包的孩子。

## 中秋月圆

  北方的天气一直很好,几乎每年的中秋节,都是月明星繁的夜晚。夜幕还没有完全降临,月亮就迫不及待地爬上树梢,把整个四合院照得亮堂堂的,我和弟弟妹妹兴奋地把小方桌、小方凳早早地摆放到院子里,爷爷抽着旱烟,笑眯眯地看着我们"忙进忙出"。

  月亮越爬越高,爬过树梢,上了房顶,把整个院子照得像白昼。除了母亲还在忙碌外,全家人都围坐在院子里的小方桌旁,等母亲端月饼来。并不知道月饼是哪儿来的,只记得每年都有月饼吃。或许是亲戚送的,或许是母亲在大队的代销店买的。母亲拿出月饼,月饼用黄纸包着,外面用细细的纸绳十字交叉绑着。父母把点心放在厢房的柜上,解开绳子,一股淡淡的和着面味的甜扑散开来。月饼的皮已经破散,碎屑散落在包装纸里。母亲从一堆碎屑里捡出完好的月饼,摆在盘子里。每个月饼中间点着一个红点,于是摆放在盘子里的六个月饼看着就像花儿一样了。

  我愉悦的心情不是用语言能描述的。弟弟妹妹的欢快是以小孩子的嬉闹来表达的。爷爷笑眯眯地坐在小桌前抽着旱烟。整个院子的温馨笼罩在月光之下。母亲已经在弟弟妹妹的欢呼声中把月饼摆上桌子——每人一块。我和弟弟妹妹像馋猫一样一人抓起一块啃起来,爷爷和父亲母亲并不急于吃月饼,总是笑眯眯地看着我们在他们看来很可爱的吃相。

  在弥漫着月饼香气的月光下,树荫随着风儿的吹拂,在院子里作起了斑驳的图画。看着大如圆盘的月亮中闪现的阴影，我猜想那一定是河流山川。至于嫦娥玉兔、吴刚和桂花树，我已记不清是从父辈那儿听来的，还是后来在书上读来的。但父亲母亲一定给我们讲过很多故事，有时候是坐在月光下，有时候是躺在月光透进窗子的炕上。父亲是识字的，他有时讲书上的故事，有时讲民间的传说故事。我们总是听不够，听了一个又想听下一个，总是催父亲讲了一个再讲一个。有时父亲的故事还在继续，我们却已进入梦乡。

人到中年后，总把一些回忆弄混，把时空弄混，但心中涌上的暖不曾改变。满天的繁星是实实在在的，它们是月亮最美的装扮，大的小的、明的暗的，布满天幕。爷爷讲的北斗七星也是实实在在的，其他星星便由我们自己想象，看着它们像什么就是什么，而且每人还要"认领"一大堆。幽黑的天幕似笼着一层薄雾，浩瀚深邃。世界似乎很大，大得找不着边际；世界似乎又很小，小得好似只剩下我家的院子。父亲母亲和爷爷不知谈论着什么，我只觉得夜是如此静谧，只听得有虫儿在轻声地叫着。

夜越来越深，丝丝凉意随着夜风袭来，月亮偏西，西边的老屋把院中的月光挡去了一半，全家人收拾东西回屋睡觉。在甜甜的梦乡里，我总能看到圆圆的月亮、香甜的月饼。

## 麦香的味道

毒辣辣的太阳火一样炙烤着大地，阵阵热浪在一望无际的金灿灿的麦田里翻滚，一顶顶草帽在一片金黄里一晃一晃，整个田野博大而空旷，厚实的麦子给了大地厚实的拥抱。我直起腰，揭下头上的草帽当扇子摇，汗水像小溪一样在身上奔流，衣裤可以拧出水。我用衣服袖子擦了擦已经流到眉毛上的汗水，用手理了理贴在额头的头发，又弯下腰大把大把地割起了麦子。

父亲站在地头扯着嗓子喊我喝水，声音随着热浪传到我的耳朵里。

父亲端起装水的瓦罐仰起脖子，畅快淋漓地一阵猛灌，罐还没离嘴，便咳起来，显然是被水呛着了。他放下瓦罐，坐在树荫下用草帽扇着凉快。

我走过厚厚的麦浪，麦芒扫到了手臂上。我端起瓦罐喝了几大口，坐在了离父亲不远的地方。

天空湛蓝湛蓝，透明似的蓝，蓝得像书中描写的海水，一丝云一丝风都没有。父亲眯着眼看着一浪一浪的麦田，两手搭在膝盖上，黝黑的膀子上像在渗油，上面还布着细细的红印子，我这才感觉到手臂上火辣辣地疼，这是麦芒扫刷留下的记号。父亲不说话，仍然望着麦田，眼神有些遥远，汗水浸透了脸上的皱纹。我想，他的眼神一定穿越了这炎热的夏，想起了麦子的前生。

这焦黄的麦子，是从前一年九月一路走来的，那时秋高气爽，夕阳仍然灼热，但金色的光辉令田野有了童话般的光彩。在这金色里，人影绰约，大人们忙着种麦子，小孩子在泥土里嬉闹。父亲从架子车上取下麦种、化肥及各种农具，他给牛套好犁，把犁插在地头，牛乖乖地站在地边眯着眼反刍，上下颚一错一合。父亲往盆子里倒上麦种子，夹在左胳膊下，跨开步子迎着夕阳走，跨两步，用右手抓一把麦种子撒开去，麦粒天女散花般划个弧形，带着夕阳的金色滚落在地里。随着父亲有节奏的抓麦撒麦，一片一片的弧线像泼洒出去的水一样由近及远，到了地的那一头。父亲这时成了一个带金边的人影，影子长长地拉在身后。父亲转过身，影子跑到了他的前面，我看着他渐渐地由远及近，撒着麦种子从地的那头过来了，父亲粗糙而黝黑的面庞又清晰了起来。来来回回，地里滚满了麦粒，在黄褐色的土地上分外显眼。

　　父亲放下盆子，又往盆子里倒上化肥。他拿起鞭杆，捉了插在地头的犁把，啾一声，牛受惊了似的从睡梦中醒来，拉着犁跑起来。我像父亲一样把装了化肥的盆子夹在左胳膊下，跟在父亲身后。父亲身后是翻出来的犁沟，我看着犁铧突突地钻入土里，泥土哗哗地翻向两边。我要往犁沟里溜化肥——父亲是个耕作精细的农夫，他希望每一粒化肥都埋在土里。化肥的气味很不好闻，我抓一把化肥，别过脸，用眼睛的余光看着化肥溜入犁沟。父亲在地里走多少个来回，我就在地里走多少个来回。犁沟布满地块时，太阳已落在山尖，红得像个火球，晕染了半边天。父亲卸下犁，套上了耱，长方形的耱是父亲闲时用荆条编织的。此时父亲没有要我牵牛缰绳，他站在牛拉着的耱上，两手牵着牛缰绳，左右拉扯控制牛行走的方向。耱一排一排挨着抹过，地里的犁沟不见，平平整整一块地带着耱印子，显得蓬松而有厚度。

　　一场雨过后，麦地里有了一层鹅黄的绒毛，那是麦子发芽了！渐渐地越长越绿，最后青绿的麦苗盖住了黄褐的泥土，整个塬上绿意盎然。再后来，麦子在秋里平淡无奇，在冬里寂寂无声,直到第二年春天才揭开雪被子,从僵硬的土层里伸展出来。在这个过程中,我和父亲唯一为麦子做过的事情是送粪,粪土给麦子营养,也为麦子取暖,和雪一样。冬天,一场大雪能让父亲兴奋很久,他揭开厚厚的雪查看麦子的情况,脸上的皱纹里隐忍着淡淡的笑意。"瑞雪兆丰年"对麦子来说绝对是真理。

麦苗迎风见长,在春天透着寒凉的暖阳里努力向上,没几天地里就绿油油的一片。母亲在地里锄草,也锄荠菜,我提着小篮子捡荠菜,也用自己手中的小铲子挖荠菜。此时大片的麦田里人影晃动,这儿一个那儿一个,以同一个姿势保持一个上午或者下午。麦苗透出青草的味道,叶片上闪着春天的光泽。空气里有一层薄薄的雾气,使原野朦胧了一些。

我和一群孩子在麦地里寻找"麦壶瓶"时,麦子已经是半大小子,我感觉我们淹没在麦田里,我们没有麦子高。麦子不但包围了我们,还包围了整个世界,像一片绿色的海洋。麦子嫩嫩的麦芒已初显锋利,却并不扎人,麦粒上还带着白白的麦花,并没真正地结粒。至于"麦壶瓶",它的学名是什么我们都不清楚,我们只看到它混在麦子里别具一格,绿茎红花,颇为好看,那花儿像个小小的粉红色的大口瓶子。我们感兴趣的正是它的花儿,掐一朵,把"瓶口"搭在嘴上一吹,花儿鼓起来,赶紧捉紧口,对准额头一碰,噗一声,花儿就破了。这响声引得小伙伴嘻嘻地笑,然后花儿被放进嘴里吃掉了。花儿有一丝单纯的甜味,我感觉这甜味来自花蕊,花瓣应该是无味的。

我们偷着吃麦粒时,麦子已经半黄。麦穗齐刷刷地排满了田野,整个田野像怀孕的女人。父亲已经往地里跑了很多趟,虽然他知道下镰还有一段时间。我和小伙伴仍然以吃为重,我们无论哪个季节都能在野外找到可吃的东西。我们偷了麦穗烧来吃。一些人找柴火,一些人偷了洋火来,就在大路边上烧着吃。看着麦穗在火里渐渐没了麦芒,渐渐变成"黑麦穗",一股麦子的香味散发出来。几只小手,一人拿几个麦穗用小手揉搓起来,揉揉搓搓、吹吹倒倒。一会儿,每个人手心里便有了一小撮金黄的麦粒。捏着麦粒正蹴在熄灭的火堆旁一颗一颗吃,就听身后一老农如雷的吼声:"你们这些崽娃子!"立起来撒腿就跑。

如今,麦子已经是我和父亲手下的收成,我们都心满意足,在这焦灼的大地上愉快地收着麦子。我和父亲钻进这金灿灿的麦浪,挥舞着镰刀,一把一把的麦穗扑倒在我们怀里,我闻到了一股麦香。

麦子真正的香,是吃了白面馒头和面条才能体会到的。这点对我们这样的穷家来说尤为明显。因为穷,粮食总是缺的,特别缺麦面。那还是20世纪七八十年代,当麦面不够吃的时候,高粱面和玉米面就得掺和进来。但忙毕,才收了新麦子时,有那么一段时间,我们可以一直吃麦面,表示庆祝,也是慰劳。我记得母亲时不时会做臊子面,搭上油汪汪的汤,里边有各种各样的菜。还会有忙毕的亲戚送的黄瓜和蒜薹做的凉菜。那时候,幸福真的像花儿一样。

在吃上新麦面前,我和父亲还得加紧割麦子。所有的农人都得加紧割麦子,说不定一场雨,一年的收成就泡汤了。我记得有一年夏收时节,下了半个月的雨,所有的麦子在地里生了芽,等太阳出来人们拿着镰刀去地里收割时,所有麦穗都带着一层绿。那一年,所有农人吃了一年的芽麦。

大雨有时还会在碾场时突然降落。场里铺满了才收割回来的麦子,蓬蓬松松地晒在太阳下。突然,一阵风吼过,乌云翻滚、电闪雷鸣。风把农人的衣服吹得鼓了起来,头发乱飞,麦草也乱飞,所有一切沉在昏暗里,凌乱不堪。农人手忙脚乱,总想赶在雨前抢一些麦子回仓,终究无能为力,眼看着大雨哗哗地淹没一切。农人手足无措,有些站在屋檐下愣愣地瞅着,不知是在看雨还是看麦,有些就站在雨里,手拿木叉东挑西挑,不知要做什么。也不过几分钟十几分钟，雨过天晴，太阳又挂上了天空，只是场里的麦子已变了模样。运气好的，麦子只是打湿了，太阳出来晒上一两天再碾即可；运气不好的，麦子被冲到了阴沟里，和泥土淤在一起。雨前手足无措的农人这时候反而镇静下来，不气不恼，善后所有工作。

如果不是雨的意外，农人应该是按部就班地碾场。太阳晒得麦子吱吱地炸响，晒得农人肤色焦黑，可农人心里乐着呢。晒到晌午头上，拖拉机便带着石碌碡轰轰地来了，碾场人已碾了几个场，后面还有几个场等着呢。碾场人风风火火把拖拉机开进场里，转着圈碾，草帽遮去了大半的脸，只看着他敞开着的白衬衫印着汗渍，在热风里猎猎地飘飞。空气里有麦子的香味，也有焦灼的热浪，草屑细末飞扬，蓝蓝的天空有些混沌。这终究比牛拉着石碌碡碾场好多了，没有拖拉机时，人们就是用牛拉石碌碡碾场的。隐约记得生产队时，一个大场，几对人和牛拉着石碌碡排着队在厚厚的麦子上转圈。牛戴着竹编的口罩，涎水从口罩缝隙里往下流。人戴着草帽，牵牛缰绳的手里还捉着一把大竹勺，另一只手甩着鞭子。牛尾巴一抬，竹勺立马接上去，一泡臭烘烘的牛屎憋满了大竹勺。一个场不知要碾多久才能碾完。

等人们拿着大木叉翻场的间隙，碾场人停下拖拉机，揭下草帽卷起半边扇扇风，吹吹满脸的麦草末，然后立在场边的树荫下喝碗主人家送来的水。这时候翻场的人被淹没在麦草和灰尘里，随着木叉的一挑一抖，风借了势吹起了更多的麦草末子和灰尘，翻场的人应该已经看不见天了，只是机械地翻挑着。场翻好了，翻场的人迅速地退到了树荫下，碾场人又坐上拖拉机，脚踩油门，轰轰地在场里跑起了圈。

天擦黑，我和父亲已割完了整块地，地里立着或者躺着一个个小麦捆，像一个个小人儿似的，在暮色里沉甸甸的。整个塬上海洋似的麦田已被农人割得七零八落，不再那么整齐耀眼。我走在麦茬地里，脚踝不小心就被麦茬戳破了。父亲正在地里垒麦垛子，他把满地的麦捆子从下至上堆成圆锥形，再给上面做个大帽子，一个像小房子一样的麦垛子就垒起来了。我们已没有时间把所有麦子拉回场里，以这种方式把割好的麦子暂存在地里。

父亲和我摸黑拉着一架子车麦子走在回家的路上。明天后天，还有很多天，我们得收割完所有的麦子，得抢着晴好的天气碾完所有的麦子，晒完所有的麦子。

碾场，与我关系不大。下午碾完场，麦草堆成了麦草垛子，人们等风扬场，我和小伙伴在场里光着脚板玩"偷西瓜"。我们把所有伙伴的鞋子脱下来，三个四个鞋跟在下，鞋尖朝上相对，立在场里，就是一个个"西瓜"，有看西瓜的，有偷西瓜的，有跑的"贼"，有追的"主人"，热闹得满场笑声。那时候父亲和母亲在扬场，其他农人也在扬场。我看见父亲用一把木锨撮起一锨和着麦草衣子的麦粒，朝天空一抛，麦粒唰唰地垂直落下，麦草衣子被风吹向了旁边，朝着风的方向。母亲拿着扫帚，趁父亲撮麦子的间隙，掠去麦堆上未吹干净的杂物。一扬一扫，一起一落，在夕阳下倒是有了生动的景致。

我和父亲把麦子拉进了场里堆好，一天的劳作完成，如释重负。夜里，人是如此疲乏，简单洗漱过后，父亲端起大老碗蹴在房檐台喝米汤吃馒头，我却不觉得饿，倒在炕上只想睡。从后窗传来各种虫子的歌唱，我没有精力再听，昏昏睡去。麦香铺满梦乡。

## 麦　客

　　六月初，整个村庄已透着麦香的味道，全村的人早已磨好了锋利的镰刀，只等麦子黄熟开镰收割。

　　麦子的黄熟有早有晚，这跟地块的位置和麦子的品种有关。半人高的麦子铺成金黄的地毯，在原野上无限延伸，在蓝天白云下柔软地舒展，如海洋一样辽阔。一眼望去，有些地块已焦黄，有些地块黄中带绿，有些地块则绿中带黄。早点黄了麦子的一家老小齐出动，挥舞着镰刀，在麦地里忙活开来。麦子还没熟透的，每天往麦地里十趟八趟地跑，恨不得一眨眼的工夫也能下镰收割。

　　一场雨过后，麦子真是一眨眼的工夫全黄了，只要天不下雨，农人们就从早到晚急急地赶着收割。炙热的麦田中，几乎可以闻到太阳烤焦大地的味道，但收割的人们顾不得许多，任凭汗水像小河一样在脸上身上流淌。金黄的原野上，一顶顶草帽在太阳的炙烤下，随着农人们割麦子的动作一闪一闪，每个人的脸和膀子都晒得跟麦子一样焦黄。但他们只是偶尔停下来抹一把汗水或者猛灌一阵自带的凉开水，绝不肯停歇休息。手脚再麻利的庄稼把式，也追赶不上麦子黄熟的速度。

　　正是应了这节气，收麦时节会有大批从甘肃来的麦客涌入陕西，我们这个关中小村庄也不例外。我们家乡人叫这些人"炒面客"，至于为什么这样叫，后来父亲告诉我，原来甘肃人去当"麦客"时，总是带上一袋炒面，有活干时吃陕西人的饭，没有活干的日子就吃自己带的炒面。之所以带炒面，是因为炒面经久耐放，大热天不会发霉。虽然炒面是麦客们无可奈何的口粮，但对于陕西的孩子们来说却是美味，这些炒面大多是莜麦经过特殊加工做成的，吃起来很香。于是，就有一些小孩子拿了自家的馒头去换麦客的炒面吃。

而有些麦客就不怎么"地道"了，吃饭时趁主家不注意，会偷了馒头藏起来，然后趁割麦子休息的间歇，把馒头划成片儿，放在地头晒干，等回家时带回去给自己的孩子吃。父亲讲这些不"地道"的麦客时，丝毫没有厌恶的口气，甚至有一种同情在里边。他说那个年代人们都缺衣少吃，甘肃那边的麦子更少，很少能吃到白面馒头。而我听到这个情节时，不由得流下了眼泪，对这些麦客起了深深的敬意。我仿佛看见几个穿着破破烂烂的孩子，看见父亲带回来的馒头片时兴高采烈的模样。也许我和父亲一样，想起了他在生产队的水库上做工时，从家里背了玉米干粮，换回大灶上的白面馒头给我们吃。

这些麦客大多皮肤粗糙黝黑，说话带着浓重的甘肃口音。一把镰刀、一顶草帽，外加一袋炒面，应该是他们全部的家当。在父亲的记忆里，麦客们穿着破烂、面容憔悴，更像讨饭的，他说最开始来的麦客割麦不要钱，只要吃的，谁家饭管得饱，就去谁家割麦子。但在小小的我眼中，他们好像并不愁苦，甚至有一股闯荡江湖的豪气，许是我见到的是后来生活条件稍好时期的麦客了。

初来陕西的麦客在小镇上聚集，自然形成"麦客场"，就像现在的劳务市场一样，使冷清的小镇拥挤起来，热闹起来。因为他们并不清楚哪个塬上的麦子先熟，所以等待雇主主动前来洽谈。这已是不成规矩的"规矩"，他们并不担心没有人请他们。来挑麦客的雇主凭庄稼人的眼光，看身形体态，交谈几句，就知道哪个麦客干活利索，谈好价钱就领走了。其实出来当麦客的，没有几个不是"把式",这只是请麦客的人一种心理上的比较罢了。

陕西、甘肃两地虽然口音不同,但这似乎并不影响人们之间的交流,也许是因为两个省相邻吧。村里每家每户对待麦客都是很好的,不但态度亲和,而且好吃好喝管着。一块地割完,主家和麦客都用脚步丈量地块,大概多少亩地,现算现结钱,都很洒脱,很少听到麦客和主家扯皮的事。有时遇到下雨天不能割麦时,刚好麦客已被主家雇用了,也会留下他们吃饭。当然,也有一些在下雨之前没有找到雇主的,只能在村里一些闲置的房子里甚至屋檐下歇脚吃炒面。在麦子熟透的时候,麦客是很俏的,动作稍慢了就请不到了,只能到被人请了的麦客那儿预约,等他割完雇主的麦子再替自己收割。

收麦时节,我们家也会叫上一两个麦客。有一年请了两个麦客,一老一少,老的大概五十几岁,瘦瘦高高的,话多且幽默。少的好像才高中毕业的样子,皮肤也没有那么黑,话少而腼腆。但他们并不是父子。因为忙不过来,父亲便让我当了这两个麦客的"领导"——其实就是为他们服务,领他们到麦地认路,给他们送开水,捡拾他们割麦子后地里落下的麦穗。

那位年长者总是乐呵呵的,常常逗只有七八岁的我玩。他边割麦子便问一些家长里短,我往往并不能完美回答。比如他问:"你家这块地有几亩?"我对地的亩数是没有概念的,便胡乱回答:"一亩。"然后他就咯咯地大笑起来,说:"小姑娘狡猾着哩,这地有三亩多哩!"又问,"你家谁当家?"我对当家也没有概念,只觉得母亲管我们吃饭穿衣,便回答:"我娘。"他又咯咯地笑起来,说:"你家女人当家啊?"于是整个麦地里便传出他爽朗的笑声,连一向不苟言笑的那个年轻小伙儿也会展出笑容。逗我逗得无趣了,他便不再理会我,自顾低头割麦子。随即麦田里响起了浑厚的秦腔——他边割麦子边唱秦腔,自得其乐,沉浸到自己的世界里去了。

在麦客的帮助下，全村的收麦速度快了很多。天擦黑，整个塬上海洋似的麦田便东一块西一块了，好似一个男人的脑袋被剃头匠东剃一刀西剃一刀故意留下的点缀。被"剃了头"的麦田里立着一个个麦捆，像一个个小人儿。来得及拉回家的麦子拉到晒场堆好，不能及时拉回家的就像盖房子一样堆成圆锥形，再在上面用麦子做一个大帽子盖上——万一下雨也只会打湿上面的一层。这时候，麦田里的小人儿就变成了一个个"大房子"，在夜幕下透着温暖。

夜幕下的村庄虽然好像有一层热浪拥裹着，但比起白天的炙热凉快了很多。主家和麦客踏着月光，顶着星星，三三两两走在回家的路上。一天的劳作在这个时候放松下来，相互闲扯一些家常。

不几天，麦田里便光秃秃的了，只剩下孤零零的麦茬了。这时，麦客也就从我们的村庄消失了，也许回家了，也许又辗转到其他地方去了。至于他们到底去了哪儿，农人们是不关心也没有时间关心的，他们得抓紧晴好天气碾场，让麦子颗粒归仓。

麦客悄悄地来了，又悄悄地走了，就像四季轮回一样，来无声息，去无声息，整个村庄只剩下麦香的味道。

## 拾麦穗

就是那一个下午，我记得我和一群大孩子在麦茬地里拾麦穗。我不过五六岁，在麦地里走路"举步维艰"，却一根一根捡拾着麦穗。前面一排社员正弯着腰割麦子，镰刀划过麦子嚓嚓地响，社员背朝西，身影一会儿弯下去，一会儿抬起来，夕阳把他们的影子镀上了淡黄的金边。他们一会儿割，一会儿捆，动作麻利，麦地栽满了小麦捆。父亲母亲也在割麦子的社员当中。

在我和社员之间，还有一群大孩子拾麦穗，他们是拾麦穗的"正规部队"，学校专门放忙假让他们来拾麦穗的。他们一字排在社员的后面，拾麦穗的动作比我快，叽叽喳喳很热闹。我极认真地拾麦穗，一根一根，整整齐齐地捏在手里。我有时会站着发呆，田野空旷而博大，蓝的天盖在黄的土地上，一个村庄的世界是欣喜和谐的。

队长在麦地里时不时吼两嗓子，因为有社员会偷懒，站着说闲话。还因为有的社员割麦子糊弄，撒在地里的麦穗太多。这也是为什么前面大人割后面小孩子拾。我拾一会儿，站着看一会儿，看人影在夕阳下熙熙攘攘，心中无限欢喜。我一根一根地拾麦穗，不知道拾来干什么，却愿意一直拾。我看着手中的几个麦穗组成了一朵小黄花，麦芒尖尖地向上，散着毛茸茸的光亮。拾几朵就放在麦茬地里，一路排下去，也有了几个小麦穗堆子。后来父亲把我拾的麦穗扎成了一朵大黄花。

大孩子们知道拾麦穗做什么——拿到生产队换钱。他们抢着拾，拾得很卖力。后来我记得父亲晚上抱着我去了生产队计工分的房子。房子里有很多人，台前的一张桌子后坐着一位中年男人，桌子上放着煤油灯、算盘等。房子里昏暗拥挤，但很热闹，男人抽烟，女人纳鞋底。中年男人正在一个本子上写写画画，写完一个，会有另一个人递上小本本。父亲说这个人是队长，给社员计工分的，男人一天十分，女人一天八分，劳力差的工分计得更少，每个家庭凭工分分粮食。不过那天晚上多了一个项目——孩子们领拾麦穗的钱。我记得我的麦穗换来二角钱。我拿着这张绿色的上面画着桥的钱看了又看，很兴奋。这是我人生挣的第一份"工资"。

随着年龄的增长，我后来也加入了拾麦穗的"正规部队"，挣的钱多了一些，但再也记不得到生产队领钱的情景。

拾麦穗于孩子们来说实在不是个轻松活，得躲避麦茬尖锐的伤害，不小心脚腕或者手指就被戳破了。孩子们的脚腕曾也"伤痕累累"，都是些皮外伤，并不能够引起家长的重视，过不了几日便自己好了。孩子们一次又一次地弯腰并不比割麦子的人轻松，久了也腰酸背痛，只是大人们说小孩子没有腰，我们喊腰痛，换来的是他们的打趣。集体劳动的年代，社员总会偷懒，做工不精，一些麦子并没有被割断，还连在地上，只是被折腾得断腰折背扑在地里，拾麦穗的人就得手脚并用连拔带拽才能拾起来；一些麦穗被从穗根切了下来，只落在地里一个麦穗头儿，只得拾起来夹在一把连着麦秆的麦穗中间。放眼望去，收过麦的地里一片狼藉，丰收的景象里夹杂着一些混乱。

这是与包产到户后的麦收景象无法相比的。包产到户后家家户户种麦子收麦子都精细起来，真正做到了"颗粒归仓"。我记得父母收割过的麦地基本不用拾麦穗，连麦茬子都整齐得像一刀削过似的。偶有麦穗掉落在地，他们边割就边拾了，绝不舍得掉一穗麦子在地里。

后来麦子越种越好，到了收割的季节，父母忙不过来，便请了麦客来割。我又有了拾麦穗的"机会"——有些麦客可不像给自家干活这么认真，遇上狡猾一点的，速度是快了，质量就比集体劳动的社员好不了多少。请了的麦客父母不好随便辞掉，派了我"监督"麦客干活，并捡拾地里的麦穗。

　　如今，就是农村的孩子也不知道拾麦穗是个什么活，因为他们也许连农人用镰刀割麦子都没见过。在他们的童年里，收割机轰隆隆的声响是离他们最近的奏鸣，也是离他们最远的事不关己。

# 面之情

民以食为天，南北各不同。北方人主要以面食为主，尤以馒头、面条最普遍，我的家乡也不例外。而最受欢迎的当数臊子面，臊子面是陕西的特色，品种多达数十种，其中以岐山臊子面享誉最盛。臊子面的特点是面条细长，厚薄均匀，臊子鲜香，面汤油光红润。而岐山臊子面乡土风味尤为浓厚，它具有薄、筋、光、汪、酸、辣、香等特色，入口柔韧滑爽。

做臊子是先将猪肉切成小丁，入热油锅烹炒，同时加入生姜、食盐、调料面、辣面炒透即成。把豆腐、黄花菜、木耳炒好为底菜，鸡蛋摊成蛋皮，切成棱形小片，加切小的蒜苗做漂菜。吃时先将面条煮熟捞入碗内，打入底菜，再浇汤，放臊子和漂菜。

当然，这是比较讲究的臊子面，在我的记忆中，家乡人做臊子面是根据生活条件就地取材，有什么就做成什么样的臊子面。比如底菜，有什么菜就做什么菜：豆角、豆腐、韭菜，甚至土豆和白菜也可以。而漂菜，有时就只有蒜苗，有时以葱花代替。至于臊子呢，大多也不是现做，都是过年时杀了猪，做一大瓦罐贮存起来，过节或者有客人来时才用来做臊子面。瓦罐里的臊子有时长了毛，仍然会被吃得干干净净。母亲经常用高粱面和玉米面做面条，吃一顿麦面做的面条就像过年，别说臊子面了。但来客人的时候，母亲总要想方设法做臊子面招待客人，这个时候，母亲应该是很为难的，因为做臊子面的材料总要让母亲颇费一番心思。于我们小孩子来说，却是件很高兴的事，因为可以沾客人的光，吃到臊子面。所以，当母亲让我们东家借油、西家借醋时，我们很兴奋甚至激动地就去了，丝毫没觉得不好意思。其实，那时候的臊子面应该说是不怎么名副其实的，因为用肉做的臊子总是很少，有时候甚至没有，只有底菜和汤，但于孩子们来说，还是充满了诱惑。

吃臊子面最多的时候是腊月和正月。腊月里，村子里嫁娶的人很多，全村的人都会去纳礼，主人家的酒席当然少不了臊子面。主人家的院子里支起了大锅，帮厨的男男女女一边说笑，一边忙活，热闹夹杂着烟火的香味，在暖阳下飘荡。客人陆陆续续上席落座，凉菜热菜过后，那油汪汪的臊子面，就一盘一盘地端上来了。大人小孩伸手端了面，埋头吃起来，吃个两碗三碗不算多。一个个吃得嘴油肚圆，才肯下席。这是吃得最过瘾的臊子面。正月里，还要到各个亲戚家拜年，仍然会有臊子面吃，仍然会吃得不能再吃才停下。

如今，人们的日子好过了，吃臊子面也不是什么稀罕事了，最关键的是，现在怎么也吃不出小时候的那种香味、那种气氛。是现在的臊子面做得"与时俱进"变了呢，还是我的口味变了？我一直有点疑惑。

# 村庄物事

# 山之脉动

我的老家在陕西渭北旱塬上一个叫董坊的小山村。现在,我想说说老家几个山庄上的那些陈年旧事。那些往事,清澈、透明、纯净,就是青山绿水的模样。那些拙朴的时日,总透着清亮的温暖,伴我度过异乡的四季轮回。

## 马家湾

马家湾的地形,以上山庄的路作为参照物的话,就是一个大湾。上山庄的路算一条大路,大路串起了一个个山庄。马家湾就是从大路上朝旁边的坡下弯,一弯连一弯,不知弯了几弯,就弯到了山庄的院子。除过弯弯的路,门前的坡下还有一弯一弯的土地,自然形成了"梯田",土地再往前伸就是沟了,沟里一定有流水。在大路上看马家湾,就是嵌在山湾里的一个大院落。几孔土窑洞在崖下张着口,便有了烟火的味道。

那年开春,乍暖还寒,父母被生产队派到山上常住。父母和我、弟弟、妹妹住一孔窑洞,隔壁是另一对夫妇,他们的女儿和我的妹妹一样不满一岁,还在吃奶。山上的日子便在两家人的柴米油盐里氤氲开来。

大多数时候,山上的时日是安静的,静静的暖阳扑面,静静的鸟鸣虫吟。母亲扶着妹妹、隔壁妇人扶着她的女儿在院子里蹒跚学步。三岁的弟弟一个人跑到院子下面的小涝坝玩泥,滚成泥猴时母亲才发现,于是捉了一只胳膊提回院子。弟弟哭着要馍馍吃,母亲一生气,拿了一个馍馍塞到弟弟手里,那个大馍馍弟弟两个手才能拿住,比弟弟的脸还大,隔壁女人看着弟弟哈哈大笑。

母亲顾不上几岁的我,我常常在山中的暖阳里发呆,我看树影在阳光里婆娑,看蝴蝶在草尖上打战,然后看瓦蓝瓦蓝的天上飘过一朵两朵白云。我也看摆在窑洞门口的蜂箱里的蜜蜂。一些蜜蜂飞出去了,一些蜜蜂飞回来了,一些蜜蜂蹾在蜂箱口嗡嗡地叫,不进不出。这些蜜蜂我认得,是父亲春分过后拿了空蜂箱放到崖背的窑窝里收回来的。我不知道这些蜜蜂从哪儿来,也不知道它们为什么要钻到父亲放的蜂箱里,但我知道这些蜜蜂现在是我家的。等蜜蜂酿了蜜,父亲揭开蜂箱铲了蜜,用碟子装了,几个孩子围着蜂蜜碟子用馒头蘸着吃。

山上最大的动静是隔壁那对夫妇吵架,隔三岔五的,男人和女人就打到一起,然后女人一把鼻涕一把泪地坐在院子里号哭,哭得满沟回声,母亲劝也劝不住。女人仍然不解气,于是顺着山沟跑向沟底,男人有些担心,又丢不下面子,打发我和弟弟跟到沟底叫女人回家。女人坐在水泉边,嘴里骂着哭着,哭够了抹掉鼻涕眼泪跟着我们回来了。第二天,女人又笑哈哈地在院子逗女儿玩,布满雀斑的脸上看不出一丝前一天吵架的痕迹。

有时候,寂静的山中会响起枪声,枪声一响,我和弟弟妹妹支棱起耳朵,会有瞬间的惊恐,母亲说:"又是那个打猎的老梁吧?"过不了多久,那个叫"老梁"的男人果然枪上挂着一只兔子来到了院子。精瘦的老梁虽然扛着枪,但人和蔼可亲,他是向母亲来讨水喝的,当然有时饿了也会讨馍吃。渐渐地,老梁成了我们这里的常客,父亲知道他是退伍军人,住在一个叫白村寺的农场。我生病时,父亲背着我顺着山梁往下走,就到了白村寺。看完病,父亲带我去看老梁,老梁煎了从河里钓的小鱼给我们吃，没有吃过鱼的父亲和我看着盘子里的鱼不知如何下手，最终用筷子戳了戳没有入口。

知青牛胜利来马家湾是迫不得已的事情。不知他住了多久，只记得他嘎嘎的笑声让山庄不那么寂静了。父亲说，他是我们这儿的最后一批知青。他在我们住的窑洞里用做饭的大铁锅炒瓜子，瓜子是队里种的，他偷来的。他一边烧火，一边用已剥了瓜子的向日葵花盘在锅里搅来搅去，我们几个小孩子扒在锅边巴巴地瞅着。于是，他时不时从锅里撮几颗瓜子给我们吃，然后看着我们嘎嘎地笑。他在山上放牛，我们便跟着上山，百无聊赖的他把我们几个小孩放进枣刺丛里，看我们走不出来、要哭不哭的样子，他又嘎嘎地大笑起来。

山上人最多的时候是夏收秋种。马家湾很小，小得只有两户人家；马家湾很大，大得养活了一个生产队的人马。农忙时节，生产队派上山的人吃喝就在我们两家。那时山湾的院子里人欢马叫，沸腾着，几天时间里，一辆辆牛马拉着架子车来来往往，在山路上成串地跑着。母亲的锅灶也是热火朝天，炊烟在院子里久久不散。

来了一些人，走了一些人，山庄仍然是安静的。

父亲在院子下面的一片地里犁地时，应该是夏收过后了，核桃树上结满了青青的核桃。阳光仍然是暖的，不灼热。那时的夏天总感觉不到热，我们总在夏风里跑来跑去。父亲从树上摘了一堆核桃，用剜核桃的刀子把一个个核桃一掰两半，然后去犁地。我用刀子掏着核桃吃，我看父亲噼噼地赶牛犁地，也看阳光漏在土地上的阴影。那天犁地的牛是一对母子，父亲在调教一头牛犊学犁地。牛犊脾气倔，就是不听父亲的话，父亲的脾气也上来了，甩起鞭子抽打起了小牛。小牛仍然不拉犁，干脆卧在犁沟里不起来，父亲再次扬起鞭子时，母牛突然蹄子一扬跨过小牛，把小牛护在了身下。父亲扬着的鞭子停在了半空，呆住了。我剜核桃的手也停住了，惊奇地望着这一对牛。那天父亲的调教以失败告终。后来小牛还是学会了犁地，我不知道父亲是怎样让它学会的。

我仍然会发呆，有时看一棵大树上挂着的马蜂窝，有时看风吹蒿草起起伏伏，不知不觉就到了秋天。秋天来临时，父母种在地里的辣子丰收了，一串一串的红辣椒被父母收回来装在簸箕里。晚上，在摇曳的煤油灯下，父亲母亲串辣椒，我帮着父母整理辣椒，三两个一撮，整齐后递给他们。秋夜是寂静的，只听得窑洞外的虫子一直叫着，叫着叫着我就进入了梦乡，父母还在油灯下串辣椒。

## 孙家沟

孙家沟是大路串起来的另一个山庄，说是山上的沟，其实与湾区别不大，仍然是湾里有院落，门前有山沟。只是整体上看，孙家沟的"沟"更显眼，在大路上一眼就能看到一条沟顺着沟脑朝东伸出去，一直伸到与另一条沟交叉。

上小学时，我开始频繁地光顾这座山，春的朦胧、夏的青葱、秋的丰满、冬的萧瑟，在我们来去匆匆的脚步里交替。

那时山庄上有了木头盖的房子，几间木头做大梁、泥土做山墙的房子坐东朝西，倒也敞亮，只是每家分得的房间却只有十几平方米的样子，便也觉得狭小得很，倒羡慕起仍然住在窑洞里的人家了，毕竟深深的窑洞面积大得多。唯一感觉到满足的是离下山的大路近，看着大路上来来往往上山下山的人便不觉得寂寞了。

放牛放羊、割草打柴、挑水做饭、除草割麦，此时我已相当于半个劳力。

早上九点左右给犁地的父亲送饭，这并不是件愉快的事情。

六点多，父亲就赶着牛犁地去了，我起来挑水做饭。等饭做好了，用扁担一头挑着米汤罐子，一头挑着馒头和菜，送到父亲犁地的地方。父亲犁地的地方有时离山上的家很近，有时却非常远，爬坡上坎穿行在茫茫大雾里，穿行在一片一片一人多高的玉米地或者高粱地里，小小的我会完全被淹没，整个天地间只有我一个人。此时天地如此之大，大得无边无际；此时人是如此渺小，小得无踪可寻。整个天地静得让人害怕，湿润的空气让我喘不过气来，我觉得雾有些呛人。

那条浑身布满花斑的蛇哧溜一下从塄坎上下来时，我的脑海一下子空白了，脚步本能地停住了，浑身过电一样麻了一阵。我惊魂未定，蛇已不见了踪影。父亲说，蛇是怕人的，只要你不惹它，它不会咬你。看到蛇"落荒而逃"，我信父亲的话，但心中的恐惧并未因此减少。

山上的小路两旁长满了蒿草，散发出淡淡的苦涩而清冽的味道，露水早已打湿了我的鞋裤。爬上梁，翻下沟，在半坡上我就能找到父亲。父亲和牛也罩在大雾里，听着父亲赶牛的声音，走近了才能看清他们。我放下吃食，父亲把犁插在犁沟里，准备吃饭。牛这时候也饿了，嘴角流着涎水。牛知道它们还得等父亲吃了饭，再犁一会儿地才能解放。等父亲把它们身上的轭头卸下来时，它们就撒着欢跑下山坡吃草去了。我忘了拿筷子来，父亲走到地边，折了一根蒿棍，三两下就做成了一双筷子。

我和牛相处的时日最多，说是相处，其实就是各干各的事，牛自己吃草，我挖我的草药，拾我的柴。或者，就躺在山坡上看一片一片飘过天空的白云。我记得我在一座茂密的山梁上挖柴胡时，风吹来是那么凉爽，在草丛里找到一棵柴胡的喜悦弥散在似蒙着薄纱的阳光里。我有时会拿起一根肥硕的柴胡看半天，看那带着深青色、展着尖尖的叶子，更看那粗粗的根须。这是一根会给我带来财富的草药。只要找对地儿，一根一根的柴胡不一会儿便会聚拢成一捆。背着一大捆柴胡回家,心里非常充实。

我在山上也摘野果子,野山桃、野核桃、野酸枣、野草莓……这些野味满足了我的胃,却并没有给我留下深刻的印象。我怀念一种野藤条上长着各种"动物"的植物,到现在我也没明白那到底是一种什么样的神奇物种——从塄坎上垂下来的一大团藤条上挂着一些"蛇"和"青蛙",也许还有其他动物形状,摸起来软软的,像真的,于是缩了手不敢再摸。这些时候,往往是艳阳高照的中午,我又会陷入恍惚的状态,我闻着野藤散发出来的草香味,会沉浸到无问西东的另一个世界里去。那时候,沉寂的山野里,一个孩子呆立在一丛草藤前的样子没有人看见。

落雨的时候,却是热闹的。刚才还是艳阳高照,突然几朵黑云飘过,伴随着轰隆隆的雷声,便是倾盆大雨。放牛的孩子们被淋成落汤鸡,赶紧找自家的牛羊,山上的吆喝声此起彼伏。等到终于让牛羊归圈,孩子们才有空收拾自己湿漉漉的衣衫。当然,我更记得连落阴雨的日子。那时山山沟沟的湿比较沉稳,很干净。树叶上和草尖上的水珠晶莹透亮。看着看着,一颗水珠从树叶上落下来了,能听到沉闷的"当"一声,不知溅到哪儿去了。我仍然立在山坡上放牛,穿着雨鞋,披着塑料纸当雨衣,一根赶牛的枝条在手上扒拉着草尖上的露水。空气清新得透彻心肺。

山上大多时日于我来说是愁闷的。比如一个人要锄完那一亩多玉米地里的杂草。玉米地在夏天是实实在在地闷热。玉米秆早已超过我身高,我在玉米地里不出声,很难有人知道这里有人——其实你就是再大的动静,也无人知道,山上人烟稀少,干活的人大多形单影只。我在地里用锄头挖着已长了半人高的杂草,玉米涩涩的叶子总是在我脸上、身上划满浅浅的血痕。我已顾不上闷热和汗水蜇着伤口的难受,我得趁着早晨太阳还不暴烈赶紧锄完这块地。一锄一锄,身后的玉米地终于透开了,密匝匝的杂草全扑倒在了地里,风顺着空隙钻进来,浑身的燥热和火辣辣的皮肤凉爽了不少。

又比如我和父亲割麦子。父亲说，要赶在下雨前收割完，要不今年的收成就泡汤了。烈日当空，焦黄的麦地里一大一小两个人影在蓝得透亮的天地间晃动。父亲动作麻利，嚓嚓几把，一个麦捆就立在了地里。我渐渐跟不上了，动作迟缓下来，然后一屁股坐在了麦捆上。竟然找不到一棵树乘凉，父亲脱下他的衬衫搭在麦子上，在麦地里给我搭个"凉棚"。"凉棚"并不凉快，仍然热，只是太阳不再刺眼。"凉棚"像一个小小的天地，我看地里的虫子爬来爬去，想着它们怎么就不热呢？我还通过麦秆的缝隙看天，麦秆粗壮麦穗硕大，瓦蓝的天纯净得一丝云彩也没有。

暮色渐浓，父亲汗流浃背地赶着牛拉着一车麦子上坡时，我知道今天的劳作终于结束了。

父亲在场里碾场时，正是晌午，烈日曝晒。父亲戴着草帽，一手拿着鞭子，一手牵着牛缰绳，慢悠悠地在场中央走着，石碌碡被牛拉着在麦子上转圈圈。我坐在阴凉处，看着父亲和牛一圈一圈转，转着转着麦秆就光滑闪亮了。我又感觉时间静止了下来，此时场院边上的一棵小槐树婆娑着树影，让我知道时间一直在走。走着走着，夜晚就来临了，此时场里的麦秆堆成了麦草垛，星星铺满了天空，父亲和隔壁的老叔坐在场院里吃烟，我靠着麦草垛子听虫叫。

我还得给牛割草。有时到沟里割野草，有时割苜蓿。那块苜蓿地在半坡上，走过一坡一坡的田地，就是苜蓿地。常常是在晌午饭吃过，我会扛着扁担去割苜蓿。这时候没有了锄草和割麦的烦闷，吹着午后的凉风，心中是愉悦的。苜蓿地里能看见大路上上山或者下山的人影，人影来来往往，像贴在西边披着红霞的天空上的皮影。我常常忘了割苜蓿，坐在地里痴呆地看这样的景象。这样的景象是美的，看晚霞，看人影，看四野空旷恬静。可坐着坐着我便感觉寂寞，我向往下山，向往山下村庄里大人小孩闹喳喳的热闹。

山里也有热闹的时候，我记得唱过一次皮影戏，记得那一对唱戏的小情侣。情侣卿卿我我，老惹戏班子的头儿——小伙儿的父亲生气。可小情侣的戏唱得好，大家都爱听。晚上，白幕布支在大院子里，窑里的煤油灯与院里的灯火相映照，人影在幕前晃来晃去，虽然人不多，热闹的气氛一点也不差。幕后的演员们唱的唱，挑的挑，敲的敲，拉的拉，一招一式无不生动活泛。

多年后，孙家沟还是孙家沟，不以物喜，不以己悲，冷静地站在原地。

## 丁家山

丁家山不在上山的大路上，它立在了靠马家湾西面的一个叫草碧的沟里。丁家山像一个硕大的绿馒头，矗立在白村寺那条沟里。站在丁家山的院子里，真有"会当凌绝顶，一览众山小"的感觉。那条又长又陡的坡路，像在"绿馒头"上划了一道口子，盘旋着上了丁家山的院子。

院子里的那棵土槐树老态龙钟，庞大的树冠枝叶繁茂，给了半边院子清凉，于是夏天在丁家山凉爽了一半。午后，风常常由西向东从院子的边上掠过，人和牛羊在斑驳的树下微微抖一抖，愉悦舒坦的氛围便漫开来。人们谈话的声音会顺着风飘一段，语言有了通透的感觉。若是傍晚，院子因了这棵大槐树光线会暗得早一些，人们活动着的影子会模糊一些，柴火的烟味也似乎更浓重一些。一些孩子吊在窑洞的门框上荡秋千，惹得大人嫌挡了路吵骂着。渐渐地，人声没入黑暗，院子和山野混在一起，陷入只有虫子叽叽鸣叫的寂静。

住在院子西头那孔窑洞里的小男孩和我一般大小，十岁左右的样子。他的母亲常常扯着嗓子吆喝他的名字，但我竟然没有记住他的名字，大概喊的是小名。他拖着长长的鼻涕，放牛、背柴。没有念过书的他看着有些木讷，见了人却也爱嘿嘿地笑。我对他的最深刻印象，来自他家的那棵李子树。那年，他家的那棵李子树挂满了圆润诱人的果子，孩子们都想"讨好"他，讨几颗李子吃。原本母亲是让他照看着李子树的，可是那个夕阳洒满山坡的下午，他带着我偷偷摘了树上的李子。他三脚两脚上了树，麻利地摘了李子往树下扔，鼻涕仍然挂在嘴唇上。我装满两裤兜李子从他家窑洞前走过时，有了"做贼心虚"的感觉，不争气的是恰好有一颗李子从鼓鼓囊囊的裤兜里蹦出来，在地上骨碌碌地滚。他家窑洞门敞开着，并未看见他的母亲。

然而，我并未记住他的"恩情"，那年夏天他放牛时不留神，他家的牛跑到了我家的庄稼地里，吃了我家的庄稼——至于到底吃了什么，我记不得了。我只记得我把他堵在放牛的山路上，威胁他要告诉我的父亲，让他家赔偿我家的损失。他低着头，不狡辩，只是把鼻涕吸得哧溜哧溜响。后来父亲终究没有找他家赔偿，他再看到我便有了怯怯的眼神，不再嘿嘿地笑。等我暑假结束下山时，他仍然在山上挂着鼻涕放牛、背柴。

丁家山不光有李子，还有爷爷种的"三大王"，爷爷在院子前面的地坎下平了一块地，专门种菜。他种下了豆角、白菜、菠菜，也种下了"三大王"：辣子、萝卜和大葱。爷爷笑眯眯地领着我采了这三种辣菜，说："辣子、萝卜、大葱，三大王啊。"他把它们凉拌在一起，一盘红白绿相间的鲜嫩的菜让人胃口大开。爷爷做饭是把式，擀面做菜样样行。我做饭却有些笨手笨脚，一不小心就把自己的食指切去了一小块，用布包了很久，也疼了很久。

爷爷那时还精神，他腰板笔直，走路生风，常常和父亲一起犁地，他们像是贴在"绿馒头"的表皮，"嘚嘚"地在地里来来回回。早晨的阳光从东面的山头照射下来，"绿馒头"镀上了一层金光。此时时间很慢,像爷爷和父亲犁地的步子,一摇一晃,懒洋洋的。阳光多少有些灼热,我在地头百无聊赖,看远远近近的山,看弯弯曲曲的沟,看被山和沟遮去了一半的天。

父亲和爷爷犁完地,直接在地里卸下牛轭头,自己背在背上,像牛一样背回家。我就和几个孩子赶着牛漫山遍野地疯跑去了。那时山绿得毛茸茸的,山风吹过,草尖抖动,满山坡涌起绿绸缎似的波纹。在这宏大而清凉的时空里,我常常感觉到恍惚,我看草丛里点缀的那些玫红的或者金黄的花朵展着或圆润或尖锐的花瓣,精致纯净得那么不真实,活像电影里的画面。牛有时会停下吃草,眯着眼,毛微微颤着,我以为它在听风。

一只嘎嘎叫的野鸡被我们惊起,我们常常会在它起飞的地方捡到几枚蛋。那野鸡毛色暗绿中泛着一些红,尾巴长长地拽着飞,似乎飞不高飞不远,我们却也是撵不上的。

我又发起了呆,我看着那些山和沟、树和草,会生出"我在哪儿、这是什么"的混乱,我想那时我便生出了世界混沌的感觉。

## 阴坡滩

阴坡滩与丁家山在同一条沟里。顺着草碧沟一直走一直走,走得不知日月了似乎才能到阴坡滩。阴坡滩是外爷包的山庄。那年暑假,我和小姨先是坐着大卡车顺沟北上,大卡车蓬着黄绿色的帆布,沿着河滩上的土路前进,一车人在帆布里颠簸着前进。颠来颠去,我便哇哇地吐起来。虽然被颠得昏昏沉沉,我却记得小姨说到上店了,我们得下车走路。后来,我不知道走了多少里程,便站在了一个山梁上。小姨指着摊在山洼里的几户人家说,到了。

阴坡滩,从大的形态上说,确实是一个"滩",这个滩被四面的山丘围困着，形成了一个小小的盆地。倘若进入这个盆地，世界绝对只有盆地那么大，这我是深有体会的。自我进入这个盆地，整个暑假，我再没有看见过外面的人。

在这个滩里，原生居民和外来户和谐相处，共存共生。有时候陈旧而原始的房屋，朴实而愚木的居民，会让你产生进入桃花源里的错觉。大多数时候，我觉得时日是静止的，炊烟都是停在屋顶不动的。太阳每天从东山升起，往南绕一圈，然后再从西山落下，等明天再升起时，我以为还是昨天的时光，什么都没有变，连山尖的云都和昨天一样。

我和小姨去小村边上的水沟里取水时，感觉日子才流动了起来。那小沟里的山泉清澈透明，泉水满了就涌出泉口，顺着河滩一直往南流，小石子上的纹路在水下也动了起来，于是我愈发觉得时日一定是顺着泉水流出了这山洼，才让外面的世界知道这儿还有一个小世界。有时候，我们也剜了猪草或拿了衣服到这里来淘洗，浸润着清凉的泉水，会暂时忘记了寂寞。

盆地里最欣欣向荣的是向日葵，也因了漫山遍野的大片向日葵，使阴坡滩的生活向阳了一些。我和小姨常常出去剜猪草，无论是早晨还是傍晚，走在向日葵地里，我们的脸也是欣欣向荣的，我们喜欢看这大片大片的金黄，很多时候坐在地边，眯着眼，和向日葵一起看太阳。等向日葵结了子，却也经不住吃的诱惑，偷偷掰一朵向日葵躲在地里吃，免不了有被捉住的时候。太阳给整个滩镀上金色的黄昏，我和小姨正躲在地里吃向日葵，一个老汉背着手，黑着脸突然站在了我们面前。我们呆住了，吃向日葵的手停在嘴边。老汉生气地训斥我们，我们脸红到了脖子根，抓起襻笼落荒而逃。

再后来，我们连剜猪草都不敢到向日葵地里去了，怕再见到那老汉。我们仍然爱看向日葵，会坐在门前看一片一片的向日葵在微风里低着头摇它们的花边。这时候寂寞也会涌上心头，我开始向往外面的世界,我想着什么时候才能再走出这个小世界,回到从前的大世界。

在阴坡滩的日子,我的生活里小姨是主角。她走哪儿我跟到哪儿,她做什么我做什么。小姨比我可怜,小学没读完就辍学了,早早走上社会的她农活自然比我做得好。我们一起挖半夏,我总也挖不赢小姨,她总比我挖得多。那片长半夏的地块在东坡上,人们挖了一遍又一遍,把地翻了几遍,仍然能在地里找到半夏。看着笼里嫩绿的半夏,心情会快乐起来。我们放下手里的活,坐在刚刚刨翻过的泥土上,嘻嘻哈哈地玩闹一会儿。此时太阳已偏西,西边的山坡隐在了阴影里,东边的山坡就显得格外明亮。

我还记得阴坡滩的牛,一群一群的耕牛。大舅是贩牛的,他隔一阵赶着一群牛来了,隔一阵又赶着一群牛走了。一群牛里,有些被外爷赶着犁地去了,有些被大舅赶去卖了。来来回回,我觉得大舅也像牛了。他和一群牛在一起走时,我只看到一头一头的牛灰扑扑地腾着土雾奔跑,却看不到他的人影。

大舅的拿手活是打核桃。阴坡滩的核桃树也颇多,每块地边几乎都有几棵核桃树,核桃树长在谁家地边就是谁家的。到了核桃成熟的时候,大舅拿杆子先打了核桃树边缘的,然后两手抱树,腿绷得笔直,脚蹬着树干就上树了,举着杆子继续打。核桃咚咚地往树下掉,我捡也捡不及,一边捡一边跳着躲,生怕核桃打到我的头。等我以为捡干净的时候,大舅下了树,在草丛里东找找西找找,又找出了一堆核桃,笑眯眯地说:"干活不认真啊。"

在阴坡滩,我虚度着光阴,看日子在大人们的忙活里从山这边走向山那边,日复一日。

# 泥土成就的村庄

如果你生在农村，那么泥土才是陪伴你一生的知己，泥土成就了村庄的一切，使村庄丰茂地生长，即使多年后泥土只在你的记忆里存在，你骨子里的泥土气息仍然会散发出来。

## 土　墙

那时候，土墙堆满了村庄，走到哪儿都能看到土墙的身影。有一个叫"墙墙背后"的地方让我记忆尤深——才上一年级的我常常背着书包朝与学校相反的方向走去，转过那堵墙，叫上我的好朋友后，才又朝学校走去。

那堵墙挨着村子中央横贯东西的大路站立着，拐过墙头，是另一条小路，朝北通向我的好朋友家。土墙是从一座坐东朝西的房子的背墙延伸出来的，挨着大路的墙头，被人和动物有意无意地摩擦秃了角。我就曾经用手抠过墙上的土——没有什么目的，就是一种无聊的消遣。土墙像我的老朋友，让我感到踏实与安宁。冬天，我们在学校背靠土墙晒太阳时，这种感觉更强烈，世界只剩这一堵墙的温暖。我们背靠着墙，太阳暖暖地晒在身上，琅琅的读书声响彻校园。土院墙上的青苔在冬天变成了黑色，在阳光下闪着温和的暖，纯净的蓝天就挨着土墙罩下来，我们置身在一个多么温暖的世界。

土墙的样子笨拙、粗糙，而且永远是立着的正方形或者长方形,身上还有一溜一溜的圆木头压下的印子,但它们总让我感到雄伟,因了它们的雄伟,村庄看起来才精神抖擞。土墙的样子与它的生成方式有着直接关系。我多次见过人们打墙,是的,就是"打墙"。

那年秋天的午后,父亲和请来的乡亲们把碗口粗的几根长木头摆放在我家的新院子周围,准备打墙。墙的薄厚由左右两边木头间的宽窄决定,木头的两头用木板直立拦挡,然后用绳子及木楔子固定。这样,一个长方形的"木坑"就形成了,用铁锨往坑里填满泥土,两个汉子跳进去用锤子打土。锤子小巧而实用,一块圆石头上安装一个木头把儿,提着把儿一下一下夯实脚下的土。圆圆的石头在泥土上锤下一排排整齐的印窝,浅浅的印窝泛着亮光。随着墙外人铁锨的上扬,一墙的圆窝被新一轮的泥土掩盖,汉子用脚抚平泥土,又提起锤子打起来。

木头一根一根交替上升,墙渐渐长高,下面的墙皮露出了透着新鲜的泥土气息的圆木印痕。我仰头朝上看,墙上的人影高高在上,背着夕阳成了一弯剪影。墙下的人往墙上送土有些吃力了,端一锨土,铆足劲,"嗨"一声,那一锨土画道短粗的弧线,飞上了墙。墙上的人手脚并用,把土接住刨平。

打墙的人一直在说话,说些家长里短,说些四季物事。开始是面对面谈论着,后面就变成墙上的人低下头说,墙下的人仰着头说。我看不出他们的辛劳,却看出了他们的愉悦,就像夕阳在我家院子里铺散开的五彩光斑一样。

后来,我家就有了四合院式的院墙。

我能记事的时候,人们只打墙做院子的院墙。至于由土墙筑成的房子、厕所、烤烟楼……都只是过去的存在,不再生成新的事物。比如隔壁邻居家,他家的房子就是三面打了墙的房子。如果说木梁是房子的筋骨,那么土墙就是房子的血肉。房子的两面山墙和背墙有一大半是用土墙围起来的,只有到了上面的三角区域和房子的前檐才用胡基垒上去。至于胡基，是泥土的另一种形式。又比如至今还立在家门前的那座烤烟楼，粗糙的墙皮已现出风雨磨砺后的老态，但整座烤烟楼仍然耸立不倒，似乎在努力证明土墙的坚韧。

土墙确实是坚韧的，要不它不会长长久久地从原始社会走到现代文明社会。

## 胡　基

另一种土墙，是用胡基垒成的。我不愿意把它归在土墙里，它少了最原始的土墙的拙朴，尽管它代表着村庄的前进。胡基代替木头垒的土墙，是因为它的使用方便和轻巧美观。当胡基墙渐渐代替用圆木打的墙时，我觉得村庄真的轻巧了一些，俊秀了一些。当然胡基不光可以垒墙，还可以盘炕、垒灶。

我家的新宅基地批下来时，全家人都很高兴，可以盖新房了！父亲和爷爷开始操持盖新房的所有用料。大梁准备好了，小椽准备好了，砖瓦准备好了……胡基，用料不算少的基础建筑材料是我和父亲提前打好的。

我不爱打胡基，跟不爱做其他农活一样。可是下午没有其他农活时，父亲会叫我去打胡基，他说"咱家要盖新房了"。他提着胡基模子，扛着镢头走在前面，我托着铁锨、提着草木灰跟在后面。到了土场，父亲在一块石板上安上四四方方的胡基模子，我撒上灰，铲一锨两锨土倒进去，父亲沙沙几脚抚掉模子边缘的余土，踩实四角，提了平底锤子咚咚打几下，然后用脚后跟踢开胡基模子活的一头，把锤子放在一边，小心翼翼地端了胡基放在他平整好的地上。父亲又回来安好模子，我撒上灰，一锨土跟着倒了进去。一个下午，来来回回，一块块胡基被父亲一层一层垒上去，第一层每块胡基之间间隔一些空隙朝右斜着放，第二层便朝左斜着放,一层一层交替上升,一堵镂空的"胡基墙"透着风,立在了晚霞中。

打胡基的时日,单调、孤独。父亲和我配合默契,我们不用说话。父亲的锤子咚咚作响,我看着远处劳作的人影,他们在空旷的原野上也显得孤独,影子一动一动,总让我想起皮影。一棵两棵的树影也是孤独的,散开枝叶贴在蓝天上,默不作声。我开始看西边的云彩时,夕阳洒在整个原野上的霞光开始收敛,一点一点沉了下来。我的目光穿过村庄上空的炊烟,碰上火红的晚霞。

胡基成墙得靠稀泥。我家起胡基墙时,院子热闹非凡,来帮工的人有的和泥、有的垒墙、有的搬胡基……院里用土围了一个和泥的坑,和泥的人铲土、倒水、撒麦草衣子,动作麻利娴熟。胡基被一块一块传递到垒墙师傅的手里,泥刀一铲一抹,一块胡基就立在了墙上。在人们的欢声笑语里,渐渐地墙长高了,渐渐地三面墙成型了。轻轻巧巧的墙面再用稀泥抹平,房子的基础算是有了。

等立了梁,搭了小椽,胡基仍然这儿一块、那儿一块填填补补。房顶铺上椽子盖上瓦,一座搭梁房便盖成了,这是我家的新房。帮忙盖房的人走了,院子里还一片狼藉,父亲和爷爷立在院子里,一个吃着纸烟,一个端着长烟锅。他们盯着房看,我盯着墙看,墙里头是我和父亲打的胡基,门面墙上还有一部分我和父亲烧制的砖。

胡基在村庄里像蚯蚓一样"繁殖",房屋、土炕、锅灶……村庄的烟火就靠胡基成全。于是,走在村庄的原野上,冷不丁就有一排打好的胡基立在地里。

## 砖 瓦

最初的砖瓦，是我们学校组织学生端砖给队里盖抽水房。抽水房得盖在沟里，于是我们把一块一块的砖瓦从塬上端到沟里。那时候我知道几块砖摞一起端很重，一趟一趟走几里地到沟里再爬上来，很累。

我家房上的砖瓦，是我们自己烧制的，这时才知道做砖瓦比搬砖瓦累很多。父亲会做砖坯子，他像和面一样和好泥，用一个木模子装上泥，然后倒扣下去，一块一块的砖坯子在场院里由少到多排列开来。父亲一会儿装泥，一会儿倒砖，身影在阳光下来来回回晃动，目光一直在泥土和模具上，直到一块一块的砖坯子均匀地布满了场院，他才停歇下来，抬手擦一擦额上的汗水。放眼看满场院的砖坯子，父亲有了满满的成就感。等砖坯子干一些了，父亲像垒胡基一样一层一层垒上去，这时一排一排的土砖墙就立在了场院。至于瓦，得叫专门的匠人来做，匠人如何用瓦楦子做成瓦坯子的，我并看不懂，只记得一个个圆形的瓦坯子湿漉漉地立在场里。瓦坯子就是一个圆形的桶，上下无盖，上面画着几条线。等瓦坯子干了，匠人用手轻轻一敲，圆桶就跟着线印子裂开，变成了四片泥瓦。我也学着匠人试着敲了一个，没敲出瓦，却敲了一地碎泥片。匠人看着我，呵呵笑着，脸上的表情有些骄傲。

做砖瓦坯子的日子一定是艳阳高照。我会在场院里窜来窜去，看一个个泥坯子立着晒太阳。太阳暖得让我恍惚的时候，我会觉得这些泥坯子像一个个泥人，我还幻想着它们活过来，满场院活蹦乱跳。我想起了和小伙伴玩泥巴的场景，我们也是像和面一样和好泥，然后捏泥人，捏花草虫鱼。

砖瓦坯子要进窑烧制时，我们一车一车拉到靠着沟边的瓦窑上，一块一块端进窑里垒好。烧砖瓦的窑黑乎乎的，肚子却很大，可以装很多砖瓦，直端到汗流浃背，才把所有的砖瓦装进窑里。我透过窑顶上的圆洞，看到瓦蓝的天只有碗口大，深邃而高远，累着的身心会舒展一些。

窑顶上的圆洞被封，七天七夜的烧制开始。这，便是父亲的活了。父亲拉了一车又一车麦草，和烧窑师傅守着瓦窑烧了一个又一个白天黑夜。至于如何掌握烧制火候，如何给砖"饮水"，我看不懂，我只记得瓦窑上升起的烟和着砖瓦烧制后特有的味道，在风里纠缠着朝西沟飘去。烟在明朗的西沟上空染着太阳的光渐渐变淡，与青绿的山坡绘着同一幅画。

等我再次看到砖瓦，它们已经是泛着青光的成品了。我得和父亲他们一起把砖瓦又从窑里端出来，拉回家。窑还温着，父亲便急着出砖瓦，因为盖房子等着用。我们从闷热的瓦窑里一摞一摞地把砖端出来，放到架子车上拉回家。一趟又一趟，我们像把砖端进瓦窑时一样汗流浃背，只是手脸被砖灰染成了花的。

等砖头贴上我家的门面墙、瓦片盖在我家的房顶，它们便像艺术品一样在我的心里开了花。

后来，砖瓦在家家户户的房子上开花，砖瓦房渐渐取代了大部分泥土房，可我知道，村庄仍然是泥土成就的。每次回家，我爱在村庄的大路小巷走一走，仍然能看到村庄里遗留下来的土墙、胡基。它们就那么老实地看着村庄被砖瓦代替，但它们一定知道砖瓦里流淌着它们的血液。无论什么时候，村庄的根仍然是泥土。

# 那些年的庄稼

在城市里，我常常望着窗外的绿色植物出神。很多时候，我不是欣赏窗外的风景，而是想念那些年的庄稼。

在千里之外的渭北旱塬，村庄仍然是郁郁葱葱的，甚至比过去更丰满迷人。但塬上的庄稼确实越来越单调了，单调到现在的孩子不知过去的庄稼还有那么多品种。

## 荞　麦

这么多年，我一直不曾忘记那片坡顶上开花的荞麦。我记得那是一个秋天的后晌，我正往山庄上走，转过一个弯，那片荞麦突兀地闯入我眼帘。夕阳正好，洒了山山沟沟一片灿烂，阴坡阳坡相互映衬，时空博大而通透。一大片荞麦花正处在阳坡上，白中带紫，在不算丰茂的绿叶间轻轻摇曳。在北方，风大多数时间都在，它参与所有物事。荞麦花在风中走动，繁花点点，一路旖旎。

那时候，荞麦种植也不多，但时不时在这儿或者那儿就能看到它们的身影。我喜爱荞麦就像喜爱其他庄稼一样。每一种庄稼，都以它们不同的气质，长成我心中不同的风景，它们以各种各样的风姿使土地欣欣向荣。我喜爱荞麦，但荞麦的出生与成长我并没有过多参与，荞麦在地里的时日，我与它是陌生的，我看过它出苗，见过它开花，然后它就变成了我家一堆荞麦粒。三角形的荞麦粒呈黑色,饱满地堆在地上。我想荞麦的长成肯定不是这么简简单单,它一定是父亲的精心侍弄成就的。

父亲爱吃荞面,所以父亲爱种荞麦,我是这么想的。过一段时间,父亲便说想吃荞面了,于是撮上一斗荞麦,拿到石磨子上磨面。至于石磨子,我是不爱的,父亲推磨,我也得跟着推。磨棍搭在父亲的腰上,握在手里;磨棍搭在我的两只手上,举在头顶。一圈又一圈,长长的磨道总也转不完。头昏脑涨、昏昏欲睡的我丢下磨棍,磨棍上就只剩下父亲一人了。磨一道,母亲用罗罗筛一道;再磨一道,母亲又用罗罗筛一道。不知磨筛了几道,荞麦变成了一袋黑黑的荞面和一撮粗粗的荞麦渣子。

当然,我们也用石磨子磨其他杂粮,比如玉米、高粱等,但这与荞麦无关。有驴的人家会用驴拉磨,当驴戴上眼罩在磨道里不分时日地转圈时,人便解放了。这也与荞麦无关,荞麦这时候终归是变成荞面了。

父亲端着大老碗吃他的荞面面条,我却不吃。我不爱吃荞面,就像我不爱推磨一样。在粗粮当道的年月,麦面永远是我的最爱。但荞麦不做面条时我就爱了,比如做成凉粉。每年腊月,总有很多人家做凉粉,这个时候家家户户的荞麦都会聚集在村庄的石碾子周围,一盆盆被水泡过的荞麦已经去了皮,变成了荞糁,整齐地排着队。这时候我才知道家家户户都种荞麦。我盆子里的荞糁水润润地白着,里边夹杂着一些碎荞皮。

仍然是有暖阳的天气,碾子周围已排着长长的等碾荞糁的队伍。推碾子的孩子居多,我想一定是因为和我一样爱吃凉粉。他们叽叽叽喳喳地前推后挤,好不热闹,碾子的"市场"便十分地活跃。一盆一盆的荞糁被倒在碾子上淋上水碾压,最后变成了一盆一盆的荞麦糊糊,然后碾子安静下来,湿漉漉地在冬阳下晒着。那些热闹随着孩子们回到家家户户的锅边去了。

我端着荞麦糊糊走在回家的路上,脚步是轻快的,看太阳把我的影子拉得老长，朝西铺在路上。我是多么的愉快，道路两旁光秃秃的白杨树也应该是愉快的，枝条散在瓦蓝的天上，多么美丽。

后来，母亲在灶房忙前忙后，滗浆、烧火、搅动，烟火的味道充斥在冬日的暖阳里，在我家的四合院里弥散。不久，荞麦糊糊变成了凉粉，在盆子里或者案板上泛着诱人的光亮。

再后来，我看到母亲把晒干的荞皮装到了枕头里，晚上，我们枕着软软的荞皮枕头入眠。

那时候，荞麦生生不息，一年一年轮回，年年有荞面吃，年年有凉粉吃。很多年后再回家乡，塬上再也看不到荞麦的影子。荞麦，在我们的村庄彻底消失了。

## 谷子和糜子

至少在我们塬上，谷子和糜子区别不大，都可以碾小米。我对谷子和糜子的区分，要等它们都结穗了才分得清，它们就像一对姊妹，梳着不同的发型：谷子的穗儿像把头发辫成了辫子，紧紧凑凑；糜子的穗儿像把头发披散着，松松散散。

谷子和糜子结着黄灿灿的穗儿时，也是它们最迷人的时候。它们在塬上东一块西一块铺着金黄，与其他庄稼相映成趣。谷子和糜子长长的叶子黄中带青，织密了谷田，使谷穗从中露出躬着的背。一条条谷穗沉甸甸地低着头，弯成了半弯，远远看去只能看到它们躬着的背。谷穗弯弯的样子透着憨态，你能从它们在风中沉稳的摇摆里感觉到重量，就像你能从谷叶的摇摆里感觉到轻盈一样。

谷穗摸在手中却是粗糙的，有些扎手。那细细地簇拥在穗上的谷粒，带着粗糙的壳，密实地结成一个大穗。糜子的谷粒则光滑而粗大一些，一个一个的小穗松散地组成一朵大穗。

父亲提着镰刀走进谷田，开镰收割，谷穗随着父亲的动作摇头晃脑，我看到它们欢快地扑倒在父亲的怀里，被父亲捆成一个个小捆。父亲收割的动作也是欢快的，一片谷地不到半晌，就只剩下谷茬和满地谷捆。看着这些谷穗，我常常走神，会把它们想成狐狸的尾巴、毛茸茸的项圈、黄色的月亮。更多的时候，我会想起狗尾巴草，这并不算一种毫无关联的想象，毕竟它们的穗儿形状是相似的，虽然一个硕大、一个细小，一个深沉、一个浅薄。其实谁都知道，这两种相似的植物没有半点血缘关系，一个是粮食，一个是野草。我想这是因为我接触狗尾巴草的时间比接触谷子的时间多吧。多年后，我想，那时的父亲像谷子，我像狗尾巴草。

父亲收割谷穗的欢快与他侍候幼苗的精心是成正比的。准确地说是从种到收，父亲没有哪一个环节不精心。我和父亲在地里为幼苗锄草之前，父亲已经把地犁了三遍，地里的土疙瘩被他敲得细如面。一场雨过后，谷苗一个个钻出土层，迎风见长，不多日绿莹莹的苗儿铺满地块。野草也迎风见长，于是我和父亲在地里除草。父亲的锄头灵巧活泼，嚓嚓地过去，锄到草除。两三个长在一起的苗儿也被他锄掉一棵两棵，这便是捡苗，谷子要长好，苗儿不能太稠。我的锄头并不大听我使唤，一不小心，草没锄掉，苗被一锄挖掉。于是更小心翼翼，仍然不免误锄，便生出一些懒散，站在地里看人影、看树影、看蓝天，空旷的田野无限地伸展，思想不免被带去神游。等我回过头来，父亲还是一贯的姿势，地块被锄去了大半，青苗在地里欢快地摇摆。

谷子变成谷粒，仍然是父亲的活，我不记得我在这个过程中参与了什么。但谷子变成谷粒，离喝上小米汤就不远了，至于小米粥，并不常吃，毕竟在以玉米、高粱为主食的年代，小米是金贵的。谷粒变成小米，得颇费些功夫。我记得和母亲在石碾子上碾米，谷粒倒在石碾子上碾一阵，母亲用簸箕撮起来簸一阵，谷壳随风飘一阵。一遍又一遍，不知经过几道碾压撮簸，谷粒分成米是米，壳是壳。黄亮亮的小米消除了我推碾子的不快与疲劳。

多年后，我仍然能喝到米汤，却再也没见过谷子和糜子，小米从超市买来时，我想起了谷子和糜子在田野上铺展的景致。

## 麻

麻的品种很多，有"大麻""苎麻""苘麻""亚麻"等，这是我长大以后知道的。那时候我以为麻只有我们塬上人种的那种：皮可以拧绳，麻子可以吃，应该叫"苴麻"。

麻在我们塬上生存的时代我还小，并没有刻意去注意它。我第一次记住的麻是在村庄的涝坝里，生产队收割了麻，把青色的麻秆沉到涝坝里沤麻。我记得麻在涝坝里待了很久，待到全庄都能闻到麻沤出的臭味后，成捆的麻被打捞上来，靠在阴凉处晾着。后来，生产队的妇女就把麻秆上的麻皮一绺一绺剥下来，一大把绾一团，一团团麻皮吊着麻须子挂在一起。

生产队是什么时候不种麻的我不清楚，我记得后来父亲也种过麻，等麻长得高高的，叶子青翠地四散着时，我才发现的。我看着这小小的一片麻地，能闻到麻特有的气味。一株株麻伸展着长长的叶子，叶子上刻着整齐的纹路，叶边有着整齐的锯齿。麻并不高大，但枝叶多，便也显得肥硕。这时麻已结了麻子，一簇宽大的叶子中间，长着几个米粒大小的像花苞一样的颗粒，用手剥开颗粒上的皮，便看见了嫩嫩的麻子，因为还没有完全成熟，壳呈绿白色。如果再剥早一点，麻子壳还是软的，里边会挤出乳白色的浆。

我来到麻地，是冲着麻子来的，麻子嫩得透着青草的味道。仍然不舍得离开麻地，看一株株麻在地里舒茎展叶。此时，我和麻做伴，不再想吃麻子的事情，我捉着这株摇一摇，扯着那株摸一摸，也会摘一两片叶子拿在手里把玩。麻不说话，看着一个孩子沉浸在自己的世界里，把它当作了玩伴。

父亲爱嗑麻子，就跟他爱吃荞面一样。等麻收获了，父亲把麻上的麻子撸下来，把麻秆捆成捆浸在了涝坝里。我关心的仍然是麻子，此时麻子被父亲收拾得干干净净，一颗颗圆圆地挤在一起。麻子果然是"麻"色的，黑褐色的硬壳上花花斑斑，却是光亮的。父亲嗑麻子的技术很好，看着几颗麻子丢进嘴里，听着嘎嘣一声，嘴唇边吐出了两个完好无损的半圆的壳，麻仁留在了嘴里。再嘎嘣一声，又两个半圆的壳出来了。我却是学不会的，嗑不出来，便丢进嘴里嚼，嚼得满口渣子，麻仁的香味也就大打折扣。

父亲种麻，并不为吃麻子，是为了拧绳。农家人的生活里，绳是不可或缺的农用物资。麻沤好后剥成麻皮，首先被母亲拿来拧成做鞋的细绳。她把麻皮搭在拨条的细腰上，拨条用木头做成，一拃长，两头大中间细，被母亲用手拨得骨碌碌转，转得看不到拨条，只看到一团花儿飞舞。细细的绳子在母亲的手里一点一点向上长，半个后晌，拨条的细腰上缠满了细绳。母亲有时候也用拧车拧绳，拧车就像小小的纺车，在母亲的手上吱扭吱扭地响，同样半个后晌，拧车上也缠满了细细的绳子。后来，我们的布鞋底子上布满细麻绳的针脚，丈量了从小到大的脚印。

麻皮被父亲用来拧绳时，便是一个浩大的工程。父亲在院子里支起特制的大拧车，南边放一个，北边放一个，麻皮不知被父亲如何操作，几根拇指粗的绳子便长长地在拧车之间慢慢地转动起来。父亲拿个木刮刮在绳子上刮来刮去，刮一阵子，几根绳子被拧在了一起，一根粗细合适的麻绳就拧成了，正合父亲之意。父亲根据自己的需要拧了粗细不一的很多麻绳，有的搭在了牛的身上，有的搭在了自己背上。总之，麻绳和父亲一起支撑起了一家人的生活。

如今，我学会了嗑麻子，麻却从村庄走失，我常常嗑着从市场上买来的麻子，怀念村庄里有麻的日子。

从村庄走失的庄稼，还有蓖麻、冰豆，甚至黄豆、绿豆……那些年的庄稼，一点一点从村庄走失，就像一步一步走出村庄的孩子，再也回不去了。

# 村庄里的树

先有树还是先有村庄？这个毫无意义的问题常常会在我脑海里盘旋。但有村庄一定就有树，有树的地方一定有村庄，这在渭北旱塬上是一个定律。而且，树不是一棵两棵，是远远看去一簇浓郁的绿色，有遮天蔽日之感。假若你不熟识一个地方，只要朝着有树的地方走，一定能找到村庄。

站在董坊塬上，前后左右地望，就能望见几个簇拥着的树族，那便是几个村庄。我家住在旧屋的时候，三间西房对面就是一片树，算得上小小的树林。树林再往后是一道浅浅的沟，沟里住着人家，也有树；翻过沟，对面还有人家和树。我家房子的北面有一段短短的坡，是另一个院落，院子里仍然有树，除过杨槐树，桑树是当家树。

先说说我家对门那些树，以杨槐居多，夹杂着住在我家南边的福田老爹爹家的一两棵桃树和柿子树。杨槐树并不粗壮，有一些高大挺拔，似乎伸到了天上，快到天顶时，树梢会低下头朝下看，于是院子里有了斑驳的影子；有一些却很纤细，怀疑是杨槐树落下的种子新长出来的；还有一些不大不小的，像正在成长的青年，枝叶和成年树一样繁茂，个头儿却是矮了些。这便是一个杨槐树的家族了，在风里雨里，在冬里夏里，一日日地过着自己的生活。

我爱在有太阳的天气里和杨槐树一起晒太阳，不管是冬天夏天。那时天空透明似的蓝，像蓝汪汪的海倒挂在空中。阳光透过树缝洒下来，地面有了花花斑斑，一种柔黄的色调铺展着。风一来，树叶沙沙作响，树影歪歪扭扭，静着的世界动了起来，人便也舒心地要跟着伸展一下身子。邀约了几个小伙伴，在院子里办"锅锅灶"，一些碎瓦片当盘子，树叶子和草便是菜。此时看着我们的，是树上的鸟儿，应该以麻雀居多，叽叽喳喳地叫着。

杨槐树开了花的时候，应该是四五月份了，那时满院馨香，空气里透着蜜。一串一串的杨槐花夹在绿中带黄的叶子间，随风晃动，花香也随风晃动。等不及撸来蒸炒做菜，直接拿了放进嘴里嚼起来，吃得满心欢喜。此时福田老爹爹家的桃树也开了花。粉红的桃花灼灼地开在低矮的、弯弯曲曲的桃枝上，吸引着一些蜜蜂嗡嗡地起起落落。那棵"火罐"柿子树长叶子结果子我是见过的，并未见过它开花的样子。

其实我并不多么愿意把桃树和柿子树划在村庄的树族里，树就是树，果就是果，能长果子的树在我看来不具备树生成木材的本性。桑树我却愿意把它看成树族里的一员——我见过的桑树就是树，高高大大，你要用它的树干做木材一样能行。

现在就来说说我家北面那棵缩在"坑"里的院子里的桑树。那是七婆家的桑树，就长在她家西房的侧面，高过西房，与七婆家住的窑洞的崖背比高。那棵树上的桑叶七婆拿来喂蚕，然后制丝、绣花。我看过她家的蚕"上树"，"树"是用玉米秆搭成的；我看过她家的蚕变成蛾，在纸上抖着翅膀下蛋，针尖大的蛋密密麻麻布满一张纸。七婆用她家的大铁锅煮蚕茧，和她的孙媳妇抽蚕丝，一根大拐棍两头有叉，只见她们绕来绕去，一棍子洁白的蚕丝就出来了。后来她们又给蚕丝染上不同的颜色，孙媳妇的眼里有了快乐的光，她用丝线绣了一副又一副枕头。七婆还用她家的大灶滤捞蚕蛹，一捞一大灶滤，他们一个个捏了吃，我皱着眉头龇着牙看。

七婆家的桑树也是七婆家的"鸡窝"，你没看错，就是"鸡窝"——七婆家所有的鸡在天色将暮之时,全都扑棱棱飞到桑树上去了,无论公鸡母鸡,无论春夏秋冬,它们都蹲在树上过夜。这便像一个奇观,我常常站在七婆家的院子里看鸡上树,有些鸡并不是一次就能成功飞上树,但不管飞几次,一定要飞上树才作罢。我一直没有弄明白,是七婆家的鸡与众不同呢,还是七婆家的桑树与众不同?但我得承认,我对这棵桑树充满了敬仰,此后我再也没有见过这么高大的桑树了。我也吃过这棵桑树结的桑葚,似乎比其他桑树结的果肥硕香甜。可是在七婆家崖背上长的一棵桑树就不怎么像样了,弯弯曲曲地朝崖下伸,不粗壮也不挺拔,甚至不怎么像树。它的叶子却也是硕大而翠绿的,结的桑葚也还算甜。

穿过我家院子对面的小树林一直往前走,崖下的沟里树颇多:秋树、核桃树、皂角树,还有一些我叫不上名字的树。核桃树是别人家的,吃不上核桃便不怎么关心。秋树叶子宽大,似乎没什么用处,还带着淡淡的臭味,一般人并不去接近它。唯这皂角树引人关注,因为它结皂角,人人可以去摘。皂角树吐着嫩绿的叶子,开始结出嫩绿的皂角时,大人孩子都争先恐后地去摘绿皂角,寂寞了大半年的皂角树应该是高兴的。

我家有了新房子后,爷爷和父亲在房前屋后栽了很多树,泡桐是首选的树种。泡桐长得笔直,宽大的叶子很惹人爱,我们常常拿了落下的叶子当帽子遮在头上。种泡桐,不出几年时间,泡桐便长得周周正正,树干又高又光滑,成材了。爷爷和父亲用大锯伐树,锯子在秋天的暖阳里来来去去拉得很欢实,锯末随风飞扬一些,大部分聚在树根周围。后来,他们还在房前屋后栽了土槐树、核桃树、柿子树、杏树,那时候,父亲和爷爷对树的企望应该不仅仅是成材了,他们习惯了与树为伍的生活,闲着时便栽种一些树。

新院子前面的土坑里自己长出了一些杨槐树和臭椿树。父亲和爷爷后来很少栽杨槐树,估计是因为杨槐树成材慢,且总长不周正。可是我一直喜欢着杨槐树,以它的叶子和花最爱。臭椿树是不爱的,因为它确实会发出臭味。可是它的臭味吸引的"新媳妇"十分惹孩子爱。夏天的时候,它的身上常常爬满"新媳妇"。"新媳妇"是一种像蛾一样会飞的昆虫,它穿着灰色的外衣,内衣却是鲜艳的红色,上面还点缀着一些黑点。孩子们是很喜欢的,常常去捉来玩。捉"新媳妇"也不容易,手一挨上去,它便扑棱棱飞到另一棵树上去了,于是跟着撵,撵去了却看到了另一只更顺眼的,又捉,又飞。许多"新媳妇"在树间飞来飞去。那鲜艳的内衣全然露在了外面,漂亮得很。后来才知道,有着漂亮外表的"新媳妇"竟然是一种害虫,学名叫斑衣蜡蝉!

村庄里的树我是数不完的,有些叫得上名字,有些叫不上,但几乎每一棵树我都是喜爱的。树在村庄里繁茂地生长,村庄便绿荫蔽日、水润饱满。

现在想想,村庄里的树其实大部分是人栽种的,即使自己生长起来的树,也是人爱护着的,家家户户都爱在房前屋后栽树,整个村庄便被树包围了。我记得秋天的时候,我们学校组织学生上山去采树种。

那么,应该是先有村庄,后有树了。

## 皂角树情思

这会儿,我又站在办公室的窗前看这棵皂角树。

天气并不怎么好,阴冷阴冷的,这棵皂角树却显得生机盎然,且很是悠然,让我的心情也不自觉地跟着愉悦起来。微风不知从哪个方向吹来,也不知道是用了怎样一种技巧,皂角树的枝叶并不以一个频率摇动,这边的枝叶轻轻摇曳,那边的枝叶却纹丝不动。等那边的枝叶摆动起来了,这边的又纹丝不动了,真好像你方唱罢我登台。一群鸟儿在天空变着花样盘旋,一会儿盘旋在树梢,一会儿消失在楼群之间,并不急于离去,好似专门为我这个观众表演。

这棵皂角树粗壮高大,可与八层楼房相媲美,各条枝丫曲线优美地散在天空中,形成一个硕大的树冠,我想它至少也应该有上百年的历史了吧?每天工作累了,或者心情不好了,我便站在窗前与它默默对视一会儿,看它或在风中摇曳,或在雨中静默,或在阳光下微笑。也许它也把我当作了老朋友,我看着它的时候,它一样温情脉脉地看着我,用无声的语言给予我安慰。

这棵皂角树常常让我想起北方老家的皂角树。故乡的皂角树和其他树种一样,春生夏长冬萧瑟。柳絮飞舞的时节,皂角树吐着嫩绿的叶子,开始结出嫩绿的皂角,我的记忆便是从这嫩嫩的皂角开始的。

刚刚结出的皂角还有点细小,但绿得发亮,也绿得诱人。大人孩子都争先恐后地去摘这绿皂角——它可是洗头洗衣服的天然原料。常用的采摘方法是站在地上，用长长的木棍或者长长的钩镰把皂角打下来或者钩下来。

当然这种采摘方法是要有些功夫的，一是木棍和钩镰笨重且长，单是举起来就得有一把力气；二是举起来了不一定就能瞄准，也许抡几次都会落空，一个皂角也打不下来。所以，一般大人执掌工具的时候多些。但小孩子们不管是谁打下来的，地上落了皂角，便一窝蜂拥上去捡。

拿了皂角，有的回家去洗头，有的去池塘边洗衣服。那个年代，农村人洗头洗衣服都是用几角钱一包的洗衣粉，有皂角洗衣服洗头，绝对是件兴奋的事——虽然农村人并不懂得很多知识，却知道皂角是天然洗涤的好用品。

皂角的用法当然也是比较原始的，把皂角砸烂，裹在衣服里揉搓，或者用木棒捶打，然后就会看见许多泡沫。等揉搓得差不多了，用清水漂洗过，衣服便干干净净了。但用皂角洗头不是件容易的事，方法当然也是先把皂角砸烂，然后直接放到头发上揉搓。而漂洗头上的皂角渣子，可不像漂洗衣服那么容易，只是把泡沫漂洗掉，渣子只能用梳子一点一点清除，这是要耗掉很多时间的。即使这样麻烦，大人小孩还是热衷用皂角洗头，毕竟用皂角洗过的头发摸起来柔滑顺溜。也许是那时候的人生活比较粗糙，我现在也没想明白，为什么不把皂角砸烂用布包着洗呢？

随着季节的生长，皂角树的叶子颜色越来越深，皂角也由嫩绿变成深绿，越发地宽大溜长，这时候可以摘下来贮藏了。贮藏久了的皂角会变成黑色，但经久耐用，贮藏得多，可以用到第二年新皂角长出来。如果无人采摘，皂角便一直长到自然落下，颜色也已变成黑色了。

皂角却也不是那么轻易能得手的，因为皂角树浑身长满了刺。一些大人用长长的木棍或者长长的钩镰站在地上打皂角或者钩皂角，一些孩子便在树下蜂拥着抢皂角。在初夏和煦的暖风里，在这一条浅浅的小沟里，皂角树成就了一个热闹的世界。

我拿了皂角去池塘边洗衣服，把皂角砸烂，裹在衣服里揉搓，然后就看见许多白得清澈的泡沫在水面散开去。我还把皂角里嫩嫩的籽剥出来，吃籽上嫩嫩的"角质"。"角质"半透明，并没有什么味，劲道而寡淡，若不小心吃了籽，一定是苦的。我还用皂角洗过头，把皂角砸烂，直接放到头发上揉搓，同样有洁白的泡沫，皂角渣子却留在了头发上，于是用上大半天时间，在暖暖的阳光下用梳子一点一点清理。

皂角变成黑色被贮藏起来的时候，皂角树的热闹也就结束了。如果再有人光临皂角树，一定是需要皂角树上的刺，听说能治病，终究不知道怎么个用法。

窗外的这棵皂角树依然摇曳着枝叶，默默地与我对视。我看不清它浑身是不是也长满了刺，但我曾看见它在夏天的时候结了满树的皂角，一串一串挂在枝头，即使落了满地，也没有人理会。这时候，我想这棵皂角树是不是会有一种失落感。也许它会想起，曾经的曾经也有大人小孩在它的身上摘取皂角，摘取皂角刺，凸显它的成就。

这棵皂角树成了我窗前的风景，更成了我心中的风景，它总能带给我暖暖的回忆，温馨的安抚。

# 牛

我开始认识牛的时候，牛还与我没有什么关联，那时候我还小，我家的牛不用我操心，牛也不在意我。牛这个庞然大物让我第一次确切地关注，是在一个夏天的后晌。那天，一群人在野地里放牛，我正好在那儿剜猪草。突然，一头黑牛和一头黄牛就顶上了。牛的主人吆天喝地，两头牛置若罔闻，直顶得黑牛的一只角脱了帽，露出鲜红的"血角"，两头牛才被人隔离开来。

后来我就仔细看我家的那头大黄牛了，它于小小的我来说是庞然大物，但它似乎并不像那两头顶仗的牛那么凶恶，相反，一双大眼里还透着些许温柔。我看到父亲一靠近它，它就抬起流着涎水的嘴巴，鼻孔出着粗气，看父亲的眼里满是亲昵。

父亲前前后后饲养过的牛我也记不清有多少，但父亲对每头牛的爱护简直可以用宠爱来形容。无论多么糟的牛，到了父亲的手里，都能重新焕发生机。

我能当半个劳力使的时候，与牛的接触频繁起来。我常常给牛套轭头，牵牛缰绳。我把笨重的牛轭头架到牛脖子上，牛安静地立着，大大的牛眼里出现两个小小的人影。牛鼻子上还附着几个小水珠，呼出的气带着青草的味道。牛的耳朵也忽前忽后地动着，它应该听懂了父亲的话，知道要去干活了。

牛和人一样，有急性子，有慢性子。父亲养过的牛慢性子居多，或者说，牛大部分是慢性子。这和父亲的急性子实在不搭。可父亲竟然有耐心把一头头慢性子的牛养得体健毛滑。慢性子的牛干活确实不利落，无论你如何着急，它都不着急。它也不是想偷奸耍滑，就是走不快，哪怕你把鞭子抽断，它仍然慢条斯理。

有时候，这种慢条斯理的节奏也会给我愉悦的享受。初冬时节，父亲和我给地里拉粪，父亲在后面拉着车厢，我在前面牵着牛绳，牛在中间套着轭头拉。父亲嘴里"啾啾"的赶牛声没有实际意义，牛该是什么步伐还是什么步伐，父亲自己倒对他肩上的绳索用着劲。父亲和牛一起干活从不只让牛出力。我不用出力，我牵着牛缰绳为牛指引方向。趁着这缓慢的步伐，我看着道路两旁的白杨树在冷风里伸着光秃秃的枝丫微微摆动。有时候，黑黑的一只鸟儿从头顶飞过去，穿过树枝，越过电线杆，还没看清它是什么，便成了远处一个小黑点。我还能悠闲地看地里的麦子，一片一片麦田准备越冬了，青黄的叶子上有了薄薄的白霜。

牛在我身后喘着粗气，等上了坡，它身上的轭头和绳索在身上松松垮垮，它和父亲一起放松了下来。一趟又一趟，一个早上或者下午就过去了，麦地里堆满了粪堆。我感觉牛和我们一样愉悦，它和我们一起站着看广阔的田野，牛眼看着远方出神，身上的毛被风吹着微微抖动。我牵着牛，父亲拉着架子车，我们一起回家。我没觉得牛是牛，而是觉得牛是我家的家庭成员。

我以为牛的慢性子也成就了牛的耐力。牛和人的步调是一致的，人忙牛也忙。夏天，人割麦，牛得拉麦、碾麦。那一日，父亲和牛从沟底拉着高高一架子车麦子，顺着弯弯曲曲的坡路爬。父亲的汗水像河一样流，我牵牛缰绳的手心也浸满了汗水，牛呼哧呼哧在我身后喘着粗气，它不紧不慢的步伐一直从沟底持续到坡顶。一趟又一趟，牛把太阳拉进了西山背后，牛仍然和开始一样是不紧不慢的步伐。碾场时，牛拉着石碌碡转了一圈又一圈，把树荫转得长长短短，它仍然像才开始劳作一样精神抖擞。所以，很多时候，我觉得牛是不会疲劳的，它可以永远劳作下去。牛不疲劳，父亲便也不会疲劳，他和牛相随相伴。

牛的慢性子也有让我着急的时候。和别人一起去放牛，我想让它走快点，我举起枝条打它，轻轻地抽几下，让它知道我在催它。牛反而站住不走了——它以为我在给它赶蚊虫。是的，我和它都闲的时候，我常常会给它赶蚊虫，还用树枝或者特制的梳子给它梳理毛发。这是我从父亲那儿学来的。父亲闲的时候，特别是冬天，有暖阳的日子，父亲就和他的牛一起晒太阳。父亲先把牛从圈里牵到大门外，然后用梳子为牛梳理毛发；再然后，牛惬意地卧在地上闭着眼睡觉，父亲躺在大门外的秸秆上睡觉。

可这个时候它会错了我的意，我举起枝条狠狠抽它几下，它终于懂了，抬起蹄子嗒嗒地快跑几步，然后又慢悠悠地踏碎步了，终究是一大群牛里掉队的那一头。

父亲也养过一头急性子的牛，这对父亲来说也不全是好事，他开始着急这头牛的性子太急。比如犁地，和它配对的另一头牛是个慢性子，犁经常被它拉歪着走，倒不影响犁地，而是犁被它一头牛拉着走了，另一头牛成了跟着闲走不出力的牛。父亲这时候往往很着急，他怕累坏了这头牛，于是甩着鞭子想赶另一头牛，鞭子打在了另一头牛的背上，急性子的牛却更急了，跑得更欢。父亲便骂起来，骂它不知好歹，骂它就是因为性子急才精刮瘦。

这头急性子的牛确实瘦，长不好。父亲老替它担心，喂养得更精心。当然，父亲对牛的喂养一直精心。青草长得还不多的季节，有些牛还在吃麦草，父亲已跑到山上，为牛割回青草。冬天，没有青草了，牛只能吃干草料，父亲在秋天里准备了很多用苜蓿做成的干草料，和着麦草一起喂，苜蓿做的干草料喂完了，再用粗粮料拿水和着麦草喂。寒冷的冬天，父亲每晚都要起来为牛拌草料，我总会在睡梦中听到屋里的房门咣当咣当地响两三回。

喂习惯了，牛一听到有人进牛房，便抬起头看人，神情十分活泛。我看着父亲给牛拌草料，牛头在槽里拱来拱去，父亲不得不用拌草料的棍子敲打几下牛头，牛头躲闪几下，又在父亲的手里抢食吃了。我想起了过去生产队的饲养室,那时一长溜牛槽上拴着很多头牛,牛槽边沿被磨得黑而发亮。牛在槽里抢苜蓿吃,喂牛的人躺在牛槽边的土炕上睡大觉。包产到户后,牛跟着人到了各家各户,牛便成了各家各户的宝贝。

那时候,村庄的牛和人差不多一样多,有一群人走,就有一群牛走,人还是跟在牛后头的,可见牛的地位有多重要。牛的重要性还体现在过年的时候,年三十,母亲会给每头牛喂一个大馒头,她说,牛也过年哩。当牛漫山遍野地布满山头,人们的心里一定是踏实的。我们有牛,有田地,便有吃食。那时候人离不了牛,牛离不了人,我们真的就是一家子。

可是牛到底不是人,有牛就有牛的买卖。

一头头牛在交易市场接受各种人的检阅,无论是买牛还是卖牛,买卖双方有了意思,便会把手握在袖筒里捏价。至今我也没弄明白他们是怎么捏价的,只看着捏价的人捏几下,有的开始数钱牵牛,有的则甩手走人。从爷爷的袖筒里,我家的牛有被捏走的,也有被捏来的,到了父亲这儿,便是开口讲价了。父亲买牛先考虑价钱的贵贱,再看牛的品相,因为钱短;父亲卖牛必问牛的去向,他最怕把牛卖给"杀牛客"。父亲认为牛老了就应该像人一样下葬,可现实是牛在家里老死的基本没有。牛一直在农村人的生活里流动,断不敢死在家里,万不得已死在家里,人的生活便会遭受沉重的打击。

如今我家一头牛也没有了,村庄里的牛也寥寥无几。我怀念起我家的那些牛,那头为我家下了好几个小牛犊的老母牛,那头急性子的黄犍牛,那头性子慢到刀子插到身都不急的黑母牛……一头头牛曾经和父亲朝夕相处,也和我朝夕相处,它们的眼里有我们,我们的眼里有它们,我们相互为伴,度过了那些艰难而简单的岁月。牛,老在了历史的深处;父亲,老在了岁月的年轮里。牛和父亲仍然是同一个步调。

# 游门子

　　那时候，只要没什么事，我就东家进西家出地游门子——一般是冬季或者下雨的天气。在一个小伙伴的家里，我就会碰到和我一样来游门子的小伙伴。我们一齐爬上人家的土炕，把脏兮兮的脚伸进热被窝，坐在炕上打扑克。扑克被我们抓来扔去，被子也被我们揉来搓去。嘻嘻哈哈的吵闹声并不惹恼主人，主人夫妇躲在外面的屋子静悄悄地做他们的活计去了。

　　游门子，这是我们从大人那儿学来的。我家还在老院子时，母亲常常到七婆家去游门子。母亲拿着鞋底坐在七婆家窑洞的炕边纳鞋底，鞋底太硬，母亲拿一把锥子扎一个眼，针跟着扎进去，鞋绳跟着针咻溜咻溜地响，母亲把针在头发上蹭一下，又扎下去。七婆正在锅上煮蚕茧，她养的蚕白白胖胖，结的茧白白净净。这时候，蚕茧已煮透，锅上冒着热气。七婆捞了一些蚕蛹给我们吃，我不敢吃。她们手头各做各的事，嘴里呱啦着东长西短，是我听不明白的。此时太阳暖烘烘地照着，七婆家的孙媳妇正在院子里逗一岁多的儿子玩。

　　村东头的爸婆走一里地到我家来游门子，她一坐就是一个上午或者下午。她手里一样拿着针线活，要么拧绳绳，要么绣枕头。她和母亲也能说一个下午或者上午的话，间或夹杂着笑声。正说着话，又有远村的妇人来找母亲画花。妇人笑呵呵地说，儿子要结婚了，来画几幅枕头绣。母亲同样笑呵呵地答应着赶紧找笔砚，给砚台里滴几滴水，化了上次用过剩下的墨汁，提笔蘸几下，笔尖走来走去，不出几分钟，一对雀儿、两只鸳鸯、几朵莲花……印在了妇人的枕头上。爸婆和妇人拿了枕头左右端详，啧啧地赞叹着，母亲笑微微地收了笔墨，心里应该是愉悦而满足的。女人拿着画好的枕头走了，爸婆和母亲仍然边说话边做针线活。

大人们像孩子一样扎堆游门子大多在忙毕。六月间麦子收完，隔壁侠姨就和母亲坐在我家门前的槐树下绣花，午后的风温热中带着凉爽，树影婆娑，蓝天悠悠，太阳在偏西的天上挂着，黄红的霞光仍然热烈。平姨正在西面的阳光里晃动，侠姨扯着嗓子吆喝。平姨夹着小板凳，提着针线活，一摇一晃地过来了，大声小气地说笑一阵，放下板凳坐下。于是三个妇人低着头专心做起了针线活，风微微地拂动她们的头发，嘤嘤的说话声并不间断。远处，另一户人家的门口也围了一堆女人，哈哈的笑声不时传过来，小孩子们正在女人堆里跑来跑去，叽叽喳喳不歇气。

此时村庄的大路边和涝坝边也热闹着。男人们正聚在那儿说闲话，他们游门子很少去别人家。二伯和三娃正在盯方，一堆人围着看，指指点点、说说笑笑。五爷端着长烟锅抽着烟，并不被盯方的人打搅，眼睛看着远方，幽蓝的烟随风软绵绵地一圈一圈上升，和着阳光的透亮。高亢的谈话嘈杂，粗犷的笑声一波一波传开来。大路上仍然有不肯闲下来的农人肩扛镬头或者锄头来来往往，偶尔停下来拄着镬头或者锄头看人们盯方，看小孩子打架。门前的牛羊不甘寂寞，时不时摇头晃脑，叫上几声。村庄此时欢喜而盈满。

天色看着看着由白变黑，暮色升起来，越来越浓，谁家烧锅的烟火有些呛人。夜风更凉爽一些，母亲和门口的妇人们收拾起针线，提着板凳各回各家。村庄的大路边和涝坝边也安静下来，昏暗中，有各家各户叮叮当当的声响传出来，夹杂一两声话语。

## 发 事

　　那些年，农村人对待头发，就像他们的生活一样简单。很多时候，他们顾不上头发，头发不是刻意去收拾的，是万不得已长得见不得人了才想起收拾一下。

　　父亲说，头发长了，果然是长得实在看不过眼了。找个晴好的日子，母亲端来杌子放在当院，父亲规规矩矩坐下，母亲拿起裁衣服的剪刀，在父亲的头上剪来剪去，又拿出剃头刀刮来刮去。一会儿，杌子周围落满了头发，父亲的头发短了不少，虽然不怎么整齐，倒是真的精神了。若是夏天，父亲说，给我剃个秃子，母亲果然就把父亲的头剃得光亮。然后父亲端来一盆水，抓一把洗衣粉放水里，三扒两爪就把头洗完了。那时候，我们洗头都用洗衣粉。母亲年轻时头发是不剪的，我记得母亲一直辫两条粗黑的大辫子，在身后甩来甩去。她常常把黑亮的头发洗得干干净净，用剪刀对着镜子剪刘海。等到人过中年，两根辫子剪了，成了短发。她的短发是找隔壁婶子剪的。当然婶子的短发和庄里一些妇人的短发也是母亲剪的。她们都像天生的理发师，过一段时间就相互修修剪剪，倒也都看得过眼。

　　相较于大人的头发，小孩的头发拾掇起来就费神了，我记得我和弟弟妹妹的头发颇让母亲伤脑筋——因为我们不爱洗头也不爱剪头。同样是晴好的天气，母亲哄着五岁的我洗头，我哭哭啼啼不愿意洗。等母亲费神费力给我洗好头，却使了性子，跑到大门外在地上滚了几滚，故意把头发弄脏。给弟弟洗头剃发也是十分地伤神，母亲才说要剪头，弟弟已经跳起来嗖地跑出去了，等母亲满庄撵，捉回来按在杌子上，吓唬几句，总算不敢乱动，仍然哭哭啼啼。也许是母亲忙，也许是母亲也怕了这样的折腾，但凡母亲要我们洗头剪发时，头发必定是脏到了无法忍受的程度，头发不但板结在了一起，而且还长了虱子。于是就更怕洗梳，拉扯着疼。

后来，我家有了专门的理发工具——推子，这个新奇的东西很受全家欢迎，连不爱剪头的弟弟都不再怕剪头。我还记得推子才买来时全家人的兴奋。从盒子里把推子拿出来，挨个儿看。推子是不锈钢材质的，闪闪发亮，用手捏着两只弯曲着的把手，一紧一松，推子头上的一排齿子就铰合着，噌噌地响，放到头上，头发就被铰掉了。母亲仍然自学成才，用一把推子管理全家人的头发——当然主要管理父亲和弟弟的头发，母亲和我及妹妹的头发是用不上推子的。父亲和弟弟的头发推长推短、推深推浅，全在母亲的手劲上。她一手拿推子，一手拿梳子，上上下下、来来回回，在父亲和弟弟的头上忙活，现在想来真和理发的师傅手艺差不多。那时候我和弟妹不知道城里还有专门的理发店，因为我们没进过城，我们以为全天下人的头发都是自己修剪的。

推子用久了也会罢工，要么夹头发，要么推不动。这时父亲就成了修理师，拆拆卸卸、擦擦洗洗，再润上点油，推子又活泛起来，在父亲和弟弟的头上精神焕发。

后来日子好过了，母亲也进城理过发，我和弟弟妹妹也进城理过发，但父亲一直不肯进理发店，他似乎习惯了母亲为他理发，直到母亲年老多病再也理不动了。那把推子还一直保存着，寂寞起来，静静地躺在老旧的抽屉里。

那些年，人们的日子和发事一样简单。

# 夏　夜

　　蝉鸣虫吟，和着牛羊呼出的青草气味。晚霞红得火一样，和分着层次的云彩纠缠在西边的山尖。整个山沟里半边染着火红的晚霞，半边已隐入黄昏的阴暗。隐在山沟里的和晾在晚霞里的人和牲畜，却是十分活跃的了，叮叮当当的铃声和此起彼伏的吆喝声在山间回荡。羊肠小道上，牛羊的大军和着土雾前拥后挤地努力向前冲。

　　浩浩荡荡的牛羊大军进入山庄的院子，院子沸腾起来。赶牛羊的吆喝声、女人们呵斥孩子的吵闹声、男人们相互问候的说话声、孩子们打闹的嬉戏声，汇成了一个火热的世界。

　　一个十多岁的女孩从窑里端出晌午晾下的面汤、洗碗水，一群羊羔咩咩叫着围了上来，把头伸进盆里。女孩用手抚摸着羊羔，映满红霞的脸上有了爱怜的笑容。羊羔拥拥挤挤，喝光了盆子里的水，一个个抬起湿漉漉的嘴巴，仍然眯着眼咩咩地叫。女孩把羊羔关进圈里，插上栅栏。羊羔把头从栅栏缝里伸出来，仍然叫。女孩不再理睬羊羔，进窑洞做晚饭去了。

　　隔壁的大伯把牛拴在院边，一边铲牛粪一边和另一个男人谈着农事，身上的白衬衫脏成了灰黑色，扣子敞开着，露出和手臂一样黝黑的胸膛。另一个男人正收拾着柴火，排成一个长条堆放在自家窑门口，拿了洋火擦了几遍才擦起了火，点上。像一条长虫一样的柴火冒出了浓烟，袅袅上升。

　　"今年大坡的麦子不行，稀稀拉拉没收多少麦子，地不行，不想种秋了。"

"看天旱下这个样子，秋不好种哩。"

又一个半大女子进了院子，背上的柴捆还没放下，隔壁大伯朝她喊："女婿寻下了没？伯给你寻个女婿。"

背柴的女子不说话，有些害羞地笑。

"你看唱灯影戏的那个男娃咋样？给你找下嘛。"

半大女子仍不说话，更害羞了，钻进了窑里。

大伯和另一个男人一齐笑了起来，他们又扯到农事上去了。

假若背着柴的是个半大小伙儿，大伯的问话便变成了："媳妇寻下了没？伯给你说个媳妇……不赶紧寻没有了。"这小伙儿也调皮，说："不怕，在丈母娘家长着哩。"

天边最后一丝红云被夜幕吞没，月亮露出了淡淡的笑脸。山山沟沟模模糊糊，在暗蓝的夜色里起起伏伏。世界收缩成山庄的院子那么大。女人们都在窑里忙晚饭，孩子们的嬉闹围到锅边去了，院子渐渐安静下来。

家家户户的窑门口升起浓烟，院子里几股烟火交替上升，空气里的烟味有些呛人，蚊子却是四散而逃了——整个晚上就靠一条条柴火的"长虫"焐出的烟，人们才可以不受蚊子侵袭，睡个安稳觉，尽管梦里都是柴烟的味道。

窑里飘出一阵阵饭香时，月亮已经抛却了羞涩，亮亮地照着院落。孩子们勤快地把一碗碗面条递到男人们的手中。围着火堆，男人们有的坐着、有的蹲着，一边哧溜哧溜地吃着面条，一边继续闲谈，偶尔冒起的火苗映红了他们饱经风霜的脸膛。仍有一两个从烟的缝隙里钻进来的蚊子爬到他们黑黢黢的光膀子上，伸手拍一把。女人们一边照顾孩子，一边胡乱地吃一些，东家长西家短的谈话声却不间断。

一碗面条下肚，男人们满足地打着饱嗝，女人们进窑收拾碗筷。男人们吸着自制的粗烟棒围着火堆继续闲聊。半大女子和小伙儿都不怎么说话，只听大人谈，有萤火虫的夜晚，忍不住童心，捉一两个看看，仍然放了飞，眼睛跟着萤火虫伸向夜空。女人们收拾停当，走出窑洞，继续三个一堆、五个一团地东家长西家短地摆谈起来。整个院落只听到嗡嗡的谈话声。

月亮已经升起老高，把整个院子照得亮堂堂的。一阵夜风吹来，凉爽得很。院边的树叶随风摇曳，把斑斓的花纹投到牛的身上，牛惬意地甩甩尾巴摇摇头，脖子上的铃铛也跟着清脆地响两下。

夜渐渐深了，不知名的小虫子起劲地叫着，好像在比赛。有些小孩已经在母亲的怀里睡着了，偶尔在梦中呢喃，女人们陆陆续续回屋睡觉，男人们继续留在院子里享受夜的清凉，黑黢黢的光膀子在月光下泛着亮光。远处连绵起伏的山峰黑漆漆地围了一圈，整个世界只剩下这个小院落了。

## 月光之下

最近的一次月光，我是在小城的西山上吹着夏风享受的。我一直固执地认为这又是一个月明星繁的夜晚。月挂半空，柔软的亮光像一层薄纱，笼着整个天地。我仰望东方，感觉月光照亮了我整个脸庞。我专注于一颗颗撒满天空的星星，虽然不那么明亮，却忽闪忽闪的特别活跃。忽然，一颗流星划过夜空，好似在星河里投下一颗石子，荡起一波涟漪后销声匿迹。整个西山仍然是月光的天下。

无论是睡着还是醒着，月光从没离开过我，我一直在月光下行走，走了很多年，走得岁月泛了白，我还迷失在月光里。

在月光下，我们玩耍嬉闹。那一年，月光照亮整个村庄的时候，天才刚刚擦黑，大人们遁入屋内，在摇曳的油灯下操劳着在我看来无关紧要的事情。村子被一群孩子闹翻了天，闹翻天的孩子成了月光的宠儿。星星并没有因月光的明亮而隐退。我捂着一个小伙伴的眼睛，却让指缝漏了一条线，他假装看不见，却看见了一切。一个指星星的过去了，一个推车的过去了，一个翻跟斗的过去了，一个打车轮毂的过去了……在月光下做着各种动作的孩子似乎忽略了月光。其实月光是加入我们的游戏中来的，不然，孩子们的各种动作便失去了意义，我留给小伙伴的一条缝也会失去意义。凭着手指间的一条缝，月光让他找到了我让他找的人。他欢呼着庆祝胜利时，整个村庄的月光都笑了。

月光一点一点走着，走到半道时，树叶哗哗作响，摇得月光来回晃动，一地斑驳也跟着晃动，月光便在树叶上停留片刻，也许还私语了一番。孩子们凭着月光的影子掐算时间，一个一个溜回家的时候，村子真的安静得只能听见偶尔一两声呓语。月光也安静了下来，拥着村庄进入梦乡。

月光在晚上出没，人们便会在晚上享受月光下能做的事，即使在大冬天寒冷的夜里。那一夜，月光真的冒着寒气，一半在屋顶冷峻地张望，一半在屋檐下沉默不语。隔沟的塬上秦腔响亮的吼声勾引着骨子里都长着秦韵的看戏人。我和一群人一起踩着冰碴从东塬翻沟向西塬走去，脚下嚓嚓的声响都被月光听见了。下一道坡，上一道梁，月光一直不离不弃。我们在沟这边才下坡，月光却提前到了沟那边，在梁上等着我们。一群人在窄窄的梁上爬成一串串影子。抬头望，月光竟然亮得有些刺眼。

秦腔声越来越响，会场的灯光闪闪烁烁，月光不再跟着我们。我们混迹在人群中，月光找不见我们。在秦腔的水深火热里，我们也忘记了月光。

戏唱完了，月光又提前跑到沟边去了，也许它一直等在我们回家的路上。像来时一样，我们还在下坡，月光又提前跑到了对面的梁上。翻过沟，进入村庄，月光似乎放心了，站在村口不再走动。看戏人带着秦腔的韵律，在睡梦中望着月光笑。

那一年，月光还陪着我走村串户地表演社火。正月里的热闹带着逼人的寒气。正月的夜晚一定少不了传统的地台社火。以大地为舞台的表演在关公、张飞和三个小旦的完美组合里传递着古老的乡村文化。关公大刀挥舞，步调不疾不徐；张飞张牙舞爪，喳喳乱叫；小旦蹁跹若蝶，面似桃花。走过一村又一村，翻过一沟又一沟，演出在有月光的夜晚热火朝天。在条条小道或大路上，锣鼓响起时，月光被震得一颤一颤，锣鼓息声时，大地静得只剩下月光。直到每个村子走遍，演员昏昏欲睡，月光也疲倦了，睡眼惺忪。

月光在八月十五的晚上一定只住在我家院子里。树影婆娑处，桌子上的月饼泛着月亮的圆。父亲母亲弟弟妹妹和我一起拥抱月光。月光是爱我们的，它接受我们的拥抱，然后一直温暖地挂在树梢看着我们，看父亲母亲给我们分月饼，看弟弟妹妹把月饼咀嚼出香甜。夜深了，月光西移，留下半边光影守着院子，我们关上房门，会让月光从窗户进入我们的梦乡。

月光有时候会在半夜等着我，等我睡一觉，打开门上厕所，它亮晃晃地站在门外。有时是在夏天的热风里，有时是在冬天的雪地上。无论在哪个季节，月光在半夜的守望总让我感动。半夜里，在月光下，会忘记酷热或者寒冷，会怀疑月光为什么一直守着我们，会欢喜月光的忠诚。月光下寂静的夜似乎没有了万物，或者不知道万物是什么，天地在这一刻似乎很混沌，又似乎很透彻。这样空灵的感觉多年后一直不曾消散。

月光在黎明时出现，一定是在等我们上学。当整个村庄的公鸡此起彼伏地打鸣时，我们一定是睡不住了。不是我们眷恋月光，就是月光惦记我们。走出大门，月光护送我们去学校。月光也护送别的孩子去学校。我们不知道时间，我们只跟着月光走。我们唱着歌走到学校门口时，红色的大木门还紧紧关闭着。月光探头探脑，翻过院墙打探情况，最终不言不语，把我们留在大门楼檐下的阴影里。坐在校门的木门槛边沿上，我们会再睡一小觉。等木门吱呀地打开时，才发现月光已不知去向。

我一直没离开过月光，却很久没见过月光了。在日渐繁华的城市里，我常常想起月光，又常常想不起月光。我其实不知道在哪儿寻找月光。我不相信我在异乡的城市里能找到仍然如水般温柔、如村庄般忠诚的月光，月光应该还留守在我家的四合院里，等着我回家。

# 风从故乡来

　　风是故乡的特产。风从春吹到夏，从秋吹到冬，吹一个四季便是一个轮回。于是，风里的温暖便成了日子里温馨而浪漫的记忆。

　　风从塬根吹来时，塬上的春天灿烂得黄一片绿一片。那时，我正在油菜花盛开的地里挖小蒜。天阔得像大海，蓝得能透出水，几朵白云浮在蓝之下，一个三维的空间，映射出阳光的明媚。

　　风是一点一点拂田而来的，最开始在塬根的那座堡子上。我看见堡子挨着天，用它的土灰色衬出蓝天的纯净。堡子被古老的风打磨得有些颓废，墙皮松垮虚浮，周围荒草摇曳。但它的筋骨应该是坚硬的，因为打我记事起，它就这样坚挺而威武地矗立在塬根，而且高高在上。打堡子下面走过，整个塬上的人都可以看见你。人们似乎以它为坐标，走到堡子下面，就会有人报告路程的远近。

　　风从堡子那儿起程，抚着堡子粗糙的皮肤而过，爬下坡，爬过一层一层的绿，掀起一波一浪，最后到达我的油菜地。菜花使劲抖动起来，摇头晃脑。正在采蜜的蜜蜂翅膀颤动得更频繁，似乎在花蕊上站立不稳，连唱歌的声音都暂停了，用尽力气不让风带走自己。我灼热的脸被风吹得很熨帖，头发却一根根飞了起来，与风儿纠缠不清。我直起腰，暂停劳作，看风在地里撕扯。

　　终究，风儿摇下一地花粉，翻过菜花的金黄，扑向田野，继续推着一层一层或绿或黄的波浪，远远地走了。

此时，村庄涝坝里的风是守着不走的，它喜欢在涝坝里洗衣服和玩耍的大人小孩，喜欢听大人们家长里短地絮叨，喜欢看孩子们泥猴一样戏水或者玩泥巴。风在涝坝边上几棵柳树的头上不停地刮，柳树不气不恼，披着满头绿，垂着条条细发，任风把它的发梢浸到水面打湿。柳枝吐着鹅黄，拂过来拂过去，顺着风的脾气宠着风。风还在涝坝的水面撒上一层柳絮，然后轻轻地吹着柳絮在水面上游来游去。柳絮在水波之上忽高忽低，忽远忽近，似乎挺享受随波逐流的感觉。

当大地被热浪侵袭时，风有时会躲起来。比如烈日当空时，割麦的农人汗水像河一样流，却不见一丝风吹来，农人抬起头望望天，皱起眉头，只得揭下草帽卷起来当扇子扇几下；比如碾完场，等着扬场时，风又跑了，害得农人一边咒骂一边盯着树梢盼星星盼月亮地等。

风在人们翻场时，会出来捣乱，吹得麦草衣子乱飞，吹得翻场的人睁不开眼。风暴虐的脾气在雷阵雨来临前展露无遗。眼看要下雨了，农人心急火燎地收拾着，要么在地里摞麦垛子，要么在场里盖麦粒。风脾气大得很，不是把麦垛子上的帽子吹翻在地，就是把盖麦子的塑料布吹上天去。农人和风的战斗此时最激烈。

风在人们不干活时却会温和下来。比如晚上，习习凉风刮过场院，刮过整个村庄。人们在场院里享受风的给予，风倾听人们嘤嘤的谈话。风跟人和谐得出奇。风在夏收忙完之后留在村庄玩耍。在这家的房前逛逛，在那家的屋后扫扫。几根麦草几根毛草会随风走上一段，终究不会走很远，它们各自有家。

风在夏天还跟着我赶集。它跟着我逛并不繁华的小街道，在街道上扬起一阵尘土，吹得商店里的纸货哗啦哗啦地响，吹得有些店门咯吱咯吱地摇。等我回家时，它跟着我跑着跑着就跑成了小旋风，也许是对这次赶集不满意。旋风是可怕的，听说会把人卷上天。所以小旋风里一定装着鬼怪。我看着小旋风下面大上面小，卷着尘土在路上跑时，吓得不知往哪儿躲。终究，小旋风一次也没跑到我身上来，也没见谁被小旋风卷上天去。

今年夏天我睡在老家的土炕上，透过后窗看风在我家的杨树上猎猎地招展。正是午后，村庄昏昏欲睡，屋后的风和我一起醒着。阳光正烈，风变着花样吹。先是呼——呼——有节奏地把杨树朝一个方向吹，把树梢吹成个大背头，杨树头朝一边歪着，等风喘口气的时候才能把头回正一下。等一会儿，风又左一下右一下地乱吹，树梢也只得跟着风左一下右一下地东倒西歪。风累了，不再用劲，杨树也消停下来，只有叶子哗哗作响，闪着阳光的颜色。

风在孩子们的背篓里东翻西翻时，已经是秋天。有了秋风，树叶才哗啦啦落下来。风在每棵树上搜刮叶子，也许它喜欢那一片一片的黄。那一片一片的黄确实诱人，叶脉清晰，叶片黄中带绿或者绿中带黄，叶边弯弯曲曲，弯成秋天的模样。风带着叶子在空中舞蹈，翩跹飞翔的姿势优美动人。飘啊飘啊，飘累了，才会恋恋不舍地轻轻落到地上。一叶两叶，三叶四叶……不知不觉，地上覆盖了厚厚一层地毯。

孩子们也是喜欢落叶的，于是风和孩子们打架。风不想孩子们把落叶带走。孩子们一扫帚一扫帚地扫一堆，还没来得及装进背篓，风呼的一下全卷天上去了，于是孩子们又跟着树叶跑。等风喘气的当儿，孩子们手脚麻利地把叶子装进了背篓。风看着得胜的孩子，像猫一样呜呜地叫几声，吹着几片零星的叶子转身走远。

风在秋天还会去找高粱或者玉米。从它们的叶片上走过，是舒服的。风感觉到厚实。风看到夕阳把光彩送给金黄的玉米和红着脸的高粱。风还看见我的父亲古铜色的皱纹里胀满了笑意，它从父亲手中握着的镰刃上跑过，在高粱地和玉米地里钻进钻出。但它应该摇不动高粱和玉米的身躯了，所以只能在它们的缝隙里窜来窜去，掠走一点粮食的香味。

当颗粒归仓时，田野上真的空了。风在一棵棵光秃秃的树枝上眺望，在一株株枯黄的草尖上徘徊。风最后在空旷的田野上发呆。

刮西北风的时候，我们穿戴厚实。风走了一年，仍然感觉空落落的，它带着刀子，觉得在冬天应该报复一下谁。其实它也不知道应该找谁。它在干冷的冬天呜呜地刮，刮过一程又一程，似乎走了很远很远，回头一望，村庄上的炊烟就在眼前。风呜咽着，丢下刀子，抱着炊烟守在了屋顶。

炕热得烙屁股，烟直直地伸向天空。雪已经下了一天一夜，似乎有风，似乎没有风。风其实贴着人们冻得红通通的脸蛋取暖。或者，它就在村庄的烟火里过冬。

风应该是懂我的，不论什么时候回家它都在。我喜欢听风的声音，风的声音里带着乡音。风在我不在家的时候，记录着村庄里的每一件事情、每一个故事的细节。等我回家的时候，它把记录下的过去讲给我听。毕竟，它比我忠诚，它一直守着村庄。

## 云之魅

　　沈从文在一篇文章中曾经说"北方的云厚重，南方的云活泼"，可在我的记忆中，北方的云是很活泼的，倒是南方的云让我觉得死板而阴沉。

　　云的活泼，一直伴随着我在故乡的生活。它在夏天陪我最多，陪我做我力所能及的农活，也使我厌烦的农活变得有了生趣。每年暑假我都要到山上帮父亲干农活，或做饭，或放牛，总之有做不完的事。放牛应该是所有农活中最轻松和愉快的事了，邀约三两个伙伴，赶着一群牛羊浩浩荡荡地向满目苍翠的青山奔去。牛撒着欢在山坡上吃草，"放牛娃"便各干各的事：拾柴火、挖草药或者打扑克牌。无事可做时，坐在地上看天上的云，便是无限有趣的。特别是午后四五点，那云在天上飞啊、跑啊、变啊，让我忘记了自己是坐在地上，好像跟着云儿飘到天上去了。

　　晴天的云大部分时间是淡淡的白，飘在蓝得发亮的天空。有时候满天的云从东南向西北浩浩荡荡地飘，一排一排的，很整齐，很像一路急行军的部队，这一路军队走啊走啊，总也走不完；有时候这云是从南向北变着花样走，走一两步就变个形状，就像个调皮的小巫女在耍魔术，一路走过，给人留下无限想象；有时候就是很简单的几片云，一片一片地快速从南向北飞，飞过一阵就是蓝蓝的天，歇息一会儿又一片一片地飞。

　　太阳灼热，树荫清凉，万不得已，不会起身。蓝天白云下的山坡让人舒坦得昏昏欲睡。等真的睡上一觉，太阳便偏西了。西山之巅已是另一个世界，晚霞映照得天地变了颜色。透亮的蓝天只剩下东方的半边墨蓝，白云跑到快落山的夕阳旁，染上了漂亮的颜色，便成了五颜六色。云儿的活泼达到了极致，它们与夕阳做最后的告别，也做最后的玩耍，变幻莫测的图画令人眼花缭乱。一会儿变幻成可爱的动物，一会儿变幻成赏心悦目的花卉，一会儿变幻成吓人的妖怪，一会儿变幻成飘逸的仙女……这种景象常常让我怀疑云的上面肯定还有一个神奇的世界。

　　当然，夏天雷阵雨来临时的云儿就有点凶神恶煞了。眼看着从东南方或者西北方升腾起一阵墨黑的云团，随着狂风和闪电，急速地向整个天空蔓延，不一会儿，天地便一片昏暗，随即天上的云好像在打架。先是相互怒目而视，似乎还在吼叫，随后指手画脚，纠缠成一团。一会儿，瓢泼大雨便密密地砸在地上，升腾起一阵泥水的烟雾。大约几分钟到十几分钟，雨停云散，天空便又恢复湛蓝，还可能又飘起几朵白云。这时候，你真的会觉得这云真是神奇得很。也许因为这个原因吧，每到下雷阵雨前，看着翻腾起的黑云，我是很兴奋的，总是奔到院子里，除了看云打架外，还淋上点雨，觉得十分开心快活。

　　其实，云一直活泼在童年的记忆里。

## 柿子里的乡情

偶尔在街上看到卖柿子的,便觉得十分亲切,这使我想起了北方家乡的柿子。

家乡陕西千阳的柿子比南方的大,柿子树也很大,一棵柿子树要结几十斤甚至几百斤柿子。柿子品种也较多,我记忆中常见的有三种:一种叫"磨盘"柿子,一种叫"馒头"柿子,还有一种叫"火罐"柿子。顾名思义,当然是长得像什么就叫什么。

跟其他大多数果实一样,柿子也是春季开花,秋季结果。柿子树的花不像桃花梨花那样灿烂夺目,它是一种白净中略带淡黄色的小花,不张扬,素净中的美让人联想到小家碧玉。每年花开季节,柿子树会落掉许多花,树下就会铺上一层花的地毯。我家的崖背上有五六棵柿子树,排成一排,高大粗壮,枝丫伸向高远的蓝天,似乎整个天地都宽广了起来。春天柿子树落花时,我喜欢独自一人在树下捡拾花朵。风吹过,鸟飞过,风无痕,鸟长鸣,我会拿着几朵柿子花在树下呆呆地望天出神。

柿子真正成熟要到深秋季节,但吃柿子可以从花开后不久开始。柿子长到拇指大的时候,要落掉许多——落掉的小柿子"牺牲"自己,为留在树上的柿子节省养分。落下来的小柿子过几天就会变软,变软的小柿子香甜可口,这些"小点心"便成了孩子们的美味。记得我是吃了许多这些"小点心"的,但并不像大人说的吃了会坏肚子。

等到六七月份割麦子的时候,柿子的个儿已经跟成熟的柿子差不多，但还是生的，颜色是深绿色的，味是涩的，其间会有少许因为鸟啄了口子或其他什么原因熟透红亮的，这种柿子叫"亮蛋"。"亮蛋"像一个个小小的红灯笼点缀在一片青绿的树丛中，充满诱惑。大人小孩在割麦子或碾场的间隙或爬上树，或拿根树枝将这些亮蛋弄将下来一饱口福。软透的柿子若是噗的一声落在地上，那就是黄亮亮的一摊——却并不被嫌弃，大人小孩争着抢着捡了去吃。那些青绿色的生柿子也可以摘下来经过加工再吃——暖柿子。将柿子在温水中浸泡三天去掉涩味，脆润香甜，回味无穷。

这个季节，也是柿子树最不寂寞的时候。夏收刚过，树下会有很多乘凉的农人，小媳妇大姑娘在树下扎鞋垫、绣花枕头，叽叽喳喳地家长里短；小孩子在树下嬉耍玩闹，热火朝天；田野上还有三三两两打猪草的人，在远远的崖边弯腰躬背。风不知什么时候也来凑热闹，然后带着人们的欢声笑语一路飘去。

到了深秋季节，柿子才算真正成熟，颜色完全变成了火红色。这时候每棵柿子树上都是红红火火的一片，三个一团、五个一堆，煞是喜人。但这种成熟的柿子仍不能生吃，人们将柿子摘下来，或挂在屋檐下变成"亮蛋"，或用温水泡了再吃，但绝大部分是要储存到屋顶上去的，这样一直可以放到第二年春天。柿子经过一冬的霜冻雪打不但不会烂掉，反而吃起来更加有风味——有暖阳的天儿，用冷水浸泡经过霜冻的柿子，一会儿水面就会浮上一层冰，而冻硬的柿子就变得软软的，这时候的柿子吃起来凉得浸骨，但风味独特。

我家没有一棵柿子树，但我家从没缺过柿子吃。生产队时好像家家户户可在树上摘一些，包产到户后虽然我家没有，但左邻右舍总会送我们一些。老院子的福田老爹就是每年送我们柿子吃的人。我家院子和他家院子隔了一条便道，若非如此，我们应该是一个院子。他家门前有一棵"火罐"柿子树，看着看着，"火罐"就不知不觉红了，于是福田老爹天天站在他家门口，摸着他花白的胡子守着柿子——倒不是怕别人偷了，而是驱赶鸟儿来抢食。有时我也会和福田老爹一起看柿子，我是想着什么时候柿子可以吃。等"火罐"柿子熟得透亮的时候，福田老爹便拿个小簸箕摘一些柿子让我端回家。

我家崖背上的五六棵柿子树虽然不是我家的，但吃的时候少不了我们。老院子里七婆家的媳妇和孙媳妇都给过我们柿子吃，要么让我家自己去摘一些，要么摘了柿子送我们一些。总之，记忆中从暖生柿子到冻柿子，一样没少吃过。

很多年过去了，村庄已经变得面目全非，那些柿子树一棵一棵都不见了，就像福田老爹和七婆一样，不知不觉从我的生活中消失了。但那些柿子的味道，却历久弥新，无论走多远，都甜在心里。

# 白杨礼赞

想起故乡的白杨树，心中就一片清亮！定格在我脑海中的景象是高远的蓝天下，笔直的杨树矗立在大路两旁，挺拔高大，杨树叶子在风中猎猎招展，在阳光下闪着金色的光芒。

故乡的杨树在初春的季节就蠢蠢欲动了——仔细观察，光秃秃的树枝上，其实已经有鹅黄的小芽长了出来。随着天气一天天暖和起来，小芽越长越大，慢慢舒展开来，最后长出粉嫩的叶子。刚刚长出的叶子就像刚刚出壳的小鸡，弱不禁风的样子，让人心生爱怜。

慢慢地，叶子就会越长越绿，越长越多，杨树就会从开始星星点点的绿变成浓郁的满树翠绿。这个时候，在我看来是杨树最美的时候。最爱看午后阳光下的杨树，蓝天白云下，迎风招展的树叶在阳光下闪着金光，像点点碎银在树上跳舞，寂静的原野上，只有它是最美的风景。

这个时候，杨树叶子也成了人们的"宠儿"：小孩子会摘下树叶做毽子踢，每个人大大小小地做一堆，也踢不了这么多，就是比着做。大人们则把杨树的偏枝砍下来做羊的饲料。要把高高的杨树上的枝条弄下来还得费一番心思——会爬树的爬上树，用割草的镰刀麻利地修枝剪叶，一会儿树下就有一堆"草料"；不会爬树的就把镰刀的把儿接长，站在地上钩，也会很有成就，到底是吃力了些。

高高的杨树，也是农人们纳凉的好去处，原野上有横竖交错的大路，也就有横竖交错的一排排杨树。夏天，在地里干活的农人们，累了就坐在树下享受杨树给予他们的清凉，听树上树叶猎猎，看天上白云飘飘，望田间禾苗生长，成了农人们最大的快乐。

深秋季节，杨树的叶子无限留恋地离开树枝，随风飘落，漫天黄叶在空中飘飞。秋风吹得起劲的时候，那黄叶就是一堆一堆地裹着团翻滚。这时候，小孩子就是这黄叶堆里的小精灵，每个人都背了一个大背篓，拿着扫帚或者竹耙，在黄叶地上抢着收拾黄叶——这些黄叶是冬天烧热炕的最好柴火。黄叶很轻，但很占地方，所以一背篓其实背不了多少，每个人就在地上刨堆，等到一块地盘上的黄叶抢完了，再一趟一趟地背回家。扫黄叶不算很重的农活，也有很多乐趣，但吹大风的时候，这黄叶真是不好扫了，竟有点打仗的味道！得跟秋风抢呢，谁快谁就胜。

很快，冬天来了。这时候，杨树就剩下光秃秃的树干和枝条了，一棵棵杨树仿佛一个个要上战场的士兵，很威武很凛然的样子。接下来，杨树就会在大雪的覆盖下"冬眠"，等下一个春天来临的时候再展现它的风情。

在大西北生活，白杨似乎从不缺席我们的生活。无论是满树翠绿还是枝秃干光，它总在人们的眼中挺拔着，它总如茅盾在《白杨礼赞》中写的那样，"伟岸，正直，朴质，严肃，也不缺乏温和"。其实它更像大西北的汉子，顶天立地，护佑着脚下这片厚实而广袤的土地。

# 苜蓿的春天

苜蓿是童真的，它带给孩子的快乐远远大于成年人。苜蓿还很春天，它往往从僵硬的土层里吐露出水嫩时，春天就真的蓬松起来了。

三月初，苜蓿芽还贴在地皮上，有些干瘦。苜蓿干瘦的时候我也很干瘦。我五六岁的时候，提着小竹笼，跟着村上的二傻去掐苜蓿。这是我对掐苜蓿最早的记忆。春天在北方总是暖得慢吞吞的，太阳似乎也懒洋洋的，像二傻的眼睛。二傻是村里南婆婆的小儿子，大人说二傻脑子不好使，是瓜娃。二傻在春天的时候眼睛老睁不大，半开半合，脸上带着傻傻的笑。

二傻可以不长大，虽然他已经十几岁了。在农村，十几岁算小大人了。他永远和几岁的小孩子一起玩。二傻在苜蓿地里并不好好掐苜蓿，他躺在苜蓿地里晒太阳，黑色的棉袄有些地方露出了棉絮，紧紧地裹在身上。

地里三三两两的小孩子在生产队的大苜蓿地里刨腾。苜蓿芽才露出地皮，得刨开枯草用小刀掐。几个老妇人也跪在地里掐苜蓿。我比二傻好不了多少，小竹笼里也就能盖住笼底的一点和着柴草的苜蓿，我还没有很好的掐苜蓿技巧。看着一簇苜蓿，小刀下去，一撮苜蓿就这么参差不齐地攥在了手里，苜蓿芽却是不完整的，还混合着枯草。我看见老妇人手脚麻利，一刀一颗，干干净净，篮子里瘦瘦的苜蓿芽精神得很。苜蓿芽再长长一些，妇人们不用小刀，左右手巧妙配合，一颗颗苜蓿芽像下雨一样落在她们的篮子里。

　　二傻的篮子里也没有多少苜蓿芽，他仍然躺在地里晒太阳，时不时嘿嘿地傻笑几声。我掐不好苜蓿，或者说没有耐心掐苜蓿，五六岁的我当然不是为掐苜蓿而来的，只是到田野里来玩耍。

　　那时候天总是那么蓝，地总是那么阔，春风也总是温暖中带着冷。有些冷的春天总归是妩媚的，连秃着的树、枯着的草都是柔软的，你能感觉到它们蠢蠢欲动，不小心就会冒出新绿来。心情也是萌动的，一种通透的情绪在胸中涌动，使你不由得心生愉悦。

　　几个男孩此时也不掐苜蓿，小刀和竹笼丢在一边，追逐打闹。他们也玩赢苜蓿的小把戏，挖一个小洞，往里边投石子，谁投进去谁就赢了。一个个趴在地里，手脚不停，鼻涕挂在嘴唇上，欢快的嬉闹声飞到空中，四散开来。

　　母亲并不指望我能掐多少苜蓿，她应该是觉得我去掐苜蓿她就不用管我，能腾出手来去做别的活路。可是当苜蓿随着春天的深入蓬勃起来的时候，我还是给她闯了祸。生产队有一大块苜蓿地是由人看守着的，自开春起就不准人们去掐。那片苜蓿地绿油油的，很茂盛。它的水嫩与我们经常"蹂躏"的这片苜蓿的枯瘦形成鲜明的对比，也诱惑着掐苜蓿人的贪念。

　　我试探着在两块苜蓿地的塄坎处犹豫，终究欲望战胜了理智，把手伸向了那片鲜嫩的苜蓿。心怦怦地跳，手飞速地揪，苜蓿被揪出了水，染绿了手指，生苜蓿的味道直冲鼻孔，小小的竹笼一会儿就铺满了水灵灵的苜蓿。

　　"干啥哩？"突然，地的那一头传来炸雷一样的吼声，吓得我魂飞魄散，条件反射般跳起来，兔子一样朝另一边逃窜。那人大步流星，风一样到了我身边，一把抓住我，夺走了我的篮子。我哇哇大哭起来，那人并不怜惜，提着我的篮子转身走了，一边走还一边嘟囔："小兔崽子，你还能跑过我！"我仍然趴在苜蓿地里哭，苜蓿凉凉地贴在脸上，我竟然感觉到舒服。我看到风从苜蓿朵儿上扫过，苜蓿朵儿一摇一晃，好似在看我的笑话。我抬头还看到了南山，层层叠叠，或深或浅，高高地耸立着，把天地围了一圈。天地的广大让我觉得自己像个小小的蚂蚁，完全淹没在空旷里，渺小到虚无。我不哭了。

看笑话的还有二傻，他仍然躺在那片枯瘦的苜蓿地里，看着我嘿嘿地笑。我爬起来，手足无措，灰溜溜地回家找娘。娘看着我哭成花猫的脸，骂二傻是个肉头，怎么就不看着点我。娘找看苜蓿的人要回了篮子，一定是空的，苜蓿当然倒给了生产队的牛。

我再也不敢到那片鲜嫩的苜蓿地里去了，规规矩矩地在那片枯瘦的苜蓿地里消磨春光。春光仍然很好，阳光灿烂，风轻云淡。我站在地里出神，有鸟儿啾一声从头顶飞过，远远地成了一个黑点。田野在暖阳的普照下透着朦胧。远远地，一个瘦高的身影从朦胧里走来，是我的爸婆！我娘的奶奶。娘两岁没了娘，她是跟着奶奶长大的。爸婆隔三岔五地就跑来我家看她的孙女——我的娘。

看到掐苜蓿的我，爸婆惊喜，笑眯眯地坐在了我身边，拐棍扔在了一边。她像那些妇人一样手脚麻利地掐起了苜蓿，不一会儿，我的小竹笼里就绿油油的了。爸婆拾起拐棍，牵上我回家去。爸婆的手很暖和，暖一直从手心传到了内心。若没有遇上我，爸婆会把掐的苜蓿放在她的前大襟里，一手提着前大襟一手拄着拐棍，小脚迈着八字一扭一扭地走。

母亲会用苜蓿做很多菜，用水焯过凉拌、放上辣椒炒、和着白面蒸。苜蓿掐多了就焯了水晒干贮存，没有嫩苜蓿的时候拿出来吃。在粮食紧缺的年代，苜蓿添补着人们的口粮。

后来，苜蓿走过夏天，进入秋天。苜蓿已经被割了一茬又一茬，在秋天里它被农人成捆成捆地收割，最后被秋风吹干，成了冬天里牛儿最可口的饲料。

第二年，苜蓿的春天又会灿烂起来。

## 春天多少钱

"春天多少钱?"

"五块钱一两。"

"呀!这么贵!"

"一把也就一两多,几块钱。"

早上,正在菜市场买菜,突然耳边传来这样的对话声。抬头看,是一妇人正笑嘻嘻地和另一卖菜的妇人聊天呢。原来这妇人问的是椿芽的价钱。

真是惊奇得很!第一次听到有人把椿芽叫春天!多么美好的名字。突然觉得春天真的就在菜市场似的,心情分外明媚。看那红红的西红柿、绿绿的韭菜、紫紫的茄子……多么姹紫嫣红的"春天"。再看这椿芽,紫红紫红的,嫩得能掐出水,真是春天才萌动的样子,很是惹人爱。

在老家,我们把椿芽叫香椿。我最喜吃香椿,然家乡的香椿树并不多,所以香椿是很金贵的。外婆家有一棵香椿树,说是外婆家的,其实只是长在了离外婆家不远的地方,每年春天,整个村子的人都会到这棵树上摘香椿。这棵香椿树是很高大的,以至于后来我再也没有见过这样高大的香椿树。春天来临,小姨会带上我去摘香椿,来摘香椿的小孩不少,往往是比着摘,有些爬到树上去,有些拿个简易工具钩下枝条采摘。那边小姨在采摘,这边我已吃上了。才采摘下来的椿芽泛着新鲜的清香,忍不住就放到嘴里嚼了起来。小姨比我大不了几岁,往往边采摘边叮咛我留点回去炒菜。春阳暖暖地晒着,香椿树上树下是孩子的天地,热闹而温馨。

后来,我家门前有了几棵香椿树,瘦瘦小小的,不知是谁种的,巧的是和几棵臭椿树混在了一起。香椿树和臭椿树长得一模一样,只是臭椿树的芽又苦又涩,断是不能吃的。孩子们是分不清的,不知道大人是凭什么判断,总能一眼认出香椿树和臭椿树。我常常跟母亲采摘,便也认下了香椿树,不会采摘错。仍然忍不住嘴馋,总是边采边吃了起来。

再后来,香椿树似乎在村庄消失了,至少我很多年没有在家乡见过了,直到去年五一回老家。那时早已过了吃香椿的季节,母亲却说有香椿,然后带着我到屋后摘香椿,果然看到一棵弱不禁风的香椿树。原来父亲种了这一棵香椿树,因为我爱吃!树梢还留着嫩嫩的芽,虽然不如初春时节的新鲜,却也能闻到浓浓的香味。仍然像小时候一样才从树上采摘下来就忍不住放到了嘴里,一股略带涩味的香漫过唇齿,久久不散。心头突然涌上一些感慨:时光就这样匆匆地老去了!

来南方,喜吃椿芽的习惯依然没改,从椿芽上市一直吃到罢市,总也吃不够。但从没听到过谁把椿芽叫"春天"。从这一天走进菜市场起,"椿芽"便这样温暖地变成了"春天"。我想,每个人心中的春天是不一样的,"春天"更是无价的,但一定都是五彩斑斓而充满生气的。就像这位妇人,她把椿芽叫成春天的时候,是那么地欣喜,她心里一定装着一个美好的春天。

## 秋天的模样

秋天的早晨，天高地阔。太阳已升起一丈多高，金色铺满了整个旱塬。湿漉漉的空气里透着粮食的香味。

大路两旁，白杨树猎猎地在晨风里招展，半绿半黄的叶片上闪着碎银。叶片落在大路上，落在田地里，微微颤一会儿，再随风走上一会儿。黄土地上的田野，被沉着红穗儿的高粱、抱着黄棒儿的玉米以及裸着泥土的麦茬子瓜分成条条块块。高粱秆枯中带绿，玉米秆枯中带绿，麦茬上缠绕着一些青草。露水在叶脉上滚动，在草尖上徘徊，亮晶晶的像眼睛。这高高矮矮的组合，使原野立了起来，秋天就生成了庄稼人想要的模样。

农人们在秋天里忙活着，秋天便动了起来。

三三两两的农人扶犁耕地，"嘚嘚"的赶牲口声在空旷的原野上和着秋阳的金色，晕染在清凌凌的晨风里。父亲扶着犁，扬着鞭子在地里来来回回行走，鞭子在头顶前前后后划着优美的弧线，两头黄牛呼哧呼哧地喘着粗气，步履与父亲一样坚强有力。犁铧突突地朝前奔着，浪花般朝两边翻开的泥土，散发出潮湿的清香。

父亲把犁插在地里，坐在地头点上了一根烟，额头汗津津地发亮，脸上的皱纹鼓鼓胀胀。一缕一缕的白烟随着烟头的一明一暗飘散开去。烟雾缭绕处，父亲眯着眼盯着一片高粱地，高粱秆梳理着阳光，投下浓密的影子，高粱叶子随风摇摆，影子便动了起来。父亲一定是在看高粱穗儿，他一眼能看出哪棵高粱穗儿饱满,哪棵高粱穗儿干瘪。

父亲看高粱时,两头黄牛正立在犁沟里晒着暖暖的太阳反刍,牛眼半开半合,嘴巴咀嚼着,似沉浸在梦中。有蝇爬上身体,牛尾巴懒懒地甩一下,甩不到的地儿,只把皮毛微微颤一颤,蝇并没有飞走。那黄亮亮的皮毛也似有汗浸着,散发着牛的气味。

父亲吃完一根烟,提起鞋磕掉鞋里的泥土,又提起鞭儿犁地。

高粱地里有人拣着红透的高粱穗子收割了。那收高粱的声响如此熟练,一定是个老把式。看着一个红高粱穗儿动,"嚓"一声,那高粱穗儿便不见了,只剩下留着斜口子的高粱秆,那人手里却攥了一大把高粱穗儿了。嚓嚓的声响过去,高粱地里剩下了稀稀拉拉的还带着绿色的穗儿,地头堆了满满的红高粱,那人正顶着满头高粱壳,往架子车上装穗儿。

活动着的人影子散在各处。玉米地里的妇人提着襻笼,手脚麻利,她的影子和一棵玉米秆一起晃动。渐渐地襻笼就满了,她提着玉米棒子倒进地头的架子车车厢,又一头钻进了玉米地。打猪草的几个孩子在麦茬地里从这头寻到那头,脚上一定少不了麦茬戳破的伤口,鞋子一定沾满了露水,但襻笼里的草是满的。此时他们或在塄坎上爬上爬下地玩耍,或钻进收割后的高粱地找甜秆。

秋风掠过,是温柔的,黄亮亮的秋天颤抖起来,人们的衣衫鼓得像帆,头发顺着风飘扬。叶子沙沙作响,地里的蟋蟀蹦得更欢,地头的蚂蚁加快了脚步。整个秋天在塬上活泛着、蠕动着,把时间一点一点推进。于是一片一片的地被完整地翻耕完了;一辆一辆的架子车堆上了高高的玉米或高粱;一提一提的襻笼冒着绿绿的尖儿。

渐渐地,太阳升得更高了,炊烟在村庄里升起,炊烟的香味扑入人和牛的鼻孔。此时牛拉着犁,大人拉着架子车,孩子提着襻笼,从各个地块汇聚到回家的大路上,静着的原野热火起来,淡淡的闲话里流淌着轻快的欢乐。

　　秋天,是那些年的旧时光,是童年里农人在田野上忙活的模样。

# 蚂　蚁

　　蚂蚁是我童年最好的伙伴，也是我一生最挂念的知己。
　　我记得童年的很多时光，是和蚂蚁一起度过的。没有什么事的时候，我就坐在门前的树下，看一队队蚂蚁或者出游，或者搬食物回家。最喜欢小蚂蚁，细细密密地排成一条长龙，蠕动的队形很精致。大长腿的大蚂蚁我并不怎么喜欢，有些惧怕，想必它们也是不喜欢我的，常常是触须抵着地快速消失在我的视线之内。还有一种细如针尖的小蚂蚁，我是没有耐心看它们的，实在是太费力，眼睛盯着盯着就发酸。
　　我喜欢的小蚂蚁是十分可爱的。特别是它们共同"战天斗地"搬一块大食物回家的时候，我会一直"目送"它们大功告成，然后和它们一起欢庆。那天下午，一只"硕大无比"的昆虫不知怎么就落在了一群小蚂蚁的手里，这只昆虫至少比它们的身体大几十倍。我看到它们的时候，它们正前拉后推地忙碌着，不过进程缓慢。一些蚂蚁就回家搬援兵去了，路上碰到同伴，触须轻碰，算是打过招呼了。过了一会儿，昆虫身上就沾满了蚂蚁，黑压压的一团在地上移动，速度明显比刚才快了许多。到了家门口，看洞口，比昆虫的个儿小，我发愁它们怎样把昆虫搬进家。它们似乎没有意识到这个问题，坚持不懈地努力，仍然是前拉后推。昆虫卡在了洞口，一些蚂蚁在旁边来来回回地跑动，又是相互碰一下触须，不知它们说了什么，昆虫又开始动弹，又开始卡停，反反复复，最后昆虫竟然被拖进了洞里。洞口留守着一些蚂蚁，欢快地跑来跑去。

我也会遇到一些落单的蚂蚁，便有心戏弄它们一番。我听说蚂蚁靠自己留下的气味和观察周围的景物识别路线，于是在它前进的路上画一个圈，把它圈在里边，看它怎样突围。那只小蚂蚁在我的小圈里兜兜转转，碰到画线就停下来用触角碰一碰，折腾了半天，它还是毅然翻过画线，仍旧顺着自己的线路跑了。这时候我确定它是通过判断周围的景物越过障碍的。有时候遇到一只搬着食物回家的蚂蚁，出于好心，我帮它连物带虫一起捏了往前提一截，结果一放下来，蚂蚁丢下食物惊慌失措地逃了。这时候心里就有些过意不去，只把食物捡了丢在它前进的路上，只是它并不怎么再"上当"，总也不碰它丢失的食物。当然我还有好心的时候，碰到一只独行的蚂蚁，掰一点馒头碎渣，估摸它搬得动，丢在它近前。它果然"偶遇"上了，欢快地搬着食物走了。若动一点歪心思，想看它如何"团结力量"搬食物，我会丢一块大点的，它搬不动，便会回去搬救兵，还没回去，就在路上碰到了同伴，相互商量一下，继续走。不大工夫，馒头渣子上就爬满了蚂蚁，又是一番推推揉揉，食物就被搬走了。

蚂蚁在起风的日子和下雨前的日子总是最匆忙的。这和人是一样的，我记得夏天的收麦时节，人们忙得要着火，突然就狂风大作，眼看着雷阵雨就来了。人们在地里或者场里忙着收拾麦子，风把衣服吹得飞了起来，鼓胀得像帆。可是小小的蚂蚁竟然仍然在地上跑，没有被风刮走，只是步子加快了，迅速回窝里去了。等到雨停了阳光出来了，仍然窝在窝里不出来，直到地面基本干了才能看到它们的踪影。

我对蚂蚁的窝也产生过好奇，并不忍心毁了它们的家去探寻。一些顽皮的男孩子不这么想，我曾经看到他们把蚂蚁的窝挖开，蚂蚁乱成一团，慌张地不知朝哪儿跑。蚂蚁的窝却成了剖面图，明白地显现在眼前，里边有弯弯曲曲的通道，还有很多的

"小房子"。硕大的蚁后也很显眼地露出来了，有些还长着翅膀。

　　蚂蚁是无处不在的，田间、院子、路上，你随处可以看见它们匆匆忙忙的身影。这就像那些年我们随处可以看见忙碌的农民一样。有些时候，我觉得我也是蚂蚁，忙碌而渺小。

# 石 头

年过半百，突然发现我对任何事物都是后知后觉的，同样一件事情，旁人早已从中窥探意味，我却是得结果明明白白摆在眼前，才"哦"的一声，"原来是这样！"说好听了是老实，说不好听了是愚笨。这也许和我从小生活的环境有关，生于20世纪七八十年代的乡村，接触外界少，见识也少，所得信息的匮乏，使得思想不灵动，思维便也有些"僵"。这让我想起了石头。

石头在家乡随处可寻，只要你想要。我说的石头包括大块的石头和小石子，石头是父亲或者母亲，石子是小孩子，它们总归是一家人。石头是我小时候的玩伴，在家乡的山沟里疯玩，石头如影随行。去放牛放羊，必定是提了一大襻笼衣服去小溪里洗。这时候的石头是我的洗衣板，也是小伙伴的洗衣板。石头铺满小溪，溪水从石头上流过，原来石头是为溪水铺路的。溪水翻过大石块涌起雪白的浪花，越过小石子泛起丝滑的水纹，一路潺潺的水声在山沟回荡。我们在石头上搓衣服的声音和着洗衣粉的泡沫，随着溪水流向远方，石头给予我们光滑的手感使人心里踏实。

花花绿绿的衣服铺在小溪两岸的青草上，夏天的阳光和着风，明亮地照着。我们在小溪里捡石子，石子像一颗颗珍珠，令我们着迷。那时候不知道世界上有珍珠，这是后来的感觉。只见得水底的石子五颜六色，在清澈的水底那么诱人，想把它们都捞出来。红的、黄的、白的、黑的、灰的、透明的，有些上面还回旋着花纹。站在溪水里，感受着溪水的清凉也感受着石子的硌脚，手却是不停地捡拾着，一定是挑好看的。

石子装满了我们的衣兜，使我们提着衣服回家时感觉到沉重，却一颗也舍不得丢。这些石子可不是只拿来欣赏的，这是我们游戏的玩具。晴好的天气，几个好伙伴围在一起，把石子平均分配，开始"赢石子"的游戏。一颗石子朝天上抛，一只手赶紧抓泼在地上的石子，再抬手接住抛上天的石子，抓在手里的这些石子便是你的了，抓多抓少全凭自己的本事。从我们争夺石子的高涨情绪里，体现出石子在我们心中的分量。

石头阔气地出现在我眼前，是在大伯家的房檐台上。20世纪七八十年代，村庄里的房屋全都是土坯房，也没有房檐台。可大伯家的房子却是在高高的石头上立着，石头就是他家的房檐台，房檐台之高，使房子巍峨起来，石头的分量便有了高高在上的荣耀。石头做的石磨、石碌、石臼在农家人的心里也是很有分量的，这个时候的石头似乎是默默无闻的，又似乎是热火朝天的，它们与人间烟火息息相关，温暖起来。

可是石头的分量是两个极端。我家的石头还出现在猪圈里，石制的猪食槽耐用，比木槽更经得起猪们的折腾。母亲把猪食倒进石槽，用木棍搅拌几下，再在石槽沿上敲两下，石槽被糊得惨不忍睹。那个长条的石制猪食槽，够我家十几头猪崽吃食，它们在猪食槽上跳上蹿下，石头早已失去原有的模样。在厕所里也见过石头，那就自不必说了，水火无情，石头有"爱"，它们经受的"洗礼"实在与工匠的技艺谬以千里。

石头的分量轻重应该是看它用在什么地方、什么人用。或者说，石头的分量没有轻重之分，只有使用它的人怎样用它和看待它罢了。这在作家阎连科的笔下最为清晰。在希腊奥林匹克公园，作者写道："希腊人把公园里的圣火石用围杆、围绳团团围着，如围住一堆硕大的黄金。""希腊人还把公园里所有的石头堆在一起,砌在一起,给那所有的石头都赋予历史的注解和神圣,哪怕地面上随意的一块如核桃般的鹅卵石蛋也是这样——全都保护起来,有人看管,仿佛参观浏览者,都是从他国来的盗石者。"而在英国石头阵,他英国的诗人朋友是这样的:"到石头阵上的一块巨石上,伸手揭下一块被风雨剥离的青色石块作为礼物送给我。"朋友的妻子更是说:"如果飞机让你托运,你可以扛走石头阵中的任意一块。"

阎连科最后从英国带回了那块不足拳头大、无形无状的碎石。我的外公从我这儿,把长江的石子带回了千里之外的北方。我结婚时,外公从千里之外的陕西奔赴重庆参加我的婚礼。外公趁此机会想去看看长江,我带他来到了长江边名为钟坝子的地方。冬季,三峡大坝蓄水前,钟坝子此时裸露在水面,我们一行几人在长江裸露的石头滩上游玩,被脚下的石子吸引住了,都蹲下来在石头滩上捡起了石子。这些石子和我在家乡的小溪里捡的石子差不多,五颜六色,光滑细腻,让人爱不释手。外公捡了满满两衣兜,回家时一个不留地带走了,可是我一粒石子也没保存下来。我曾以为这些石子里边有宝石和钻石的,但我没有放在心上,随它们去了,也了无牵挂。

现在,石头在乡村反而少见了,除非你专门到溪沟里去找。石头在城市倒是金贵了:做老城的修补;做新城的点缀;做公园的门面;做广场的装饰。城市里的路桥就更不用说了,石头承担了重中之重。

我把我生活中的石头细细刨了一遍,发现石头是僵硬的,也是坚韧的,无论处在什么环境,遭受什么样的待遇,它们都沉默不语,用内心的坚强支撑生活的意念。它们即使没有七窍玲珑心,或者说有点"缺心眼",但踏实绝对是真的。这样想着,我为我的愚笨找到了点安慰,也为我的后知后觉找到了点安慰。内心的踏实,原来也这么享受。

# 乡间小路

## 一路吃喝

　　渭北旱塬，1977年的夏末。父亲用架子车拉着母亲、弟弟、妹妹和我，蹚着千河水直奔南岸时，只有六岁的我还没有意识到我们是去干什么。我看着清清的河水在夕阳下闪着金光，心中升腾起一种愉悦的情绪。我觉得这很好玩，似乎父亲是带着我们出来玩的。水花在车轮上滚动，似乎要涌进车厢，溅起的水沫扑在脸上。父亲佝着身子使劲拉车，与水流较劲，挎着车厢绳的背并不宽厚，却让我觉得踏实。

　　其实父亲母亲应该是愁云满脸的。他们是带着我们到千河南岸干爷家讨生活去的。父亲是抱养的，我的亲爷爷倒成了干爷。而父亲的养父却成了我真正意义上的爷爷。那年夏收后，爷爷替生产队看护粮食，粮食被人"偷"了，于是那年我们家没有分到一粒粮。说"偷"，并不准确，因为大家都心知肚明是谁偷了粮食，然后说爷爷"监守自盗"。于是爷爷就当了"替罪羊"，成了小偷，不给家里分一粒粮食。当母亲夹着口袋去生产队分粮时，队长恶狠狠地让母亲还上被偷的粮再来分口粮。母亲夹着空口袋一路哭着回家。看着三个嗷嗷待哺的孩子，被逼无奈的父亲套上架子车，拉着一家老小到千河南岸我干爷家去讨饭吃。

　　干爷家住的窑洞，收拾得干干净净，透着我喜欢的温暖。干爷家有个大姐姐很喜欢我们，她带我们玩，给我们折纸飞机，飞机在窑洞的土炕上飞过来飞过去，逗得我们几个咯咯地笑。干爷家的窝头和玉米糁子很香，饭一上桌，我和弟弟妹妹便伸手去抓，可并不记得父亲母亲在干爷家吃饭的样子。干爷似乎很少笑，他的眉头一直皱着，像两根短短的细绳绳贴在挤满皱纹的眼周之上。他时不时在院子里叫骂着，一会儿骂猪，一会儿骂鸡。他叫骂时我们会停下笑声，骂声停歇时我们又笑了起来。父亲母亲是一直不笑的，干爷叫骂时父亲站在窑口手足无措，母亲坐在炕旮旯头越来越低。没待几天，父亲又拉着我们走了。我恋恋不舍，我很喜欢干爷家干净而温暖的土炕，喜欢那个大姐姐，更喜欢那香香的饭菜。

父亲拉着我们又蹚千河水而过，顺着官路走，我仍然充满好奇。我看宽宽的柏油官路，看官路边高高的白杨树，更看官路上来来往往的车辆。架子车在暖暖的阳光下顺着官路边行走，父亲身上的汗味和着飞扬的尘土在空气里飘散。我记不清父亲母亲的面容，但他们一定是愁苦的。这次到了一户陌生的人家，那个热情地接待我们的中年妇女，母亲叫她姑，母亲让我叫她"姑婆"。姑婆家的屋子有些逼仄，迎门进去就是锅灶，我们去时正是吃早饭的时候，碗柜上放着几个蒸熟的红苕。我的眼睛立刻亮了起来。姑婆马上拿了红苕分给我和弟弟妹妹。父亲却没有在姑婆家逗留，他丢下母亲和弟弟妹妹，带着我离开了姑婆家。我不想走，父亲和母亲连哄带拉把我放上了架子车。父亲把我送到了后外婆家，我的亲外婆在我母亲两岁时就去世了。大半个月后，父亲又一一把我们接回了家。原来是父亲找到生产队求情，讨到了粮食。

吃的记忆开始清晰地缠绕着我时，我已上小学。我们家再也没讨过饭。我们的吃食就是季羡林散文中所记述的那三样：红面、黄面和白面。白面是麦面，黄面是玉米面，红面就是高粱面。吃得最多的是红面，红面面条、红面馍馍。黄面和红面实在不好吃，但没有选择。就是这样的面，每年还没有到分粮食的时节便断了顿，父亲母亲会提前到队上去讨口粮，至于如何讨回来的并不知，总之我们会有吃的。

　　母亲在高粱面和玉米面这件事上是动了不少脑筋的。高粱面擀面条是颇难的，因为筋道不好，并不能像麦面一样擀得薄切得细，往往是粗而短的，因此叫"节节面"。天天吃"节节面"，没有辣椒，只有醋和盐，吃饱肚子很像完成任务。母亲为了把高粱面做得好吃，常常变着花样做。高粱面除过擀节节面外，偶尔加少许麦面做"花面"和"驴耳朵"。"花面"和"驴耳朵"是用两片麦面中间加上高粱面，要么擀，要么切，这算很好的享受了。然而更多的时候只能做纯高粱的吃食，因为家中有麦面的时候太少。用高粱面蒸的馍馍实在粗糙不堪，咀嚼起来满口粗渣。于是母亲会在里边加上一些盐、辣子和葱花，做成"瘪碌碌"。

　　玉米面似乎好吃一些，特别是蒸出来的长满"蜂窝"的"黄"，吃起来松松软软、清清甜甜，有点类似现在的蛋糕。真是佩服我们的祖先，把玉米面做出来的面点叫"黄"，这一个字，却是如此贴切地表达了这一食物的色香味。然吃久了也十分地厌烦。玉米除过磨面吃外，碾磨成大的或者小的糁子，早饭常常是一人两碗糁子，滴上醋水就是一顿饭。高粱面和玉米面都是可以打搅团的，我给母亲烧火，母亲在锅台上忙，一会儿端起盆子往锅里倒面，一会儿抱着擀面杖在锅里搅，还不时弯下腰替我刨一刨灶膛里的火。母亲做饭总是风风火火的，在小小的厨房来回穿梭，不一会儿就有吃食了。暖暖的下午，我们姐弟几个端了母亲给我们调好的凉搅团，坐在房檐下，不用筷子，一人拿一根蒿棍，从盘子里串了一块一块的搅团放进嘴里。搅团却是光滑可口的，不像馍馍那么粗糙。

　　苜蓿和野菜是补贴粮食较好的东西。然吃久了便也无限厌恶，直到现在我也不喜欢这些回归"高贵品质"的东西。没有什么面时，它们成了饭桌上的主食。麦饭，就是苜蓿和一些面蒸。说是和了面，其实是像撒盐一样撒一些，吃不出多少面味，满口苜蓿味。一日日地吃，吃得反胃，只希望桌子上能有馍馍出现。偶尔有馍馍出现，也好像成了"作料"，只是调节下口味。

没有白面吃的日子，白面的诱惑是巨大的。说常常望着吃白面馍馍的孩子流口水一点也不为过。母亲是个勤劳善良的人，经常帮庄里人裁剪绣花，有时邻居会给母亲一个白面馍馍，母亲却是一口也舍不得吃的，掰开分给我们姐弟三人吃。我们快乐地细嚼慢咽，等把麦香的味道体味够了才舍得咽下去。母亲看着我们吃白面馍馍的样子应该是慈爱中带着心酸。父亲也为我们"挣"过白面馍馍。那时生产队经常有修水库等工程，灶上有白面馍馍，父亲上工地时背上家里的高粱面或者玉米面馍馍，回家时就背回一挎包白面馍馍，此时我们姐弟三人是欢呼雀跃的，拉着挎包不放手。父亲脸上并不表露多少欢喜，但他看着我们几个争争抢抢的欢快，心里一定也是快乐的。

也在别人家蹭过白面吃。那时和一个小学同学玩得好，他父亲是村上的会计，也许拿工资吧，家里比较富裕。下午放学就爱在他家玩，直玩到天擦黑也不回，内心里有一点小九九，因为他的母亲正在蒸馍馍，锅上冒出的热气引诱着我的味蕾。他的母亲不但蒸了白面馍馍，还蒸了包子。同学的母亲端出蒸笼时，那满屋的热气都冒着白面馍馍的香味，白花花的馍馍在他家的案板上泛着诱人的光亮。同学的母亲会给我一个包子或者白面馍馍，我狼吞虎咽地吃下一个后，他的母亲会打发我回家。虽然只尝了个味儿，但也足够我整个晚上沉浸在一种美妙的梦境里。

我以为我们家是最穷的，可是吃得再不好，父亲母亲总会想方设法让我们填饱肚子。庄里也时时有来讨饭的人，有时是外地来逃难的，有时是本村口粮接不上的。清楚地记得那年春天，本村一个和我一般大的姑娘跟着她的爹到了我家门口，姑娘远远地站着不肯上前，脸上羞涩的表情随着头一起低到了胸前。他爹其实也是不好意思的，但为了掩饰尴尬还朝着姑娘喊："来撒，死女子!"母亲拿了一块"黄"递给她爹,她爹转身递给了姑娘。不管谁站到我家门口,母亲从来不让讨饭的空手而去。她或者从案上扣着的盆子下面,或者从席盖盖着的蒸笼里边摸出一块红面或者黄面馍馍,递给讨饭的,眼里满是怜悯。

等到包产到户后,吃方面似乎一点一点好起来。但我家没有白面吃的日子似乎比别人家的长。到 20 世纪 80 年代后期,在别人家都已经吃纯白面的时候,我家仍然是白面、黄面和红面混合着吃。个中的原因我并不能完全说清楚,许是家太穷,一直缓不过劲来。我上高中时,带的馍是"花卷"——白面里裹着红面或者黄面。吃于我来说仍然是困难的,因为没钱上灶,一周带的馍馍夏天会长满绿霉,冬天会冻成硬块。开水泡馍的日子一直持续到上大学,但总归这时候全家人是够吃的。油和辣子仍然是缺的,盐醋是主要调料。过生日的时候,母亲一定是要给我做白面面条吃的,碗底偷偷埋一个荷包蛋。母亲端了碗,一边搅着碗里的面,一边把我叫到大门口,递上碗,然后再回灶房操持全家人的吃食。

从小到大,不管吃得多困难,端饭却不困难。"给你爷端饭。"每顿饭前,母亲永远是这一句话。饭做好了,母亲给爷爷另外收拾一套饭菜,免得我们小孩子和爷爷抢。我们姐弟三人再饿,必须给爷爷端去了饭才能端上自己的饭碗。无论日子如何困难,母亲对爷爷的孝顺让我印象至深。

吃不再困难是在不知不觉中改变的,并不清楚是什么时候不再为吃发愁的。只是为吃发愁的那些时光,仍然是温暖的,似乎那些日子丝丝缕缕的细节里,既蕴含着历史波光里闪烁的节点,又收藏着人生历程里细细碎碎的感动。

/ 乡间小路 /

# 与羊为伍的旧时光

　　七只小绵羊是我对羊的最初印象,我在故乡的山沟里放了好几年羊。那时候,还是孩子的我每天吃过晌午饭,就得赶着七只绵羊去沟里吃草。

　　父亲从圈里放出绵羊,我甩起鞭子,和七只小绵羊一路浩浩荡荡地向西面的沟里奔去,身后留下一团一团的土雾。彼时,村庄里不用放羊的孩子正在酣玩——跳绳、跳方、踢毽子、打沙包,我一边甩着鞭子,一边扭头看着他们的欢快,羊不知不觉就跑远了。彼时,太阳很好,羊已跑下了坡,跑进阳光泼染着的东面山坡上,和草木一起闪着金光。彼时还是初春,天气乍暖还寒,山坡的溪沟上,挂着很多冰溜子。我掰来冰溜子,当糖吃。那只领头的大公羊正回过头来愣愣地盯着我。它浑身脏兮兮的,沾着枯草的白毛泛着才走出冬天的灰暗,但那两只耳朵前面弯了两转的羊角真漂亮,象牙白的色泽上刻着灰色的花纹,像两朵特别的花朵。父亲叫这只大公羊"弯角",我也叫它"弯角"。弯角站着不动望着我的时候,其他六只绵羊也不走了,一齐站定等着弯角。弯角又回过头吃草去了,边吃草边朝山坡上移动。一会儿,我的七只绵羊就和别人家的羊混在一起了,三三两两点缀在并没有多少绿意的山坡上。

　　夏天来临时,我的小绵羊已经浑身雪白。它们吃草,我跟在它们后面或采野花,或挖野菜。午后的阳光灼热无比,我望着蓝得透亮的天空,看那白云一点一点慢慢飘远。我还望见了崖边土坎上长着的一株硕大无比的蒲公英。那白白的羽毛一样的花顶在紫红色的茎上，微微摇着，似乎还透着太阳的光环。我心里的愉悦像崖下的溪水一样漫开来，四肢并用像绵羊一样爬下去挖它。蒲公英在我手中仍然亭亭玉立，我坐在半崖的土坎上忘乎所以，一直盯着这朵像雾一样的白花看，看够了，对着太阳轻轻一吹，白色的花儿变成一丝一丝的细绒，在风中慢悠悠地飘散开去，似乎要把时间也拉慢下来。此时，突然发现自己处在了不上不下的土坎上，心里竟慌乱起来。试着动一下，感觉要滑下溪水里去。待了有一刻的时间，仍然无法脱身，心里开始盼望有人能发现我，希望有一只手伸过来拉我一把。我没有等来一同放羊的同伴，却等来了弯角，它在崖边上俯下头朝我咩咩地叫，黑亮的眼睛水汪汪的，两只花朵一样的羊角也俯了下来。我心里竟然安静下来，努力抓住结实的草根往上爬，一点一点终于爬上了崖。弯角用它的头蹭我的腿，应该是欢喜的。

野菊花铺满小溪的两岸，在风中微微地颤抖，天把小溪似乎也染成了蓝色，我和小伙伴在闪着太阳光的小溪里或者洗衣服，或者捞蝌蚪。弯角会在口渴时带着它的"部下"从山坡上撒下来喝水，一路奔腾而下，带着青草的芳香。它们低头喝水时，小溪里便有了另一群羊，随着水纹荡漾。弯角望着我咩咩地叫，我伸出湿漉漉的手在它的身上抚摸几下，它便又领着羊群上坡吃草去了。小山沟里的天地在炎热的夏天像摊开的绿海洋，徜徉其中不知时日。

秋天来了，阳光里的热风凉爽起来。绵羊跑下坡，在草坡上撒欢。我看到沟对面的人正和沟这边的人扯着嗓子打招呼，还能大声谈论一些农事。他们一边放羊一边割苜蓿，几棵树站得高高的，投下几缕丰厚的影子。树上有时会有杏子或者桃子。其实杏桃还只有拇指大时我们就在偷吃了，几个成熟好的果子只是漏网之鱼。酸枣却是时时都有的，从青的吃到红的，从水润吃到干瘪，总之很多。我的七只绵羊仍然在坡上吃草，此时它们膘肥体壮。它们有时并不急着吃草，更愿意围在我身边看我用狗尾巴草编各种各样的小玩意儿。可它们总是趁我不注意吃了我的狗尾巴草，弄我编不成小玩意儿了。于是我专门揪了嫩草来喂它们，它们呼出的青草气息瞬间钻进我的鼻孔。它们吃光了我手上的草，还不忘用力舔舔我的手心，手心湿漉漉地发痒。然后在弯角的带领下，它们又散到坡上别人家的羊群里去了。此时我正好坐在风口上，风吹得人浑身舒坦。我看到对面塬上的人在坡顶做着各自的活路，影子黑黑的，边缘映着金黄。

该给绵羊剪毛时，我并不高兴，因为爷爷总是用绳子捆了它们，把它们掀翻在地。羊毛剪咔嚓咔嚓地从它们的脊背开始，分两边一点一点剪到肚子下面，然后留下肚子最下面的一排毛。绵羊一年要剪三次毛，春天剪一次，夏天剪一次，秋天剪一次，我便要看绵羊受三次罪。剪了毛的绵羊是非常丑的，头和尾巴上仍然有厚厚的毛，身子却只有参差不齐的毛茬，有些地方还露出了泛红的羊皮。我看着它们想笑，它们报我以咩咩的叫声。

剪下的羊毛好的拿去卖，次的拿来自己擀毯子。秋天剪的羊毛比春天和夏天的好，最值钱。家里擀过好几张羊毛毯，都是爷爷和一个甘肃老汉擀的，一张毛毯要擀好几天。有阳光的好天气，爷爷把院子扫得干干净净，不知他和甘肃老汉如何操作，只看到地上的毯子一点一点变大，最后四四方方一张，拿到炕上，刚好能盖住半边炕席。一年擀一张，我家便有了三四张羊毛毯子，虽然里边夹杂着很多土，却是很暖和的。

后来不知什么原因，我家的绵羊被一只只地卖掉了，到最后还剩一只时，父亲竟然杀掉了它。杀羊时，我早早地跑去外边躲了起来，只是听到绵羊惨叫时，我还是伤心地落下了眼泪。

多年后，我常常想起与羊为伍的日子，那些清浅的时光仍然泛着单纯的快乐。那些旧时光里的岁月染着历史的印记，成为永恒的记忆。

# 小学那些事儿

一

我的小学在陕西千阳一个叫董坊的村子，是由一座庙改建而来的。其实那时候的很多学校都是由庙改建而成的。父亲说他上小学时庙里还有神像，他们就在神的"庇护"下学习。说起那种情形，我心中是害怕的，无论大人怎样说神的好，对神我一直是惧怕的。

还好我上学时已没有了神像，但大红的木门应该还是庙门，笨重、迟钝，开合之时发出沉重的吱呀声，让人不由得想起寺院里清早起来开门打扫的和尚。校园还算宽敞，进了大门正对的一排房子是老师的宿舍兼办公室，门大多时候开着，我常常看到我们一年级班主任的孩子趴在桌子上或者凳子上写作业。西边还有几间屋子，一半是老师的宿舍，一半做老师的厨房。靠东有一片小小的竹林，这便是学校的稀罕物了。再往后走，便是教学区，六间教室坐北朝南分左右两边三三排列，靠右的一边教室旁的便道上栽了许多树，记不得是什么树了，却记得夏天路上绿绿的枝叶投下来的阴凉。两排教室中间空出一大块空地，并不是操场。操场在学校正门前面的一块更大的空地上。

作为中心小学，学校还算体面。房子不新也不破败，有桌子有板凳，黑板虽然坑坑洼洼，写的字还算能看清楚。而最不满意的是厕所。旱厕，虽然有蹲坑，却常常臭气熏天，上一回厕所得有憋气的功夫。

　　总体上来说，我的小学还算得上学生们的乐园。老师不多也不少，够教五个年级。每天六点学校的操场上准时响起哨声，学生们踏踏的跑步声从春跑到冬，再从冬跑到春，一茬一茬的学生有的入学了，有的毕业了。

　　学校里两个地方是我最喜欢的，一是教学区中间的空地，那儿是我们天然的写字板。无论春夏秋冬，只要有暖阳，我们就集体在这块地上练习写字。因为贫困，大多数孩子都缺少作业本和笔墨等学习用品。我们的作业本都是自己装订的，把糊窗户的纸裁成16开大小，用线订起来。这种本子也分两种，一种是亮白的白纸装订的，一种是粗黑的包装纸装订的。正式作业本是白纸本子，练习本是包装纸本子。铅笔三分钱一支，节省着用，用到短得手捉不住了才能开口向家长要，还常常遭到家长的呵斥："怎么这么费！"到三年级用钢笔时，一支几角钱的钢笔又是一笔巨大的开支。记得我的第一支钢笔是七角钱买的一个玉米棒子钢笔，笔杆是黄黄的玉米粒，笔帽子是绿绿的玉米叶子。拿着钢笔欢喜得不得了，母亲一遍遍叮咛："小心着用，不要用烂了。"墨水是买的墨粉兑的，有时兑浅了，写出来的字不大看得清。

　　为了节约笔墨纸砚，老师便想出了在地上练习的好办法。于是每个学生得准备在地上写字的"笔"，树枝、竹棍、瓦片的角，最"高级"的当数用过的废电池中间的黑棒芯，这根棒芯长短适宜、经久耐用，很受学生青睐。

　　有暖阳的天儿，学生们每人占一块小地，边读边写，老师拿着教鞭在一边慢悠悠地踱步。琅琅的读字声和在暖热的空气里，透着我喜欢的味道，心中便充满了愉悦。要是老师能走过来仔细看看我的字，然后当着全班同学的面夸赞一番，便更惬意了，于是写得更起劲更认真。

　　当然，喜欢这儿的另一个原因是比在教室自由，眼睛可以在写字的间隙偷懒，看树叶在阳光下婆娑，看鸟儿在空中飞翔，然后思想也会开个小差，做些异想天开的梦。

学校里的另一个好去处便是竹林。其实那算不上什么竹林，面积不过十几平方米。在北方却是尤物。

这片竹林是学校的"重点保护对象"，平时学生们是不准入内的。但"封锁"再严密，也锁不住小孩子们的顽皮和好奇。趁老师不注意，我们偶尔也钻进竹林乐一乐。不敢喧闹嬉戏，只是静静地坐在地上已经枯黄的厚厚竹叶上，再摘几片带着清香的新鲜竹叶，看栖息在林间的麻雀叽叽喳喳地飞来飞去。有时候麻雀屎掉到身上，不以为臭，反而咦咦地笑着互相取乐。

竹林也有"开放"的时候，那就是每年冬天，走村串户照相的生意人到村里时，大家都选学校这片竹林做背景照相。于是学校的老师很大方地敞开校门，任村民们随意摆弄竹子。村民们有的抱着竹子，有的背靠竹子，有的摘几簇竹叶拿在手里……用尽可能美的姿势留下黑白影像。

## 二

对学校的喜爱从上学的路上就开始了。每天早晨五点多，村里的孩子们从各家各户汇集到通往学校的大路上，然后排成队唱着歌向学校走去。无论春夏秋冬，嘹亮的歌声总能喊醒村庄，村庄从这一刻开始渐渐变得越来越清醒。若是夏天，便有老农套了耕牛拉着犁下地耕种去了，看到路上上学的娃娃，满脸的皱纹里露出些许微笑；若是冬天，漆黑的晨色里能听到有些院子咣当咣当的声响，许是我们吵醒了瞌睡少的农人，睡不着便来听我们唱歌。当我们六点钟随着老师有节奏的哨音踏踏地在操场上开始跑步时，微明的晨色里已能看到村庄上空几缕烟雾在树梢间穿梭，似乎还能闻到呛人的烟味。那不是炊烟，那是炕热耐不到天明的人家在烧炕。

学校里很热闹,上课时琅琅的读书声常常会让我产生一种不可名状的愉悦;下课了各式各样的戏耍也是让人快乐的。女同学跳方、丢沙包、踢毽子,男同学斗鸡、打架、打面包(一种用纸折成的方块)。或者,大家推推搡搡晒太阳,没有定式的玩闹总让校园热热火火。玩闹也有不愉快的事发生,一次和同学踢毽子,我低头去拾地上的毽子,刚好同学抬脚去踢,很准确地就把我的鼻血踢下来了,血哗哗地流。于是我慌慌张张地跑到水龙头底下用凉水冲额头,这是从大人那儿学来的。可并不见效果,只得用纸塞了鼻孔,血渗了出来,胸襟湿了一大片。后来怎么好的不知道了,至今一个鼻孔里的骨头是歪的。

同学们在学校干活会相互偷懒。比如扫校园,你扫一片他扫一片,谁也不想多扫,扫漏了的地方总是相互指责,认为是对方没扫上。老师来检查,不管三七二十一,一起扫,于是一个男同学气鼓鼓地说:"扫这么白晾面呀!"老师听了"扑哧"笑了。地还是得扫完。比如给学校提煤,那时老师的食堂和宿舍靠煤做饭和取暖。有一次不知为什么,要把煤从一个房间倒腾到另一个房间,于是两个同学抬一个襻笼,每个襻笼要抬够一定的数,记数的记着记着就乱了,这个说"我抬够了",那个说"你没抬够",于是告到老师那儿去。老师也无法判断,一句"算了,都不抬了"解放了大家。栽树却是同学们都喜欢的,春天,老师就组织大家在校园里栽树。提水、挖坑、放苗,一个一个抢着干,一会儿,教室门前就立起了一排排新植的树苗,看着喜爱得很。等夏天来临时,便可摘下树上的叶子用皮筋扎成毽子踢。

冬天,学校里的热闹会减弱一些,下雪刮大风的日子,同学们关紧门窗,缩在教室里取暖,只有在冬阳最热烈的时候才出教室玩耍。教室的热度是因为人多而温暖起来的,并没有可取暖的火炉。冷得受不了的时候,课间,同学们一齐跺脚,跺得教室似乎都震动了起来,直到老师来上课才停歇。总记得我的同桌佩贤,每年冬天两只手都肿成胡萝卜,最终溃烂流脓血,每个见了她手的人都会皱了眉头龇了牙——那手真是惨不忍睹。还好,爹娘给了我好的体质,每年冬天手脚并不长冻疮,只会冻得发红。

冬天虽然冷,放学的路上却有许多乐趣,特别是下雪的日子。放学后,同学们就像从羊圈放出来的小羊羔,在雪地上尽情地撒着欢——玩雪球、打雪仗、滑雪,用脚印画麦穗、画小树、画花草……一些调皮的男同学在结了冰的池塘里滑冰,摔了一个又一个跟头仍乐此不疲。

## 三

教我们的老师来来去去,驻守最久的应该是郭老师。郭老师是个胖胖的女老师,她和她的爱人都在我们学校教书。后来他们的两个女子也在我们学校读书。郭老师教一、二年级语文,她读拼音读得又准确又好听,我们都爱听她上课。郭老师也很厉害,常常训人。上课没认真听讲,教鞭啪啪地打在讲台上,很吓人。她也管得很宽,脸没洗干净训你,衣服没扣整齐训你,跑步没跑好也训。可我们还是喜欢她,有时下午没事干,跑到她的办公室兼宿舍门口耍,看她女儿趴在桌子上或者板凳上写字,看她趴在桌子上批改作业。她是在我们学校教学最久的老师,直到我上初中了还在教。

上三年级时有个赵老师教我们数学,他常常笑我脸没洗干净,笑我毛辫子没辫好,于是我心里膫得慌,可还是改不了。那时我们早上六点到校,九点放学,十点再到校,下午三点放学。早上起来穿上衣服,蓬头垢面地就往学校跑,不小心会迟到,迟到了就得站在全校学生的面前,低着头接受老师的批评。九点放学回家吃饭,饭前饿得慌,胡乱抹几下脸就算洗了。吃完饭父母忙着下地，自己就梳毛辫子，怎么也梳不好。赵老师也有不笑我的时候，很温和地教我认字。比如，有一次课间我拿本《哪吒闹海》看，他问我看的什么书，我说"拉杂闹海"，他拿起书皮翻了翻说叫"哪吒闹海"，于是永远地记住了。我数学学得好，赵老师还会让我帮他给学生们油印卷子，这时候他也是不笑我的。

　　罗老师五年级才教我们，当我们的班主任。他有鼻炎，上着课就会跑出去擤鼻涕，他一出教室，同学们便嘻嘻哈哈地闹起来。罗老师不在时，还有同学学他擤鼻涕的样子，然后惹得全班学生哄笑。他教书也认真得很，教案备得多，作业改得细。作为班主任，无论春夏秋冬，不因病而耽搁一节课。我爱写作文，老师便喜欢拿我的作文在班上念。我学习好，老师便选我做了学习委员。

　　教过我的还有邓老师、任老师……每个老师来了便常驻学校，他们像老师，也像家长，似乎比现在的老师管得宽。

　　如今，学校仍然是中心小学，校舍改建一新，那片空地还在，竹林却已消失，几棵垂柳在校园里摇曳生姿，倒也十分生动。可我还是怀念那土土的教室、土土的校园，以及尘满面、手黢黑的小同学，更怀念教过我的老师们，不知他们可还好？回老家站在学校门口，常常朝里张望，似乎那些曾经的学生和老师会突然从校门里出来，学生唱着歌，老师照看着放学的队伍。

# 水的干渴

渭北旱塬上的村庄与黄土高原相依相偎，村庄被纵横交错的沟壑隔离在一个个尘烟飞扬的小平原之上。

我的家乡董坊村就处在这个位置——不比陕北黄土高原缺水，却比关中平原干渴。水离我们很近，水又离我们很远。我站在塬边上，看到家乡母亲河——千河由西向东一路滔滔奔流，润泽着两岸的翠绿；我钻到沟底清澈的溪水里，享受水的柔软和浸到骨子里的清凉。但水还是离我们很远，我们吃水一直很困难。

我两岁之前，父亲说，村子里没有自来水，家家户户要到沟里担水吃。那时候还是生产队集体劳动，担水不能占用生产队的劳动时间，都是半夜起来先推磨，推得感觉时间差不多了，再到沟里担水，担水来回最少得一个小时。晴天担水还好说，遇到下雨天就困难了，担水的人脚上得绑上"脚麻"来防滑。"脚麻"是用铁做成的，形似驴掌，穿在脚上虽然防滑，但增加了担水人的负担。

我能记事起，村子里是有水龙头的，但大部分时间是干枯的。水龙头里的水是定时放送的，一天的供应时间和水量有限。夏收大忙时，生产队的社员在打麦场里忙得热火朝天，飞扬的灰尘里都冒着火星。我不知道他们口渴时喝没喝水，只记得我常常和一群小伙伴在玩得口干舌燥时轮流抓着停水的水龙头使劲吸，然后总有一股清泉冲入喉咙，虽然有时会被呛得大咳不止，那种酣畅淋漓的解渴却是舒服到了骨头里。

长大点后，我常常被到沟里担水的痛苦折磨着。不知为什么，水龙头里的水常常断流，于是家家户户不得不常常到沟里担水。最开始，人小担不动，就和弟弟妹妹用棍子抬。人小坡陡，前高后低，走在桶后面的人往往最吃力，也最容易被滑下来的水桶打湿衣服。一桶水抬上来往往只剩下半桶。大些了，可以担水了，也掌握了技巧，一担水担在肩上前高后低，一颠一颠，保持平衡，还能左右肩换着担，虽然满头大汗，两桶水却是满满当当。当然防止水从桶里出来还有一些技巧，比如在桶的水面铺上一些树叶。担水的路上，口渴了就把水桶放在平坦些的半坡上，一边趴在桶边沿用嘴吸几口水解渴，一边观望还在后面爬坡的一路担水的人，少不了有些半大小孩泼了水重回沟底担水。

水瓮永远是大人小孩离不开的清泉，担回来的水都是倒在水瓮里。夏天，玩耍的小孩、干活的大人，回家第一件事肯定是揭开水瓮，抓起水瓢，舀一瓢水咕咚咕咚一阵牛饮，然后心满意足地用手抹一下嘴巴。

再后来，水像田地一样承包给了个人，村民买水吃。一担水由三分卖到五分再卖到七分。虽然吃水要花钱，但供应渐渐稳定，每天都能按时买到水。少了从沟里担水吃的劳累，人们似乎挺享受买水吃的日子。每天时间一到，水龙头的周围就排满了人，一对对水桶弯弯曲曲排出几米长，水桶边小伙儿姑娘、大叔大妈、老汉老婆加上叽叽喳喳的小孩子，热闹得跟赶集一样。

中学在一个比我们村庄更缺水的村子。我上中学时，喝水真是一大难题，下课后口渴难耐，又像小时候一样常常抓着学校里干瘪的水龙头吸，终究没能吸出几滴水。为老师做饭的食堂师傅看我们实在可怜，有时会施舍一点水给我们喝。可全校学生太多，他那点水也不够施舍，还得留着为老师做饭，于是便锁了门，任我们在门口眼巴巴地张望。

解决喝水问题的另一个方法就是跟住在学校附近的同学到他

们家去喝水。同学家的水瓮永远充满清凉，揭开水瓮的一瞬间，那种凉气让你感受到从头到脚的舒畅，抓起水瓢一定是要喝得不能再喝为止，然后整个肚子里好像只有水，走路还咣当咣当地响。

当学校里缺水缺到连给老师做饭都没水时，学校会动员学生轮流为学校担水，有时是到沟里担水，有时是到抽水塔担水。抽水塔里有水，但水量太低不能分送到水管，我们舀出来的水有时浑浊到带着泥巴，担回学校后倒进水瓮里慢慢沉淀。

让我真正感受到水如生命一样重要，是一个夏天到沟里放牛。农村人到沟里干活，随时都能找到山沟沟里流出的干净的饮用水，但那次我找遍了可能出地下水的小沟汊，一滴水也没找到。从早上出门到晌午，我已口渴到舌头在嘴里打不过转，几乎连唾沫都吐不出来了。满脸通红的我渴得实在忍无可忍，于是跟着牛一起喝了大河里只能牛喝的河水，河水是混着泥土的浑黄的浊水。这浊水简直就是救命水，喝到口中竟然有一丝丝甜味。我和牛一起站在河水里，大眼瞪小眼，享受着喝足水之后的满足。

水，就这样一直让我们塬上的人干渴着，却不让生命之水干枯。我们在缺水的环境里，敬畏生命之水的神圣，感恩生命之水的滋润。

水，干渴着故乡记忆的印痕。

/ 乡间小路 /

# 甜的味道

娘说，只能放一颗！那是20世纪70年代末，我七八岁的样子，端着一大碗开水找娘要糖。娘正在案上揉面，两手沾满了黑红的高粱面，她让我自己从架板上取下一个小纸包，里面包着几颗糖精。我捏了一颗糖精放进了开水碗里，用筷子搅了几下，糖精不见了，开水顺着碗边打漩儿。

"娘，甜！"我喝了一口水，满足地咂吧着嘴。

最初的甜，就是从那一颗颗糖精得来的。想甜的味道了，就拿糖精化水喝。每次放一颗，娘叮咛了又叮咛。放多了水就是苦的，不能喝了。

糖精是娘从供销社买来的，一毛钱一包，有十几颗。娘很少用糖精化水喝，她只用糖精调味我们的生活。我记得娘用糖精包小豆包子，煮一锅小豆，用糖精化水拌到小豆里，然后把小豆捏成一个个小疙瘩，这些小疙瘩就是包子馅。小豆包子一蒸一大锅，能吃上一个星期。虽然吃多了也腻，可是总比高粱馒头和玉米馒头好吃。与其说吃小豆包子，不如说是为了尝那一丝丝甜。

糖精在爆爆米花时最受欢迎。每年冬天，总有走村串户来村里爆爆米花的老汉。老汉在村子中央支起摊子，一手拉风箱，一手摇黑黢黢的大肚子铁锅。风箱拉得啪啪地响，铁锅转得沙沙地唱。孩子们一手端着满满一搪瓷缸玉米，一手提着簸箕，把老汉围了起来。一搪瓷缸玉米可以爆满满一簸箕爆米花。老汉接过一缸子玉米，顺着锅口倒下去，这时，就有小孩从口袋里摸出一个小纸包，倒出两颗糖精给老汉。老汉丢进锅里，拧紧锅盖。没有糖精的小孩对放了糖精的这一锅爆米花充满羡慕与向往。火候到了，老汉把圆锅一头装到网兜里，脚踩机关，嘭的一声巨响，一些爆米花飞溅了出来，孩子们趴在地上七手八脚地抢。一颗爆米花放到嘴里，虽然有一些土腥味，但甜丝丝的，比寡淡的爆米花好吃多了。

娘有时候也会给我两颗糖精，捏着这两颗糖精，心情美得说不出来，脚步也轻快了许多。当我把两颗糖精递到老汉手上时，我也得到了其他孩子羡慕的眼光。端着一簸箕加了糖精的爆米花回家，感觉端着的是一簸箕糖，之后的很多天，我们都能尝到甜的味道。

后来，甜的种类多了一些，我们偶尔能吃到水果糖。水果糖摆在供销社的货架上，显得高大上。大多时候，我们只有看的份儿，那些花花绿绿的糖纸满足着我们的眼福，让人垂涎欲滴。娘有时候经不住我们姐弟三人哼哼叽叽地磨，会摸出一角钱让我们去买糖。我们拿着钱欢呼雀跃，风一样跑到供销社。一角钱可以买十颗水果糖，但我们一人只能吃一颗，剩下的要拿回家交给娘。娘把糖收到箱子里，在紧要的时候拿出来救急：娘从小得了喉咙干的毛病，严重时就取一颗糖咬一点含在嘴里。娘舍不得把一颗水果糖全吃了，她把一颗水果糖咬成碎渣，自己含一点，剩下的分给我们姐弟三人。有时候，亲戚带了小孩来家里，没有什么可招待的，娘就取一颗水果糖给孩子。当然，我们有时候也能从亲戚那儿得到糖。

水果糖不常吃，包水果糖的纸我们却可以攒很多，保存很久。糖纸大多是我们从路上和街上拾来的。我们把各种各样的糖纸洗得干干净净，压得平平展展，一小摞一小摞，数了一遍又一遍。糖纸不管洗得多干净，放得多久，总散发着淡淡的糖味。

那时，娘还存着一瓶黑糖，也就是红糖。黑糖不常用，当家里有人喝中药时,娘就拿出糖瓶子。娘说,黑糖不隔药性。黑糖瓶子打开时,一股带着潮湿的涩甜从瓶口冲出来。我记得我喝中药时,娘用小勺尖挑一些黑糖,一手端着药,一手拿着糖,哄我喝药。一口气喝完药后,立马把黑糖放嘴里,黑糖涩糙的甜味化在嘴里,药味一会儿便消散了。娘还用黑糖蒸过包子,这只有过年时才有那一点口福了。

白糖的甜在小时候的印象里是缺席的。或者是那些年月白糖少,或者是买不起,抑或是家乡人不习惯吃白糖。总之,等我对白糖的概念清晰起来时,我已成年。

我开始上大学,算成年了,那时已是 90 年代。日子虽然还艰难,到底生活物资丰富了起来。我在学校勤工俭学,能挣下自己的学费和生活费,还略有剩余。水果糖是不缺的了,每年寒暑假,我会带上一大包水果糖回家。母亲当然是极爱的,村里的孩子也欢喜地爱来我家串门了,一颗两颗水果糖能让我们小小的家充满幸福的欢笑。

如今,来自糖的甜丰富到让人们眼花缭乱,走进商场,要什么糖有什么糖。而来自糖以外的甜,就像人们的生活一样丰富多彩,人们尝到的是新时代不一样的甜。这种甜宏大而丰厚,使人被甜的幸福紧紧包围,过去的甜也淡淡地浮上心头。

于娘来说,水果糖仍然是她的最爱。记得有一次,娘跟我要水果糖,我在商场给她买了一大包。娘喉咙干的毛病一直没有好。看着一大包各种口味、各式各样的糖,娘像孩子一样笑了,笑得很甜。

## 开水泡馍

小时候的生活，寡淡得像开水一样。但开水泡上馍，就不一样了，这种寡淡有了多种多样的味道，首先是清甜的，其次是粗涩的。这就看你的开水泡馍怎么泡了。

劳作之余，开水泡馍的清甜是解乏的良药。炎炎夏日，割麦回来，又渴又饿，等不及饭熟，或者懒得做饭，来一碗开水泡馍，这馍若是白馒头，那滋味，真是比任何山珍海味都美，三下五除二吃完，空瘪的胃会泛起一股胀意。这是我和父亲在山庄收麦的生活常态，夏日的夜，踩着星星月亮回家，一碗开水泡馍就解了一天的乏。大抵家庭条件好些的，有人做饭的，收麦天应该是吃得好一些才对。就说这时候的开水泡馍，真的是清甜的，往大老碗里掰上白馒头小块块，冲上开水，小馒头块旋儿旋儿地就吸饱了水，还噗噗地冒着小泡泡，开水和馒头混合的清甜，顺着升腾的热气，钻进了鼻孔，再放上盐和油泼辣子，一碗美味的开水泡馍就成了。又渴又饿的时候，经不住这清甜的诱惑，先不急放油盐，顾不上开水的烫，我会顺着碗沿儿先吸上几口，这纯净的味道，瞬间弥漫到全身，说不出的舒坦。

但开水泡上杂粮馍，就另当别论了。还是几岁的时候，人们缺衣少吃，我家的主食是高粱面和玉米面，也吃开水泡馍，粗涩到难以下咽。当然高粱馍和玉米面馍并不是因为泡了开水才粗涩，不泡开水干吃更粗涩。

高中时期，开水泡馍是主食。高中求学，进了城，离家二十多里地，背馍上学是每一个学生的常态。每周星期六回家，星期天回校，一周的伙食全仰仗那一篮子馍。所以装馍的篮子须得精巧美观，盖馍的毛巾须得光鲜亮丽，这一篮子馍得相当地精致才觉得有面子。至少那时的我是这么想的。但现实是，我的馍篮子总是最丑的那一个，我总想把它藏在别人看不见的地方。我回家拿馍，先是把装馍的篮子放在自行车后架上，我看不见，便不丑了；后来，我又把篮子挂在自行车车头上，以为别人看不见，便不丑了。别人的篮子大多是买的编织篮，白色编织条点缀着或红或绿或蓝的色彩，样式美观大方。我的篮子是从别处找的，先是米黄的竹篮子，后来爷爷不知从何处找到了编织条，给我编织了一个纯白色的篮子，虽然新，但并不美观，且总是变形。我在想，心灵手巧的爷爷给驴配鞍子配得那么好，罐罐茶煮得那么浓，为什么篮子编得这么丑呢？

装馍的篮子不影响馍的口味，但多少体现出篮子里的内容。比如我的篮子比较丑，那么篮子里的东西一定比别人差点。后来，大多数人家都吃上白面了，可我的篮子里还装了一段时间的杂粮馍、白面卷高粱面、白面卷玉米面，还装着咸菜和醋泡辣子，不是油泼辣子，家里没油了。开水泡馍从周一吃到周六，有白面馍的开水泡馍是幸福的，有油泼辣子和咸菜可下的开水泡馍是幸福的，周五开始随着油泼辣子和咸菜的告罄，这种幸福结束了。如果是夏天，我的馍会长满绿毛，干硬而酸涩，泡在开水里软倒是软了，酸却是去除不掉的。若放上我的醋泡辣子，这一碗开水泡馍不比醋坛子差。

那么，接近周末的时候，去灶上吃一碗面片汤是最好的选择，这种福分只能是偶尔。一碗面片汤的奢侈，一定要泡上馍，成为"面片泡馍"，方能尽享其味，面片汤里的调味虽然简单，总是好过只有盐味的白开水。若那天灶上做了臊子面，用臊子面的汤泡上一碗馍，那简直是过年一样的享受。

大姨开了一家羊肉泡馍馆，大姨专门到学校叫我到她的馆子吃羊肉泡馍。馍还可以这样泡着吃？当大姨给我端上来一碗羊肉泡馍时，我是蒙的，我第一次见这样的美食。这之前，我不知道羊肉泡馍，也不知道有大肉泡馍，就像我没进过县城前对县城没有什么概念一样，以为整个世界就像村庄那么大，以为村庄的生活就是全世界。大姨催我吃，多吃点，我拿筷子挑了挑，下不了口，我想起了我的开水泡馍。我挑了肉汤里的馍吃了几口，放下了筷子。大姨说，你吃不来羊肉泡馍。是的，我吃不来，至今，我印象里几乎没有吃过羊肉泡馍和大肉泡馍。我是不喜欢吃肉的，直到现在。我想这怕是从小没肉吃，养成了"素胃"吧。可是父亲却对大肉泡馍情有独钟，生活好了后，父亲上街必吃大肉泡馍，想必父亲是从小没肉吃，现在补回过去的缺失吧。所以你看，生活无论如何都是可以解释得通的。

　　所有的泡馍，当数开水泡馍是经典的，因为它是长久的。比如我的母亲，她吃了一辈子开水泡馍，直到现在。母亲有胃病，不吃辛辣，若是出门在外，找不到合适的饭菜，必用开水泡馍。母亲随身带着开水和馍。我说开水泡馍对胃不好，母亲说不常吃。其实，是常常在吃。开水泡馍对胃好不好，我也是道听途说，至少我吃了多年的开水泡馍，胃没出什么问题。

　　开水泡馍是简单的，就如我的生活一样，从童年简单到中年。

# 半世柴火香

生于北方乡间的我，除过与泥土贴得最近，就是柴火了。

对于柴火，我是又爱又恨。爱，是因为它给予我美食和温暖；恨，是因为它"榨取"我的汗水和童年时光。

至少在20世纪90年代前，我们的村庄做饭烧炕都是用柴火。柴火的种类很多，父亲和母亲把柴火分成"硬柴"和"蒿子"两大类，实际上整个村庄的乡亲们都是这样分类的。而我以为应该叫"硬柴"和"软柴"更合适。硬柴都是粗枝，硬；蒿子都是枯草，软。硬柴是父亲在山上干活时一点一点积攒起来的，或捡拾一些落在地上的枯枝，或砍割一些干硬的荆棘，或上树挑一些树上的枝条。一天积一点，打成捆，等干透了就拉下山整整齐齐地堆在院子门口。烧的时候，用斧头砍成一截一截的小段。蒿子大多是冬天割的，冬天割的柴火其实就是干枯了的蒿草和其他植物，以蒿草居多，所以叫"蒿子"。只有冬天这些蒿草才彻底地干枯，所以只有冬天才上山割蒿子。

记忆深刻的是，每年冬天，只要是星期天，我和弟弟都得跟着父亲上山割柴。早上四五点，父亲就把我和弟弟从热被窝里叫起来，吃点馍喝点汤，带上干粮上路。印象中没有带过水，我想冬天带上水也会冻成冰吧。天还一片漆黑，没有星光，只有寒冷。身体里的热度与外面的冷空气形成强烈的撞击，不由你不打冷战。在我和弟弟似乎还梦游时，父亲已经麻利地套好了架子车，他架着车辕，牛套着轭头，一前一后，人牛车和谐共生。父亲让我和弟弟坐在车子上,他挥着鞭子,嘚嘚地赶牛上路。

等我和弟弟在架子车上抄着手缩着脖子迷迷糊糊地再睡一觉,天已大亮,太阳正露着冻得红通通的脸在东面的山头上张望。父亲解下牛身上的轭头和绳索,放牛归山找枯草去吃,他便开始割柴。我和弟弟已完全睡醒,在等父亲割柴的间隙,或去摘已经干瘪却仍然顽强地挂在枝头的野酸枣,或去扳柴火上的积雪和冰块。总之,在有太阳晒着的山坡上,寒冷已化为了温暖的冬趣。

父亲扯着嗓子叫我和弟弟时,他已割好了几大捆柴火。父亲一把一把地割,一大把放一个小堆,三五个小堆捆一大捆柴火。捆好的柴火就是我和弟弟的活路了——从山坡背到大路上。从陡峭的坡上把柴火背上大路真不是件容易的事,人小柴捆大,不是柴捆的底部擦在地上拖不动,就是柴捆的梢子抵在坡上上不去。所以一捆柴要背上坡,得前后左右地灵活移动,挪到恰当的位置再一步一步走。遇到实在上不去的坎儿,要么放下柴捆等父亲帮忙,要么姐弟合力用一根棍子从柴捆中间穿过去抬着走。

等到太阳偏西时,满满一架子车柴火高耸着,在夕阳的映照下透着柔软的温暖。父亲擦着脸上的汗水喘口气,又给牛套上轭头。和来时一样,父亲在中间掌辕,牛在前面拉车。和来时不一样的是,架子车上装满了柴火,我或弟弟在前面牵着牛缰绳。

柴火当然是拿来烧锅烧炕的。烧锅烧炕在大人眼里是件轻而易举的小事,于我们小孩子来说却是件不容易的事。在家不上学的时候,我和弟弟妹妹都得烧锅烧炕。母亲和面擀面,我们放火烧锅。从开始学点火被熏得灰头土脸到最后驾轻就熟,这一过程对我来说似乎有点痛苦,又似乎有点喜悦。学会做一件事会有成就感的。成功的烧锅过程则是累并快乐着,风箱被我拉得吧嗒吧嗒地有节奏地响,火苗随着风箱的节奏起起伏伏,感受饭香一点一点随着袅袅炊烟升腾,那种愉悦和着柴火的芬芳。不成功的烧锅过程则是另一番景象，因为放进灶膛的柴火多了或者放得不得当，任你怎么用力地拉风箱，只会迎来一股股黑烟，熏得你眼睛睁不开，呛得你气喘不过来。这时候母亲会走过来，或者抽出多余的柴火，或者拿起火棍捅两下、刨两下，神奇的事情发生了，还没拉风箱，火已燃起来了。

柴火里的饭香，当时我们是意识不到的，柴就是柴，饭就是饭，似乎风马牛不相及。我们垂涎于锅里热气腾腾的面条或者清香四溢的豆角，拉着母亲的衣襟等待母亲舀上吃食。其实母亲是第一个动手做饭的人，却是最后一个端上饭碗的人。有些难烧的柴火都是母亲自己烧，比如长满刺的硬柴，母亲得小心翼翼地拿起放进灶膛，但我无数次看到母亲的手被扎。手被扎了，条件反射，母亲哗地撒手扔下柴火，把手缩回来，放到嘴里吸一吸。有时刺断在了肉里，就得用针一点一点挑出来。这些有刺的柴火也同样扎过父亲无数次，害得父亲也不得不用针挑出扎在肉里的刺。

柴火给了我们美食，也给了我们温暖。烧炕的柴火大多用麦草，相对于烧锅的柴火似乎温柔了许多。冬天一到，每到黄昏，母亲一句："揽柴去。"我们就知道该烧炕了。于是和弟弟妹妹提着笼，到堆着大大小小麦草垛的场里去揽麦草。抱上一抱麦草，提上一笼麦糠，一晚上的热炕就成了。先用麦草把炕烧热，再在火星上盖上麦糠，炕就可以热到第二天早上。炕热也有耐不到早上的时候，于是迷迷糊糊中，听得母亲下炕又往炕眼里塞柴，一会儿就有一股烟味冲进鼻子，然后冰凉的炕又热了起来，翻个身，又睡过去了。麦糠不够时，我们就用特制的刨刨去刮地皮上的"雪草"。"雪草"是一种植物，到了冬天，它就成了贴在地面上的一层厚厚的枯草。"雪草"的生命力特别旺盛，无论你冬天把地面刮得多干净，第二年春天它又会蓬勃地铺满大地。冬天有"雪草"的地方，你会看到成群结队的孩子在尘烟飞扬中刮"雪草",当一个个小孩子的笼里装满和着尘土的"雪草"时,他们也已是灰头土脸了。烧炕有时也用蒿子或者高粱秆、玉米秆,这些柴火比麦草耐烧,火星大,不小心炕就被烧得热得睡不住,于是父亲母亲半夜起来想办法散热。要么把席子揭起来凉,要么用木板垫在席子下隔热。闹腾半天,炕的热度也就合适了。也有睡得太死的时候,于是席子燃了起来,父亲母亲急慌慌地爬起来用马勺舀了水来泼。第二天,父亲便满庄子找苇子补席子。

其实,那个年代,走进村庄你就走进了柴火堆,家家户户门口会有码得整整齐齐的柴火,柴火堆上间或靠着一老农吧嗒吧嗒地抽着旱烟;间或拴着一只羊咩咩地叫着;间或晾着花花绿绿的衣裳随风抖动;间或铺着厚厚的雪层晃着人眼。无论怎样的柴火,似乎都冒着锅上或者炕上的热气,混着乡间烟火的香,守着村庄的憨厚。

## 我的冬天

南方的冬天没有北方的冬天冷,但不知为什么,在南方的冬天里,我却像冬眠了一样,没有一点生气。听说北方下了一场雪,心里突然活泛起来,打电话回去问母亲,母亲说雪下过去了,天晴了,但还是冷。母亲早就生了火炉子,她和父亲也是整天待在屋里不出门,说冷得门都不想开。不由心生悲凉,在我的记忆里,北方的冬天是热气腾腾的。

我的家乡在陕西千阳的一个小村庄,记忆中,冬天好像一直是生机勃勃的,并没有因为天冷而沉寂下来。

西北风一刮,冬天就踩着秋天的尾巴来了,树叶哗啦啦铺一地,然后在地上打滚,然后整个塬上就光秃秃的了,除柏树外,再难看到绿色植物。但这并不影响塬上的生机,首先是孩子们开始和风儿打架——拿着搂耙和背篓扫落叶。北风狠劲一吹,落叶全跟着风儿跑天上去了,扫来扫去扫不到几片叶子,孩子们气喘吁吁,北风呜呜地看笑话。孩子们生气了,动作比风儿更麻利一些,不等风儿喘口气,落叶早被几搂耙搂到背篓里去了,这时孩子们胜利了,笑哈哈地满载而归。

搂来的落叶是冬天烧炕的好柴火。等母亲把炕烧得烙屁股的时候,雪就不期而至了。雪是在我们的睡梦中降临的。睡梦中,父亲母亲似乎在院子里扫雪,间或还夹杂着谈话的声音,然后就被叫醒了。我们姐弟三人穿着棉袄棉裤棉鞋,戴着棉帽子棉筒袖,出了大门去上学。棉衣是母亲开春就拆洗好的,夏天晒过，里边似乎还有阳光的味道。母亲每年要缝六套棉衣。走出大门踩上厚厚的积雪，才知道真的下雪了。天还黑，雪的世界并不清晰，只有冷风飕飕地吹，我们缩着脖子抄着手向学校走去。村子里的大路上，三三两两的学生娃一会儿就汇聚成一个小队伍，然后排着队唱着歌一路向前，嘹亮的歌声让睡眼惺忪的村庄似醒非醒。雪不厚的时候，六点整学校的操场上像往常一样准时响起了哨声，有节奏的哨声和踏踏的跑步声不一会儿就让村子热火起来。村庄每天都是学生娃们叫醒的。

天大亮了，家家户户的四合院先是咣当咣当地传来开门声，随后铲雪的铁锨叮叮当当响起，再随后，扫雪的声音"唰——唰——"地此起彼伏，间或夹杂着一些交谈声。一会儿，农人们无所事事，有的出门站在大门口看风景，有的跑到麦田拨开雪铺盖看苗子。抬眼望去，整个世界一片白茫茫，树上挂着雪串儿，房上堆着雪毯子，麦田里盖着雪被子，大路上印着雪窝子。这时候，我们的村庄就是童话世界，学校里琅琅的读书声恰似给这个童话世界配上了一首绝妙的乐曲。

等到九点放学，整个村庄飘起了炊烟，炊烟袅袅，逶迤向天，与雪地里撒欢的孩子和麦田里看苗子的农人一起点缀着纯白的世界。孩子们或者在雪地上打闹，或者在结了冰的涝坝上滑冰；大人们谈着闲话，或者大声吆喝着互相问候，呼出的热气一缕一缕蜿蜒四散。村庄真是热气腾腾的。

放学回家，院子里干干净净，满院子的雪已经被父亲母亲堆成了雪堆。母亲正在灶房忙活着，锅上热气腾腾。父亲在院子里忙活着，一会儿给牛添草料，一会儿铲牛粪。不待我们放下书包，母亲已经端来一盆同样热气腾腾的洗脸水，说"洗脸吃饭"。然后自顾去端饭菜上桌。我们姐弟三人的六只手在脸盆里胡乱撩几把水在脸上抹抹，然后拉过毛巾擦几下，丢下毛巾迫不及待地爬上饭桌狼吞虎咽。至于父亲母亲是几时上桌几时吃饭的，我们似乎没有注意，吃过饭又背着书包上学去了。

我的冬天就这样一年年地热气腾腾地陪我长大。长大后，我很少在北方过冬，记忆中曾经热气腾腾的冬天似乎不见了。我渐渐明白，是村庄老了，村庄老得只剩下老人，连小孩都没剩下几个；是父母老了，老得只能围着火炉烤火，连棉袄都缝不动了；更是因为我离家太久，久得不记得曾经热气腾腾的冬天了。

也许这样热气腾腾的冬天终将成为历史的印记，但村庄再老，它总是孩子们的家。孩子们回家的时候，我相信热气腾腾的不只是冬天，而是每一个温暖的日子。

在南方冷湿的冬天里，我常常怀念北方热气腾腾的冬天。

# 雪在故乡

南方也下雪,但奇少,且甚少有积了厚度的。而故乡的雪就不一样了,要下就下出气魄,绝对是下到包裹了整个世界才算尽兴。

这会儿,脑海中已飘起纷纷扬扬的大雪,银装素裹的世界呈现在记忆的童年里,雪花飘落时的美丽似乎是无法用语言形容的。小时候的我,喜欢用手接雪花,然后看着雪花融化在手中,或者仰起小脸,让雪花轻轻地凉凉地落在脸上。看着雪花舞着,一朵一朵轻轻地落下来,轻得无声无息、无色无味,似乎是偷偷地从天庭跑下来的。"瑶台雪花数千朵,片片吹落春风香。"李白是最懂雪的,因为他能闻到雪香。

这千朵万朵不知不觉就白了树枝、白了屋顶、白了大地。纯净的世界安静得似乎只有冬眠。

很多时候,大雪会在夜里飘起,第二天起来,就是一片白茫茫的世界——世界万物都被雪覆盖了,只会看到一片白。早上起来,父亲已经在院子里从屋子到大门扫出一小路,出了大门,我便踏着雪,踩出一串咯吱咯吱的"音乐"去上学。村子的大路上,三三两两的学生像我一样穿着厚厚的棉衣棉裤,围着厚厚的围巾,戴着厚厚的棉手套,咯吱咯吱地踩着厚厚的雪向学校走去。最快乐的时光应该是放学后,孩子们就像从羊圈放出的小羊羔,在雪地上尽情地撒着欢儿——玩雪球、打雪仗、滑雪,用脚印画麦穗、画小树、画花草……一些调皮的男孩子在结了冰的池塘里滑冰，摔了一个又一个跟头仍乐此不疲，无忧无虑的快乐写满每个孩童的脸。谁的娘在村子里扯开嗓子喊着"冬娃、冬娃，回家吃饭"，于是一个一个的"小羊羔"知道应该回家吃饭了，嘻嘻哈哈地跑回家端起了热腾腾的饭碗。

等到雪停了，太阳出来了，看似暖和，实则比下雪时冷多了。这时候，除过每家的四合院和小路上少了雪，整个世界还是一片白，因了太阳的照射，白得刺眼。路上的雪被踩化冻成了冰，上学少不了摔跟头，不会弄脏衣服，只是会摔痛小屁股，惹来伙伴们一阵阵的笑声。不上学的时候，就在暖暖的太阳下和小伙伴们堆雪人。

最喜欢正月里站在村子的大路上看走亲戚的新媳妇。腊月才结了婚的小媳妇打扮得漂漂亮亮地跟在丈夫后面，小心翼翼地在结了冰的路上挪动脚步。再怎么小心还是会时不时摔一跤，只是摔得比我们小孩子文雅。漂亮的衣服当然不会弄脏，只是会惹得我们这些看新媳妇的人偷笑，有些脸皮薄的新媳妇便会红了脸。但新媳妇因了摔跤也会得到新婚丈夫的无限爱怜，大概她们在心里甜甜地乐呢。

有雪的冬天是很冷的，母亲已经早早地为全家六口人做好了棉衣棉裤和棉鞋棉手套。整个冬天，就这样在一种温馨的气氛中度过。

雪一直驻留在故乡，只是它现在不仅白了冬天的世界，也白了父亲母亲的黑发，白了日渐空落的村庄。我常常在梦里站在厚厚的雪堆上，看整个村庄的白。

## 柳枝拂过童年

家乡的柳树也不是很多,给我留下深刻印象的就是村子里池塘边的两棵大柳树。柳树似乎比较老,树干虽然粗壮无比,但长得并不直,弯弯曲曲地朝水面倾斜着身子,浊黑的树皮布满疙瘩,有些丑陋。其中一棵树干还空心了一截,在两个枝杈之间张了一个黑洞洞的大口。

但这并不影响它们在春天里的妩媚。每到春暖花开的季节,它们就真像歌里唱的那样"柳树姑娘,辫子长长"了。柳树长长的辫子一直垂到池塘的水面,轻轻地抚摸着水波,犹如母亲轻轻地抚摸着孩子的脸。而那柳条上鹅黄的柳絮,一串一串毛茸茸的,煞是好看。一阵轻风吹过,柳絮漫天飞舞,在太阳的沐浴下尽情展现妩媚。风停絮止,水面、地上一片鹅黄,在池塘洗衣服的大人小孩从水里捞起一把一把的柳絮嬉戏打闹。

用柳条做笛子吹,是大人小孩共同的喜好——轻轻扭动柳条,抽出中间的木芯,再用小刀把柳枝的皮裁成长短不等的小截,稍作加工就成了"笛子",虽然粗糙但也能吹出悦耳的声音。太阳正暖,风柔柔地吹过来,贴着我们的小脸抚过,头发随风飞扬。坐在有风的暖阳里,每个小孩的手里都攥着一把长短粗细不等的笛子,比谁的笛子吹出来的声音好听。把柳笛搭到嘴边,或短促或悠长的笛声便响了起来,混合在一起,此起彼伏,一个热闹的世界弥散开来。

此时,柳树下有些孩子在捡柳絮,捡了满怀的柳絮后便有了小小的成就感，拿回家做成绿色的手镯戴在手腕上也能炫耀一阵子。

我们仍然在池塘里洗衣服，水晕一圈一圈散开，柳树的倒影在水圈里一颤一颤，蓝天也在水里一颤一颤。抬头看天，柳梢高高地拂上蓝天，枝条浮动，悠闲而柔媚。天上一个世界，水里一个世界，两个世界拉长了时空，让人生出无限梦幻。

柳树下的草坪上，浅草青青，有了一朵两朵的野花。年年生长的野花常常被忽略，我们不看花儿的模样，只把洗好的衣服铺在草丛上晾晒，于是花儿被衣服遮在了黑暗里。我们晾了衣服仍然抬头看柳树，忍不住会拽了柳枝荡几下，撸下几片尖尖的柳叶，闻着淡淡的苦涩味，把柳叶在手心摆成花朵。

有柳的日子，生活便有了江南温婉细腻的韵致，只是那时并不知江南。我常常在春风里恍惚，感觉漫漫的日子那么美好，悠长悠长的。我看那池塘里的一幅画，人影浮动，柳枝绵绵，便眨着慢镜头似的眼睛出神。挟着轻风的暖阳，清冷中有温热，总让还是孩童的我不知今夕何夕，沉醉在春天的喜悦里酣玩。

如今家乡的那两棵柳树已老得弯腰驼背，春天仍然会发芽，只是不再有那么旺盛的枝条。我回家了仍然会去探望它们，望着已近干涸的池塘，脑子里会冒出旧时的欢乐时光，不免有了一些失落。我们在长大、老去的时候，柳树也老去了。如今的孩子们的童年一定不在柳树下的池塘边上了。

# 自行车的年代

那时候，自行车像风，在乡间的小路上呜呜地刮。眼看着一个黑点在远方，不出几分钟，一个骑着自行车的人呼地从身边过去了，带着的风和尘土，眨眼的工夫远去了，我还会盯着骑车人的背影看一会儿。

那时候，我并不羡慕有自行车的人，或者说因为没有希望所以没有奢望，自行车于我来说遥远而无多大用处——我行走的范围不过村庄那么大。可是自行车行走时发出吱吱的声音很好听。自行车被人推着走时，车轮里白白的辐条就是这样吱吱地响着，脚踏一上一下随着车链子转动。

当我真的有了一辆自行车时，有些做梦的感觉，但我记得我并不多么兴奋。因为我考上了县城的高中，县城离村庄有二十多里地，走路得三四个小时，于是父母找大外公借了一百元钱给我买了辆自行车——"白三"牌自行车。

后来，有那么一段时间，每个周末回家，我和父母都是在打麦场上度过的。我记得空气湿漉漉的，在碾粮食的土场子上，父亲母亲教我骑车。我一脚踩在自行车脚踏上，一脚踩在地上，凭借蹬地的力量使自行车前行，自行车轮子发出吱吱的声响让我想起看别人骑自行车的情景。现在的情景是我不断蹬地、滑行，父亲母亲跟着自行车奔跑；我骑在自行车上，父亲母亲一个扶车头一个扶车尾，自行车东倒西歪地前行；自行车要倒下去了，父亲母亲手忙脚乱，合力让车子平衡。自行车最终倒下去了，父母丢下车子保护我不会摔倒在地。时间一点一点移动，太阳从东往南跑去，树影从西往北跑去，父母汗水淋淋地看着我骑着自行车歪歪扭扭地前行。

再后来，我一个人在村里的土路上练习。免不了摔跟头，摔得最严重的一次是掉到了水渠里，擦破了手和腿，所幸只是皮外伤，并无大碍。这个时候，倒有了拥有自行车的兴奋与骄傲，骑在自行车上，吹着风晒着暖阳，看路旁白杨树猎猎地随风摇摆，叶子哗哗地响着，真正的风清气爽。田野被乡间小路划成了块，种着各种各样的庄稼；村庄的房子密密地聚在一处，有炊烟缭绕。我骑着车子一会儿在村庄的小路上穿行，一会儿在田野的小路上穿行，于是就成了我在村庄进进出出。

把自行车骑出村庄进城，首先要下土坡，然后顺官路走。土坡弯弯曲曲，路程不长，胆子小可以推着自行车走。官路中间汽车飞驰，以拉煤的大卡车居多；官路两旁以骑自行车的人居多，也有步行的。这样，官路上有了熙熙攘攘的感觉。大卡车的喇叭会时不时刺耳地鸣一声，自行车的铃声此起彼伏丁零零地响着。在这熙熙攘攘的自行车大军里，我战战兢兢地骑着，汽车经过身旁，便慌乱起来，自行车东扭西扭，随即扑倒在公路上，放在车后座篮子里的馒头骨碌碌地滚到了公路中间。我趴在公路上，看汽车一辆一辆呼啸而过，硕大的车轮带着风，扑得我喘不过气。我从公路上爬起来，找寻我的馒头。散在公路上的馒头显眼，但与周围的环境格格不入，于是有了异样的目光打量。我有些害羞，红着脸去捡我的馒头。汽车看着满公路滚动的馒头，却都绕着走了，于是我顺利地把馒头一个个捡了起来。

进了城，便与村庄不一样了，从小城穿行而过，我看小街两旁的店铺、摊点、人影从我身旁向后退去，它们在夕阳下透着不可触及的美好，与乡下的日子截然不同，我会沉浸其中，享受一会儿。骑过西关、南关路、东忙，转向学校那条路，所有的美好便被关在了校门外。

下雨的天气却不好。官路以前的土路变成了泥路,这于自行车来说真是件苦难的事情。等把自行车推下坡,人和车必定都是满身泥巴了。我记得有一次推着自行车在泥水里下坡,泥巴裹住了车轮,无法前行。我看到有些大人把自行车扛在肩上,我却没有力气把我的自行车扛在肩上。我正左顾右盼之时,后面来了我的一位初中老师,他二话不说帮我把自行车扛到了官路上。那时的我是多么害羞的一个学生,记不得我跟老师说过什么话,似乎一句"谢谢"都没有说。可是几十年过去了,我仍然记得老师帮我扛自行车的画面。后来,我们都学聪明了,下雨天就把自行车留在官路旁边住着的人家,步行回家。

自行车像风一样行驶时,必定是晴好的天气。我把车子在官路上骑得飞快,那时我已是骑车的熟手。我和同学一起比赛,要飞起来的感觉如青春一样高高飘扬。我们把自行车骑到校外麦田里的小路上听风,骑到北坡的塬上看景,骑到南山的坡顶赏花……那时自行车是自由而轻快的,车轮子发出或快或慢的吱吱声流畅得像歌声一样。

我在西安城看到自行车时,是十分吃惊的。我从来没有见过自行车一堆一堆地行走,没有见过自行车会互相磕绊。走过红绿灯,看到一堆车聚在路口,真像一窝蜂。绿灯一亮,自行车像潮水一样冲过各个路口,朝自己的方向驶去。自行车在西安的大街小巷穿行,像蚂蚁一样多。西安的自行车不像乡下路上的自行车清闲而轻快,是匆忙而繁乱的。后来,我还在西安的一些角落看到一堆一堆破烂的自行车无人问津,我便觉得自行车在城市里没有多少价值,它们真的只是迫不得已的出行工具。

当家乡的水泥路四通八达,公交车开到了家门口时,自行车真的不吃香了。但我的那辆自行车仍然摆放在老家的厅堂,虽然鲜有人再骑,但它成了温暖的念想。每次回家探亲,踏进家门,一眼便能看到它,便能感受到无限的亲切,那些自行车风行的年代火热的日子便活了起来,展现在眼前。

/ 乡间小路 /

# 破破烂烂的日子

卖破烂的日子像过去的生活一样破烂,但收获的喜悦延续一生。

在北方老家,我们管卖废品叫卖破烂。我卖破烂的习惯是从几岁养成的,从烂鞋烂盆到废纸破书,几乎能卖钱的都卖过,一直卖了几十年。卖的钱也从几分到几角几块,甚至十几块。无论钱卖多与少,总会让我的心情愉悦,因为觉得卖破烂得来的似乎是一种意外收获。

村子里隔三岔五地就有收破烂的人来。他们骑着自行车,车的后座上驮着两个荆条筐,走村串户地吆喝着:"收破烂——收破烂——"这时候,小孩子们是很欢喜的,一个个跑回家搜罗家里能卖的东西。最开始卖得最多的是穿烂的布鞋和读过的旧课本,后来会有一些用破的塑料盆子塑料碗及一些农具上退下来的铁块,再后来会有穿得不能再补的塑料凉鞋。搜罗到能卖的破烂,孩子是很幸福的,能从收破烂的人那儿换来几分或者几角钱。没有破烂可卖的小孩子也会跟来凑热闹,分享小伙伴的快乐。

有时候,收破烂的并不给钱,拿一些水果糖、针线包、拇指大小的塑料玩具等来换破烂。这些东西对小孩子来说更有吸引力,一个个围着收破烂人的货摊东瞧西瞅,伸手拿起这个放下那个,眼里全是兴奋与渴望。收破烂的人就会催促孩子们回家搜罗能卖的东西,于是孩子们一哄而散,全都跑回家收拾破烂去了。

有的小孩经不住诱惑，趁大人不在家，会把还没有完全破掉的塑料盆拿来换玩具，其后果是挨一顿父母的打。

我卖的破烂都是母亲提前挑拣好的，等收破烂的来了，就抢着去卖，只图能拿一会儿卖到的钱和换到的东西。因为家里穷，卖破烂的钱得交给母亲贴补家用。

如今，日子好过了，但我卖破烂的习惯一直保持着，家里有可以卖的破烂都随手堆放到阳台的角落，有收废品的来，便顺手卖掉。

曾经破破烂烂的日子归纳着生活的温暖与智慧。

/ 乡间小路 /

# 无书可读的阅读

从小喜读书,但似乎并无书可读——我说的是除课本以外的书。也许因为无书可读,才倍觉读书的乐趣与珍贵。关于儿时阅读的记忆寥寥无几,却清晰异常。

最初的阅读从画书开始,画书就是大家所说的连环画。开始我家并无一册画书,村里有几户人家的画书很多,我便常常往别人家跑。后晌没什么事可做时,就一头钻进有画书的人家,一本接一本看,看得不知今夕何夕。不知不觉天就黑了下来,母亲扯着嗓子喊我回家的声音在庄里响起时,才带着一种满足与失落丢下手中的画书,恋恋不舍地离去。等把庄里人家的画书看得差不多了,也偶用攒下的零钱去买一两册。那时候乡上商店里有卖画书的专柜,玻璃的,里边两层架子上摆放着各种各样的画书,有时看到售货员从里边推开柜门,整一整画书。然我手里的钱只够买一本,于是蹲在玻璃柜前把每本画书的封面都认认真真看一遍,一边选,一边通过封面想象一下每本书里的内容。再三比较后最终选定一本,拿着手里的,仍然想着柜台里的,踟蹰离去。买到手的画书在回家的路上就看完了,意犹未尽,心里有些欠,于是再看一遍。

我读的第一本真正意义上的文学书是"偶遇"的《聊斋志异》。说是"偶遇"一点也不为过。那时上小学,在一个要好的同学家玩,同学家来了一位亲戚,他是路过进来坐一坐的。彼时太阳挂在西边的山头准备落山,余晖透过窗户染得同学家土炕上的席子闪着昏暗的光。那位亲戚顺手把一本书放在席子上，便与同学的母亲闲聊起来。那本书正好沾了一些夕阳的影子，斑斑驳驳地绽在那儿，我有些做贼心虚地拿起书趴在炕上读了起来，同学的亲戚并未留意——或者是放任我阅读。书的名字就叫《聊斋志异》，我一个一个故事读下去，便欲罢不能，一边读一边希望那位亲戚多坐一会儿、多聊一会儿。不知不觉，亲戚起身要走，同学的母亲热情地相送，然那位亲戚并没有来拿书，直接出门走了。此时我想他应该是忘记了拿书，我却没有出声，仍然在看，希望他明天想起来了再来拿书。可是希望落空了，那人不到一刻钟就返回来了，边进门边说忘了拿书。我此刻有些羞惭，起身把书递给他，他却并未生气，和颜悦色地接过书走了。

读第二本文学书籍是上初中时，父亲不知从哪儿带回一本前后都缺了页、书页卷得像油饼一样的小说。这本连名字都看不到的小说写的是杨家将的故事。书虽然很破，却很厚。父亲初小毕业，认得几个字，也爱看书，只是一是劳动紧张，二是无书可读，很少看到他读书。父亲说这本书就叫《杨家将》。在下雨不能做农活的时候，父亲端着书斜偎在炕上，看得如痴如醉，一页看完了，用手指在嘴里蘸一下，翻页，眼睛也朝上挪一下，渐渐顺着字行朝下移。在父亲不看的时候，我也抓了那本书来看，竟然一下子被吸引住了！书里的故事情节跌宕起伏、引人入胜，很是抓我的心。杨家将的形象从那时起就树立在心中了，至今能记得里边的一些情节。

之后很长一段日子，并没有什么课外书可读。有一次到大外公家去，发现了一些杂志——《半月谈》，便也当作获得的宝贝，拿起来读。里边一些政论性的文章并不能读懂，于是先拣软性的带有生活味道的文章读。等一本一本拣完了，实在没可读的了，又回过头来拣一些人物通讯之类的读。在那个年代的农村，一群孩子在院里酣玩，独我坐在门槛上拿着《半月谈》读，大外公高兴地夸我是个爱读书的好孩子，心中便有了几分愉悦。于是有空便常去大外公家读《半月谈》。

　　时隔几十年，每当儿时读书的记忆浮出来，便觉得更该多读一些书，汲取阅读带来的养分，似乎也弥补着曾经的缺憾，生活不由得丰厚而润泽起来。

# 进 城

## 一

我跟着爷爷从千阳董坊塬的坡里往寇家河的街道上奔去。我们才吃过早饭,太阳还挂在东面的半空,不太灼热的光,洇着淡淡的红披散在坡上的草木之上。我们顺坡而下,并不全走大路,时时拣了陡峭的小路以节约路程节省时间。

此时我是多么愉悦,我看风把山坡上的草吹动,微微地抖着。正是春天,还有一些小花点缀其间。小路并不好走,有些石子硌得脚痛,有些陡坡要手脚并用滑下去,一心只向往着那条小小的街道,并不觉得艰难。街道就在坡下面,我已能看见街道上的房子和街道附近的农舍。再远一点,横贯东西的柏油公路上,汽车来来往往地穿梭,在树影下时隐时现,时而一些尖锐的喇叭声撕裂般地响起。越过公路再往南,千河正在阳光下闪烁,由西向东铺着一层薄薄的雾气,轻如细纱。

我们一路奔腾,如此快速地就下了坡。爷爷却并不先到街道上去,他折身走进了猪集,我跟着走去,小小的我断不敢脱离了爷爷的视线。猪集设在一条小河边。两山相夹处,一条细细的小河由山的深处潺潺地流下来,由北向南流过猪集,越过公路下的涵洞,汇入千河。河水清澈见底,石子在水底干干净净,闪着花纹。河水若翻过大些的石头,便泛起了白花花的小浪,潺潺声更响。小河两旁已是热闹了起来,买猪的卖猪的都在小河两边,这儿一堆,那儿一摊,布满小河的两边,偶尔还能看到一两只山羊。爷爷是来买猪的,他要给我家捉一头小猪,经过近一年的喂养,把它喂养大。

猪集上以小猪居多,也有母猪。小猪前后腿被草绳或者布条朝背上绑着,吱吱哼哼地叫,若有人提了它们的耳朵看,它们便扯开嗓子大声地叫唤,叫声尖锐刺耳。爷爷在猪集上转来转去,看看这头瞧瞧那头,时不时提起一头小猪掂量掂量,与卖猪的人交谈几句,两个人的手便伸进袖筒里捏去了——那是在讨价还价。我也看小猪,才生出来没多久的小猪是可爱的,皮毛光滑油亮。我家买回的小猪,我常常伺候它们,给它们拔猪草、喂猪食、挠痒痒。

此时太阳已有些灼热,爷爷从南到北又从北到南,把小河两边的小猪看了个遍,最终咬咬牙买下了一头小猪。假若选不好,小猪捉回家说不定就会喂不活;假若选得好,小猪喂成大肥猪都可能不会生病。我以为,这样的选择更多的是运气罢了。

爷爷把小猪夹在胳肢窝,我们顺小河走出来,就到了乡上唯一的一条小街。此时街道上已热闹起来,供销社的木门已敞开。街上摆设的摊子以吃食居多。油饼、油糕、油角角、粽子、凉粉……一路走来,香气扑鼻。假若是年跟前,集市上会有卖窗花和画张的,正月十五前则会有卖灯笼的,比平时的集市会更热闹一些。若是水果上市的时节,也有一些农人挑了自家的水果来卖,以桃杏居多。我记得长大一些,有一次一个人来赶集,看一个坐在供销社门口的老农在卖桃子,桃子个儿大,颜色鲜艳,便掏出兜里唯一的两角钱称了一斤。我迫不及待地掰开一个,两条虫子却在果肉里蠕动!我急了,再掰开一个仍然有虫,再掰开一个,还是有虫,于是便让老农退我钱。老农却不肯退,说卖出去的东西怎么能退。我便不再和老农争论,一个一个把桃子掰开,摆在老农面前,老农皱着眉头说,拿回家削掉虫子还可以吃呀!

老农倒也没说错,在农村,农人们常常把长了虫子的桃子削掉虫再吃。可那一刻的我是倔强着和老农赌气呢。

爷爷和我一路从小街穿过,但不记得爷爷给我买了什么吃食,许是他买小猪花完了钱。我跟着父亲母亲赶集时,大多时候是来乡上的医院给母亲看病。看完病,会在集市上逗留一会儿,看热闹和买生活必需品,买吃食的时候很少。母亲给我买过凉粽子,一个粽子两角钱,卖主拆了粽叶,把三角形的粽子放在小盘子里,再倒上点蜂蜜,吃起来香甜润口。此时隔壁卖油饼和油糕的油锅上油烟冉冉升起,香气在整个街道弥漫开来。油饼在油锅里吱吱地响,渐渐由薄变厚、由白变黄,一双筷子夹起翻个个儿,另一面也变黄了。油饼有些嚼劲,油糕里的热糖汁不小心会烫了嘴。卖面皮的、卖豆腐脑的,各样摊子前都有食客坐着。

人们来赶集大多是来供销社买生活用品,并不为吃而来。供销社里卖油盐酱醋,卖布卖衣服,卖画书卖纸张。我常常流连在供销社里,只是看热闹。那卷在木头上的布匹花花绿绿,一排排整齐地立在货架上,有人来扯布,手一指,售货员取下那一卷布,拿了尺子量好尺寸,用剪子沿量好尺寸的地方剪一个小口,顺着小口两手一撕,嘶啦一声,一块布扯好了,叠得四四方方递给买布的。白纸一般用来糊窗子或者给孩子订本子,一张白纸几分钱,售货员从纸堆上揭一张白纸卷成卷,用纸绳系了,也递给买的人。也有来买糖果的,秤挂在糖果箱上面,撮半秤盘糖果挂在秤上称,多了往下拨一点,少了往上添一点。称好倒在一张四四方方的麻纸上,折来折去包成了四方,同样用纸绳系了递给买的人。

供销社也收购各种物资,比如穿烂的鞋子、废旧的书本、挖来的药材。我卖这三样东西的时候居多。鞋子是一檊笼一檊笼地卖,这些全是母亲做的,一家六口人的鞋用不了多久就会攒一堆。药材大多在夏天卖,都是暑假从山上挖来的,有柴胡、白蒿、蒲公英、半夏、枣核、杏核、桃核……书只有读完的课本了。炎热的夏天,收购站门口经常排着长长的队伍。

我和爷爷穿过热闹的集市,折转向北,顺着来时的路爬坡,集市被我们甩在坡下,渐渐地,耳边的嘈杂变成了寂静。太阳爬到了半天,天瓦蓝瓦蓝的,细风吹过,坡上的草丛中有虫子鸣叫。

## 二

由乡镇到县城是一个跨越,世界于我来说绝对不是大了一点。母亲在我百天时带我进千阳城照过相,这算是我第一次进城。可是县城于一个只有百天的孩子来说什么也不是。

再一次进城,却是万不得已的事情。那年我不到十岁,才开春,父亲赶着驴,拉着高高一架子车麦草在前面走,我拉着另一辆架子车跟在后面,车辕侧面的一根绳子连在父亲的架子车上,车厢里躺着重病的母亲。我们进城去卖麦草,给母亲看病。麦草是父亲前几天从更远的深山里拉回来的。

我走在公路上,并不能看到前面的路,像山一样高的麦草阻挡了我的视线,我只需跟着父亲的架子车走便是。这条我以为只通到县城的公路其实属于省道,它连接起了陕西的多个城市,一直通到了甘肃。经过我身边的每一个路人,不管是步行的还是骑自行车的,无一例外会侧过头来看我。我有些害羞,可不知道为什么,当有人看我时,我会不由自主地笑起来!我想我应该是有些高兴的,因为我能跟着父亲母亲进城,而弟弟妹妹一直在下公路的土坡路上哭哭啼啼,想跟着进城,却被父亲吼住了。他们不敢再跟着跑,却也不愿意回去,蹲在半坡一直看着我们在公路上走。也许他们看不见我们了,就回去了。弟弟妹妹对进城和我一样应该是没有概念的,只是离不得父母。

有暖阳，柔柔地晒着，我们顺着公路一直往东走，车轮发出吱吱的声响，我还能听到驴蹄子在沥青路面上踢踏的声音。我看不见前面的路，却可以看公路两旁的景物。高高的杨树才冒出嫩黄的枝叶，在微风中颤动。北面是我所熟悉的塬，在塬下朝上看，塬便有了巍峨的感觉，塬顶上还有隐约的人影。南面是开阔的，南山远得贴在天边，浓淡有致地画着一些弯弯曲曲的线条。我与南山之间隔着大片的田野和千河。那时候，我对千河没有概念，只觉得它比我们山沟里的小溪宏大很多，我不知道它从哪儿来，也不知道它流到哪儿去，我们一直跟着它走。后来，我知道千河发源于甘肃六盘山，最终流进了渭河。总之，进城的路是新鲜的，令人愉快的。此时我并没有注意到父亲的愁苦和母亲的病痛，更没有感受到弟弟妹妹的眼泪里有多少渴望和无奈。多年后回忆起这一幕，多少有些惭愧。

愉悦并没有持续多久，走了几里地，我已无心再看风景，我细小的胳膊掌着于我而言比较高大的架子车辕，开始酸痛起来。我得努力保持车子的平衡，上坡压下车辕，下坡用力撑起车辕。我和父亲在"麦草山"的两边相互看不见，却做着同样的动作。父亲以他庄稼人历练出的坚韧背着"麦草山"在前面走，我以稚嫩得还经不起风雨的身骨拉着母亲在后面苦撑。一辆大卡车呼啸而过刮起的风尘，似乎都可以把我掀倒。父亲终究担心我，时不时会停下来歇息一会儿，然后继续走。那个时候，我就已经知道，人在路上，无论多苦多累，就得一直走，直至终点。

走了二十多里地，就进了城。我们先来到城边上的纸厂卖麦草。父亲解下连接我和他架子车的绳索，把麦草拉去过秤，我和母亲在外面等着。远远地能看到纸厂里堆成山的麦草垛，纸厂门口也有杂乱的麦草散着，有车过，便随灰尘飞一会儿。等了一阵，父亲拉着空架子车，捏着钱出来了，父亲头发蓬乱，脸上汗津津的，却是舒了一口气。一车麦草五百多斤，卖了十多块钱。

我的记忆在城内却断了线,城内的景象我竟然完全不记得了,连给母亲看病的医院都记不得。只记得给母亲看完病,并没有在街上逗留,父亲把两辆架子车绑在一起,拉着我和母亲又走了二十多里地回家。县城在我大脑里一片空白,像我百天时进城一样。我一直不能想明白,从没真正进过城的我为什么对城内的景象没有好奇、漠不关心,难道只是把进城当作一件事情去做?也许真是如此,我们进城的目的是给母亲看病,我想我和父亲母亲一样,没有把县城当作"城",只当作一个可以给母亲看病的地方,可以解决我们在农村解决不了的问题。如此,城,便也是一个伟大的地方。回家后,我的胳膊和腿疼了很多日子,母亲便也埋怨了父亲很多日子,虽然她也知道这是没有办法的事情。

可是县城就是县城,它是与村庄不一样的地方。中考的时候,老师带着我们进城到县上的高中去考试。下着雨,我从西关街道上过,窄窄的街道两旁有店铺,正是下午,木板门关着,房檐水成串地落下。我走过十字街,进入南关路,看街道两旁现代化的建筑,看街上的人来来往往。那时候,我只把它看成一个与村庄不同的地方——洋气、遥远。那时我并不知道千阳城是一个有着深厚文化底蕴的古城。远在新石器时期,先民就在千河谷地繁衍生息。上古时期,千阳地处炎帝氏族活动区,经历夏、商、西周、春秋战国的纷乱,再到秦统一六国后置汧县、西汉置隃糜县……历史浩浩荡荡六千年,一路跌宕起伏成就了今天的千阳。千阳,还因盛产隃糜墨而久负盛名,更因燕伋、郭钦、段秀实三位历史名人而荣耀。他们一个教书育人,尊师重教;一个清廉为官,浩气千秋;一个驰骋沙场,忠勇爱民。

当你不知道生养自己的故土的历史时,也许你只把它看成一个生存的地方,你热爱它,只基于故土的熟悉与亲切,但缺少灵魂。当你知道故土上那些波澜壮阔的过往时,你的热爱便成了融在血液里的精神,那便是根。

# 活在西安

弟弟说要去咸阳做工时,我的眼泪不由自主地就下来了。那是 20 世纪 90 年代初的一天,就在西大校园。

不知道什么原因,只是不想弟弟离我太远。在西安城,我们相依为命。

弟弟倒是淡定地安慰我说:"咸阳又不远,我过几天就回来了。"

对弟弟的依恋,是从父亲送我入学离开以后。考入西北大学是一件无上荣耀的事,但我对这个陌生城市的向往早已被深深的孤独所替代。茫然失措的我,只知道这个城市里还有我的弟弟。

开学不久,学校要交一笔费用,自然而然也只能想到弟弟。同学老乡陪着我到弟弟工作的省建七公司找他。弟弟和工友合住在临时搭建的工棚里,工棚窄小而昏暗,昏黄的灯光下影影绰绰的床铺、工具等杂物,透着一种生硬而逼仄的拥挤。

弟弟看见我来了很高兴,稚嫩的脸上露出天真的笑。那年,弟弟十七岁。我来向弟弟要八百元钱,交四年的住宿费和课本费。弟弟没有那么多钱,他让我们等一会儿。弟弟弯腰出门去了。不知等了多久,弟弟拿着八百元钱交到了我的手上。

我和同学出了弟弟的宿舍时,天已暗了下来。夜晚来临,黑乎乎的工地杂乱而荒凉。弟弟把我们送出工地,等看到渐次亮起的路灯时,才停下脚步,看我们走远,然后转身没入黑暗。这一片工地,在灯火辉煌的大城市里似乎是个死角,地面凹凸,杂草丛生，不见光明。

弟弟隔三岔五地会来看我，从他有限的工资里给我一点钱，补贴我的生活费，他的工资不足以养活我和他两个人。周末无事时，我也去弟弟那儿玩，弟弟要么去灶上买臊子面，要么上街买面皮，总之给我吃得很丰盛，走时再给我塞上几十元钱。可我知道，他平时吃饭断不会这么舍得，有时几个馒头一碗开水也算一顿饭。那时，懵懂无知的我竟然从没觉得弟弟的辛劳，我倒像个妹妹，心安理得地依赖着他。

彼时，离弟弟初中毕业已过去两年。弟弟初中毕业时，我正上高中，因为家里穷，父亲决定不再让弟弟上学。十五岁的弟弟偷偷和同学去报了职业中学，却没有钱交学费。父亲知道后坚决不让弟弟去，弟弟被父亲骂后不敢进家门，站在大门外痛哭流涕，小小的身躯哭得一颤一颤。母亲陪着弟弟哭，最终瞒着父亲领着弟弟满庄借钱，把弟弟送进了学校。大局已定，父亲最后也默许了既成的事实。

两年后，弟弟凭着出色的手艺，成了省建七公司的一个小木匠。他在十七岁的年纪，成了西安城较早的一批民工中的一员。他混迹在一群成年人中间，在城市的高楼大厦上，拿着锯子、刨子、锤子、钉子……讨生活。

妹子坐着火车来西安，是一次惊险的历程。她是跟着老乡投奔弟弟来的。两个从没坐过火车的人上了火车已不辨东南西北。车到中途靠站，两人便下了火车找厕所，结果厕所没找着，火车却开走了，两个人的行李也被火车带走了。老乡跟着火车跑了几步，他觉得他可以追上火车，最终看了看跟在身后的妹子，停下了脚步。一无所有的二人等到下一列火车经过时，稀里糊涂上了火车，最终到达西安。

妹子对丢在火车上的行李耿耿于怀，那里边有母亲让她带给我和弟弟的锅盔。

因为穷，妹子小学没毕业就辍学了，这次母亲再也无能为力，没能让妹子重返校园。很长一段时间，妹子不能接受现实，哭过闹过，最终还是屈服于现实。在乡村劳作多年后，同样十七岁的妹子步弟弟后尘，来到西安讨生活。小小年纪的妹子，竟然和弟弟一样对西安这样的大城市无畏无惧，每天弟弟上班了，她就出门找工作。去过劳务市场，去过各条街的小吃摊，妹子常常无功而返，但她并不气馁。

终于，妹子有了第一份工作，帮一个小摊卖面皮。

那一天，趁周末我去找妹子，我想看看妹子的工作。在文艺路一家面皮摊子前，我看到了妹子。我很久没见到妹子了，妹子和当年的弟弟一样，见到我只有高兴。她给我调制了一碗面皮，便又招呼客人去了。十七岁的妹子围着围腰，露着甜甜的笑，一有人路过便迎上去问"吃面皮不"。多年后，我有时做梦还梦到妹子那时的模样。

因为生意难做，妹子的工作也不稳定，在各个小吃店辗转征战，直到进入一家国营纺织厂。纺织厂的工作稳定，但也辛苦，三班倒的工作时间让妹子的生物钟彻底紊乱。我去看她时，她不是在睡觉，就是在上班。宿舍里窄窄的桌子上，她的搪瓷碗要么装着半个馒头，要么剩着一碗底素菜。妹子说，买一顿饭可以吃两顿甚至三顿。她的生活从此围在了工厂里，十七岁的年华在流水线上顽强地成长。

拿着几十元的工资，妹子工作却是十分地卖力——其实妹子做啥事都是十分地卖力。妹子在西安的大工厂里是出了风头的，她不但拿下了技能大赛的第一名，还被厂里评为了优秀员工。这对一个打工妹来说，是莫大的荣誉。

几十元的工资，除过吃饭，妹子存一年都存不下一百元，可她还是从牙缝里省钱给我用。

我在西安上大学，弟弟妹妹在西安淘涝生活。在大城市繁华的茫茫人海中，我们似乎天各一方。我在宽敞明亮的教室读书，他们在各自的岗位上埋头干活。我们如蝼蚁般卑微，却一直在为自己的前途拼命努力，虽然并不知道前方是什么，但努力是我们唯一能做的。

当我走上勤工俭学之路时，生活的支点多了一个。我走在家教的路上，我走在推销的路上，我走在端盘子的路上……我一路风尘，追赶弟弟妹妹的脚步。骑着自行车穿行在西安的大街小巷，进入城市温暖的房子，我教一个个学生知识，城市有了疑似家的温暖；走在寒冷的城市街道，奔向商场当推销员，我意识到了城市里有我的存在。我感激起了大城市，它给了我机会。

我们曾经这样在这个城市活着，以一个客居者的生活方式，追求从小梦寐以求的理想人生。理想人生，便是摆脱贫穷，不再为钱发愁。

## 在勤工俭学的路上

20世纪90年代初,西安,冬天的一个星期天。

早上六点,我穿着厚厚的棉衣,围着厚厚的围巾,轻轻拉开宿舍门,轻手轻脚地走了出去。校园一片寂静,沉睡在冬天的寒冷里。我孤单的身影被昏黄的路灯冷邦邦地甩在地上。北风依然吹着,雪花在头顶零散地飞舞,地上的冰碴被我踩得喳喳地响。

出了校门朝右拐,我向公交车站走去。

冷冷的街上,几个卖早点的散在街边,仅有的一点温暖凝固在寒气中。一股冷风吹来,我缩了缩脖子,两手抄在袖筒里,快步朝前走。

公交站等车的人稀稀拉拉,都是像我一样不得不早起的人。公交车还没来,我使劲跺脚,驱赶凛冽的冷。一个民工模样的男子和我一样使劲跺着脚,冰碴被踩得在我们脚底零乱地响。我有些后悔接了这个活,我要到离学校很远的一个商场做促销,坐公交车得一个多小时,我得在八点前赶到商场,为一个生产厂家推销饼干。但想起一天四十元的收入,我又觉得自己是幸运的,这个活不是常有的,有了机会一定得抓住。

跳上公交车,空荡荡的车厢并不能抵挡寒冷的侵袭。坐在靠窗的座位上,却看不到窗外的景物,车窗上乘客呼出的水汽模糊了所有。我不得不收回视线,看着司机的背影发呆。

我想起了才进校时打的第一份工——在一家餐馆端盘子。进校报名,东拼西凑交完学杂费后,我已身无分文,学校三十块钱的饭票补助是远远不够吃饭的。我不能再张口向父母要钱,因为他们已无处可借。

我的头等大事就是赶紧勤工俭学。在中文系一个老乡老师的介绍下,我到学校附近的一家小餐馆做钟点工,每天中午十二点放学后到餐馆为客人上菜、收拾餐桌。一个月四十三块钱,还能免费吃午餐。可这一顿饭我往往吃不上,因为下午两点上课时,餐馆的客人还在吃饭呢,服务员当然不能先吃。餐馆对我来说是高档的地方,也是陌生的地方。呆头呆脑的我笨手笨脚:记不住菜名、端不动重达二三十斤的火锅、不知道笑脸迎客……终于,在各种压力下,我主动辞了工。

我想念餐馆里的那位河南大嫂。在工作中她总是照顾我,给我很多指点,让我少挨了老板很多批评。有一次老板让我把餐馆门前的彩灯插头插上,我半天找不到地方,眼看老板就要发火了,河南大嫂手疾眼快,说"我来",便插上了插头。有时候,河南大嫂看我要上课了,给我舀碗饭,把客人端上桌没怎么动过的菜端给我,让我吃了去上课。

我想起了我打的第二份工——家教。我庆幸丢了餐馆的工作立马找到了家教。家教虽然工资低,两小时十元,但总归是稳定的,每个周末都可去一次,时间相对宽松。我想起了教的第一个学生因为我太像老师而"炒"了我的鱿鱼,我总想把时间利用得满满的,给他更多的知识,却适得其反。但我感激他,这让我以后的家教做得越来越好;我想起了教的第二个小女孩因我的教学方法灵活而变得乖巧,成绩大幅上升;我想起了第三个小男孩的调皮可爱……

"老师,你谈恋爱了没有?"

我哈哈大笑:"你怎么懂那么多啊?"

他不回答我,指着我说:"你不回答就是有了!"接着朝我扮鬼脸。

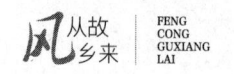

"老师,你化了妆很漂亮。"接着又问,"你是不是去约会呀?"

冷冷的车厢依然如冰窖,但我的脸上浮起了笑意。一种暖,从心底涌起。

将近早上八点,公交车到站,我跳下车,赶紧朝商场跑去。刚刚好,公司的人已等在那里。一位穿着厚厚的羽绒服的男子带我到指定地点——我的任务就是让每位来商场的顾客品尝饼干。

"您好,请尝尝我们的饼干。"我一边俯身夹起一块饼干递过去,一边说。

"您好,请尝尝我们的饼干。"

"您好,请尝尝我们的饼干。"

我感激大部分顾客对我的友善,他们总是微笑着品尝或者客气地谢绝。

"不要不要!"偶尔,一两位顾客不耐烦地挥舞着手挡开我递上的样品。

"您好,请尝尝我们的饼干。"

"您好,请尝尝我们的饼干。"

"您好,请尝尝我们的饼干。"

…………

风冷冷地吹着,商场并不大,没有暖气,我的手脚已失去知觉,只是机械地重复着相同的动作、相同的话语。从早上八点站到晚上六点,不停地向顾客问好、介绍产品,我已口干舌燥,不想再多说一句话。

又是一个六点,晚上六点。寒风依然吹着,雪花依然飘着,我两手抄在袖筒里,缩着脖子朝公交站走去。挤公交的人明显比早上多,我夹在人流中,捏着四十元工资,心里暖和了许多。

我想我是生活的幸运儿,总能找到勤工俭学的机会。卖电影票、录像票,推销磁带……一分一厘的收入,都能给我带来生活的希望,让我对未来充满信心。

　　我常常想起作家余华的小说《活着》,人只要活着,再怎么难都能走下去。而在这个艰难的路上,只要你坦然面对一切,你总会有收获的,比如坚强、比如感恩、比如成熟……

# 情之所至

# 依依送别情

"我不愿送人,亦不愿人送我。"梁实秋《送行》一文中的一句话,像滴落心间的一滴清亮的水滴,突然就弥漫全身,渗进身体里的每一个细胞,每一个细胞里都生出"与我心有戚戚焉"的感叹。这种触动,竟使人有了流泪的冲动。

我是远行之人,与家人和朋友的别离次数颇多,送行,必然也颇多。那种隐忍的不舍、不得不分别的难受,常常在离别后的很长一段时间久久不能消散。如一根长长的线,牵扯着线儿两头的心。

这种感受,开始却是很早的,那就是我初中毕业时与母亲的第一次分别。说是分别,也不过是去县城中考,要在县里住上两日。但从未与母亲分离过的我,生出了无限留恋,不忍与她分开。走的那一日,母亲站在大路上,在雨中目送着我走远。直到我回头看她成了一个小黑点,我的眼泪哗哗地流了下来。

再一次深刻感受别离的悲伤,是在大学毕业时。眼见着离校日子一天天临近,心中对朝夕相处的同学和朋友的不舍之情日益加剧。在那个没有手机的年代,我买了一本笔记本,让同学和朋友在笔记本上挨个留言作念。有些朋友写着写着眼泪便不由自主地下来了。请一个个同学和朋友在笔记本上写下依依不舍的离情时,我泪点低得轻轻一碰便倾泻而下。于是,在一个落雨的日子,我悄然远行,没有与一个同学和朋友道别。

最怕别离的我大学毕业后却远离家乡,来到了遥远的南方工作，于是亲人的送行便是我要常常经历的一种温暖的"苦难"。每次回家，全家人欢天喜地，要走时，在离别的前几日母亲便有了重重的心事，眼里的不舍日益浓厚。等走的那一天，母亲无论如何要送我到车站。因为走得早，天色未明，父亲母亲和我就着淡淡的夜色乘着乡下的"嘣嘣"车来到县城的车站。等我买了票上了车，父母站在车下，透过大巴车高高的窗户向车里张望，想伸手进来却够不着，想说什么，却不大听得清。然后他们就在车窗外小步地走来走去，直到车子启动，把他们甩在黑黢黢的车站。我无法看清他们的表情，脑海里却一定会浮现出父母在车站流泪的镜头，泪水无声地顺着脸庞滑落下来。

弟弟送我到机场时，年轻人的心情似乎是轻松的，他常常舍不得我一个人来来去去，只要有时间就会来送我。我们在机场里说说笑笑地办手续，时间一点一点就到了我该进安检门的时候。弟弟把东西递到我手上，看着我进站，我站在长长的安检队伍里，频频回头，弟弟站在隔离线外，频频向我挥手。我大声喊着："回去吧，我马上进去了。"弟弟答应着，人却不动，一眼不眨地看着我，直到我看不见他。这时，我的鼻子一酸，眼泪又下来了。

时日久了，为了我太低的泪点，也为了不让亲人伤感，我越来越不愿家人送我。渐渐地这便形成了我的一种看似孤独的出行特点，连旅游都喜欢独来独往。如今，我送的人很少，送我的人亦很少。倒不是担心如梁实秋所说的"程序"式送行，实是忍受不了别离时的难过。每次离家，叫了车在家门前接了我便走，父母虽有不忍，倒是少了过浓的离别情绪。弟弟再要送我，我便万般推辞，减少他的辛劳与不舍。好在如今通信发达，虽然分离了，却能时时把牵念通过信息传达。又因了交通便利，回家的频率也大大增加，别离的伤感气氛似乎轻了一些。

回头想想曾经的那些送行，虽然充满了伤感，但那浓浓的深情却似岁月留给我们的陈酒，无论时间多久，都散发着浓郁的醇香。

　　我希望我的亲人，我的朋友，"你走，我不送你。你来，无论多大的风雨，我都要去接你"。无论送与不送，心中的爱与牵挂却是长长久久的。

/ 情之所至 /

# 雪　归

这是多年不遇的一场大雪。我猝不及防地从南方往家乡赶——母亲又住院了。

走出咸阳机场，扑面的冷风夹着零星的小雪花，给我这个久不冬归的离乡人一个巨大的拥抱。冷！我从内心到身体不由自主地打了一个冷战。

高速路已封，只能坐高铁回宝鸡。到秦都高铁站的班车站口排着长长的队伍，人们面色焦急，搓手跺脚，不见谁有心思欣赏这多年未见的大雪。透过候车大厅的玻璃，我看到一辆辆大巴车顶着满头白雪，小心翼翼地在冰雪覆盖的地面上来来往往。我知道候车大厅外是一个冰雪世界，在这个冰雪世界里，一些人欢喜地迎接冬雪造就的奇异美景，一些人抱怨冬雪造就的重重障碍。

我担忧风雪阻挡我回家的路，祈愿雪能停下来。坐上到秦都高铁站的大巴，已是下午四点多。透过车窗，灰暗的天空沉沉地压下来，道路两旁的树木上压着厚厚的雪。一树一树的雪透过车窗向后退去，然后一幢一幢的雪房子闯入眼帘，我们正穿城而过。

雪因城市建筑物的特点塑造出自己想要的模样，高高矮矮，肥肥瘦瘦。无论什么模样，那里边一定有着各种各样的人的生活。雪在城市里是温暖的。我开始想象家乡千阳白雪覆盖下的样子。我也想象母亲在医院病床上的样子。

坐上通往宝鸡的高铁时，天已完全黑了下来。坐在高铁上，我想起了刚才进站时灯光照射下铁轨两旁的积雪。我开始回想自己有多久没有见过故乡的雪了，我能清晰地想到的最近的一场雪，竟然是上大学时放寒假回家的那场雪。

到了宝鸡，我住了下来，想着明天的出行。我查了路况又查班车，最终订下宝鸡到千阳的火车——最可靠的回家方式。

我仍不能安然入睡，梦里有大雪，有火车，有母亲。等凌晨五点重新走上街头时，我心里才踏实下来，我想我一定是能回家了。冷风扑面而来，空荡荡的街道上只有路灯下的冰雪最庞大。偶尔眨着迷蒙的眼穿雪而过的出租车，和我一样孤独。

漫长的等待后，终于坐上了回家的列车。火车穿山越岭，一路向西，等我有心看车窗外的风景时，已抵达千阳境内。雪坐在土崖上，坐在地坎上，坐在柏树上……是守望还是送行？无论如何，它们一定望着火车，就像火车上的人望着它们一样。

雪真正地扑面而来，是下火车的那一刻，似有了小时候的景象。我暂且放下了紧绷的心，有心看一看这纯白的世界。车站旁的村庄像我的村庄，厚厚的雪在错错落落的屋顶上蓬蓬松松地高低起伏，那些瓦片或屋檐形成的黑褐色线条在白雪上勾勾画画，白的世界便有了分明的层次感。行人踏雪而行，在迷蒙的天地间渐行渐淡，雪的世界有了动感。

故乡的雪仍然是旧时模样，等着远行的人归来相认。

夜晚，和母亲挤在一张病床上，母亲时而呻吟，时而打呼噜。外面的世界仍然是雪的天地，天气寒冷异常。明天，明天一定是暖阳普照，冰雪融化。你若安好，便是晴天。我这样想着，迷迷糊糊睡去，梦里雪花飘飘，却艳阳高照。

/ 情之所至 /

# 与母亲一起过国庆

第一次把国庆和自己的母亲联系在一起,就是在刚刚过去的国庆节。

母亲生病了,她知道国庆要放假了,便早早地打来电话,虽然没有说让我回家看看她,但语气里透出的全是巴巴地盼着我回家的信息。突然,眼泪就下来了,当即决定这个国庆回家陪陪母亲——这是我第一次在国庆节从重庆回陕西的老家。

我的母亲是农民,没上过学,她知道国庆,但她不知道国庆是祖国母亲的生日。她知道国庆放假,但她不知道国庆为什么放七天,因为我回家了,所以她希望国庆还能多放几天。

母亲长期生病,脾气跟小孩子差不多。因为身体受伤,行动不便,我一遍遍地劝她躺下多休息,但她像个孩子似的躺下没一会儿就爬起来了。我忍不住批评她几句,话说重了一点,她就又不高兴了,于是得赶紧哄哄。我如果出门,她一定得跟上,到菜地里摘个菜,到院子外面倒个垃圾,或者上个街,她总想跟着一起去,就像小孩子赶大人的路一样。

因为生病,母亲身体素质极差,脑子思维也不大清楚。找医生看病,她胆小如鼠,怕检查、怕打针、怕吃药。可回家后,她又闹着要去找医生看病,买的药她也是挑挑拣拣地吃。为了不让母亲生气,很多事情我们宁愿由着母亲折腾,因为生气对她的病更不好。

母亲脾气虽然像个孩子,却没有忘记如何爱她的孩子。我回家了，母亲不能做饭，但总记得我爱吃什么。为了不让母亲劳累，也为了不让母亲记挂，我总是说现在生活好了，在外面好的吃多了，现在不喜欢吃这些了。但到做饭的点儿，母亲还是要端个凳子坐在灶房，指挥我和父亲做饭——做臊子面、包饺子、蒸花卷、烙煎饼……说实话，在母亲指挥下做出来的饭菜，总比我和父亲自己做的饭菜香。母亲年轻时不但有一手好厨艺，更有一手好针线活。村里红白喜事少不了母亲的针线活，也少不了母亲的帮厨。

母亲的病只能休养，面对羸弱的母亲，我无能为力！我只能用这有限的时间陪她说说过去的生活，说说过去的人和事，说说东家长西家短。敏感的母亲知道我在家待不了几天，说着说着话里就会流露出忧伤的表情和不舍的眼神，矛盾的话语里表露出想我多在家待一些日子，又知道我必须走。我用一些连我自己也不能确信的话语安慰她，说我会经常回来的。但我知道遥远的距离让我一年也就能回去那么一两次。

这个国庆，母亲知道了"国庆"的真正含义，我讲给她听的。

# 母亲的信

母亲没上过一天学,但母亲会写信,我很以母亲会写信而自豪。

我上大学之前,"信"只是一个概念,它只存在于我的作文之中。信,那个年代最普遍的通信工具,于我来说倒像一个美好得遥不可及的童话。偶尔在村里碰到信差,我希望他能给我一封信。我希望有一天我能收到一封信,没有想过这封信是谁写给我的,写了什么。可我家在农村,没有远方的亲戚和朋友,用不上信。

20世纪90年代初的一个秋天,我在离家千里之外的大学收到一封信。看着信封上的地址,我知道这是从家里寄来的,眼泪如决堤的洪水。彼时,信已经不是我心中的一个童话,彼时,我夜夜躲在被窝里哭,我想我的娘。

拆开信封,半页信纸露了出来:"女儿,你好……你要吃饱,串(穿)nuan(暖)和,娘很想你……"半页纸上歪歪扭扭的字里夹杂着错别字和拼音,但满满的是母亲对我的牵挂和思念。读着这封信,我的眼泪哗哗地流下来。娘,我也想你!信是母亲写给我的,我收到的第一封信出自母亲之手。母亲没上过学,母亲不识字,但母亲给我写了一封信!

平静下来,我猜测这封信是怎样写出来的。这个谜母亲在第二封信里回答了我——她让隔壁邻居家上小学的洋洋教她写的。从此,隔三岔五地,母亲就会给我写一封信,"女儿,你好""女儿，你好""女儿，你好"一遍遍地从信纸里流出来，信里母亲的问候、关切和家长里短透着浓浓的温暖和甜蜜，让我不再孤独，不再落寞。

在西安上了四年大学，母亲的信也陪伴了我四年。母亲的信越写越好，字越来越端正，错别字和拼音越来越少，篇幅越来越长。母亲的信有两个"特点"：生活中我们从来都叫母亲"娘"，但母亲写信的落款从来都是"你妈"，这是那个小学生的"功劳"，说是写"娘"太土；母亲信封上的字迹五花八门，因为她怕别人笑话她的字，信封上的地址和收信人都是请写字好看的人替她写，实在无人可找了才自己写。

母亲为学会写信下了不少功夫。隔壁邻居家的小学生洋洋一放学，母亲就把他请到家里给她当老师，学拼音、学笔画，完了还给她的"老师"做好吃的。渐渐地，小学生洋洋竟然和母亲成了忘年交。洋洋天生有残疾，腿脚不灵便，听力也差，随着年龄的增长，洋洋觉得自己与其他孩子不一样。洋洋给母亲教字，也讲自己的苦恼。其实他不讲，母亲也看出了洋洋的不快乐，或者说困惑。母亲静静地听洋洋讲，她不会讲大道理，但会用自己的语言安慰洋洋。所幸，洋洋是个好学的孩子，初中毕业后上了一所医学校，后来当上了医生。这也是母亲觉得欣慰的事情。

大学毕业后，我来南方工作，那时电话仍然没有普及，母亲继续给我写信，直到2000年家里装上电话。

母亲的几十封信仍然躺在我的抽屉里。母亲现在不写信了，她用上了微信，而且常常是打字和我交流。

# 母亲的花园

花园不大，靠墙角用农村人烧制的土砖头围成了一个小小的镂空的长方形。这花园里开出的花儿可不是一朵两朵，花儿的品种也不是一种两种，花儿的颜色更不是一色两色。总之，花园很丰饶。

这便是我母亲的花园，我每年都回去看一回两回。

自从我第一次注意母亲的花园，花园好像越来越蓬勃，每次回去母亲一定要让我先去看她的花园。

"看，这个是早晚花。

"这个是擀长花。

"这个……我叫不上名字了。"

其实我对花儿真不在行，虽然喜欢，也养一些，但懂得不多。母亲口中的花儿我也许见过，但真叫不上名字，也不知道母亲叫得对不对。但我很喜欢这个充满生机的小花园，粉嫩粉嫩、可爱乖巧点缀在绿叶间的早晚花；大朵大朵攀在枝秆上，红得厚实的擀长花；纤纤弱弱一路爬上墙头的喇叭花；开得圆盘似的，红的、黄的、紫的叫不上名字的花……真正的百花齐放。

我欢喜地用手机左拍右摄，母亲更是欢喜地在一旁介绍，假若哪一朵模样并不好看的花儿被我拍了，母亲一定是要让我换一朵重拍。然后我手机的相册便被五颜六色的图片渲染。母亲蓬着花白的头发，眯着浑浊的双眼，用枯瘦如柴的手拿着我的手机翻着看着，皱着的脸上似有了满足的笑意。

母亲是个爱美的人。母亲爱画花儿、爱绣花儿、爱剪花儿。她画的花儿、绣的花儿、剪的花儿也是生机勃勃的。在村庄的枕头上、鞋子上、窗格上、门帘上枝繁叶茂地铺展，在姑娘小伙儿洞房的顶棚和墙壁上开花结果，在乡亲们敬仰的眼神里舒茎展叶，更在我们从小到大的光阴里生根发芽。

母亲是个爱美的人。家里家外、一家老小在她的拾掇下，利落整洁，从里到外透着从容的美。这种美，弥补了我们心底因为贫穷而产生的自卑。这种美，滋养了我们人穷志不短的品格。

母亲用她的美养活了生活。她的花儿换过油盐酱醋，换过我的生活费，换过困境中乡亲们的帮助。那一笔一墨、一针一线、一纸一剪，在母亲的手里变着花样地美，美得穷日子变得其乐无穷。

那一天，母亲还年轻，对镜梳妆，她的头发还是那么黑那么长，她的面容还是那么白那么光洁。她仔细地梳理每一根发丝，仔细地涂抹廉价的雪花膏，只为出门挑一担水。

那一天，母亲坐在缝纫机前嗒嗒地踩脚踏，白皙的双手左右腾挪衣服的方向。她的眼神还是那么明亮清澈，一丝不苟地盯着缝纫针下跑着的针脚，只为给我做一件时髦的马甲。

那一天，母亲坐在炕上穿针引线，她的动作还是那么灵动敏捷，一铺一抖起落有致，只为把烂得不能再铺的几条床单连缀成片缝得好看些。

爱美的母亲老了，种花的母亲老了，老得病痛缠身，老得再难剪剪画画，但她仍然爱美，她用这个小花园盛装美。她记得为她的花儿施肥浇水，记得收集每个季节的种子。她等着我回家看她的花儿，拍她的花儿。

待到母亲白发如雪，她仍美丽如花。

## 父亲送我上大学

父亲背着包括两床铺盖在内的行李在人流中挤来挤去,汗水早就打湿了他那旧得像抹布一样的衬衫。我背着一个布包紧随其后,被人流挤得晕晕乎乎。

好不容易挤上了火车,可火车上也是人满为患,我们只能在两节车厢相接的地方栖身。父亲把行李放在车厢的地板上,喘了口气,用手抹了一把满脸的汗水,然后紧紧地按着行李。从老家出发到坐上火车,第一次出远门的我们已经折腾了两个半天:前一天徒步下塬到公路边坐汽车,再到街上的亲戚家住宿;第二天一早坐汽车到宝鸡,再赶火车去西安。

火车咣当咣当地在铁轨上奔跑,第一次坐火车的父亲像个孩子一样好奇地看着车窗外一晃而过的景物。父亲与同路的另一个家长兴奋地谈论着,说着火车的奇特,说窗外景物的美好。不久,疲惫的父亲就靠着他紧紧按着的行李打起了盹,随着火车的颠簸,他的身子一起一伏——父亲前一天是在山里做完农活才赶下山来送我的。

火车到站了,父亲一下又精神起来,匆匆忙忙地背起行李下车。在陌生的城市如潮的人流中,父亲多了几分慌恐与谨慎,一路上小心翼翼,生怕丢了什么似的。他一边随着人流往前挤,一边回头招呼我跟上,走几步就把肩上的行李往上耸一下。

出了火车站,没走几步就看到了西北大学接待处的牌子,紧张的父亲似乎松了一口气,一边高兴地跟我说"到了到了",一边急急地往接待处赶。因为报到的人多，挤校车的人也很多，自然又是一番拥挤。一路上，父亲始终牢牢地背着行李，汗水湿了又干，干了又湿。

到了学校，父亲好像刘姥姥进了大观园，东瞅西瞧，话又多了起来，啧啧地赞叹着这美丽的校园，我很明显地感觉到他的兴奋与激动。与泥土打了一辈子交道的父亲第一次看到这么现代化、这么美丽的地方，这一刻，也许是他感到最自豪的时候。

办完各种手续准备回家时，他的情绪突然低落下来，平时对孩子们没有过多言语的父亲向我唠叨了许多，要我注意这注意那，惹得我鼻子酸酸的。当父亲说要走的时候，他居然忍不住哭出了声，我的泪水也跟着哗哗地流了下来。这是我平生第一次，也是唯一一次看到父亲哭。

在那个贫穷的年代，为供我上学，父亲什么活都做过，采草药、打酸枣、摘野桃、做灯笼、建房子……凡是能挣钱的活几乎都做过。记忆最深的一次是进深山老林帮别人伐木，很长一段时间没音信。但不管多苦多累，父亲从来没有流过泪。

抹了抹眼泪，父亲挎上那个装有干粮的布口袋走了。我送他到校门口，他一步三回头地消失在熙熙攘攘的人流中，我知道他还在担心第一次离家孤身在外的我。看着他微躬的身子，灰旧的抹布一样的衬衫在人流中消失，我的眼泪又一次模糊了视线。

/ 情之所至 /

# 有父母相伴的清明节

春已暖，花已开，阴霾渐渐散去的春天，让人觉得格外珍贵。终于可以走出家门、走进田野，感受春天的气息。不由得多了一些感慨，珍惜活着的每一天。

这个春天里，清明节也如约而至，人们忙着准备物品，祭拜逝去的亲人。远离家乡的我不能为爷爷奶奶上坟，却有父母陪伴在身边，略有遗憾的同时幸福感油然而生。

每年冬天，我从北方接父母到南方过冬，从国庆到第二年五一的这段日子里，我能天天看到父母，能天天吃到父母做的饭菜，能"懒惰"地撒娇不做家务，也能时不时听上几句父母的唠叨和争吵。现在这么烦他们的唠叨与争吵，也许有一天就再也听不到了，每次想到这里，心会不由得疼一下。

还是孩子的时候，每年清明节，并不记得祭祖这回事，大概那时亲人们都健在，祭拜于我很遥远。清明节的乡俗却让孩子们多了一些乐趣，我们会头上插戴着柏朵儿，在村庄里嬉戏玩耍。柏树是家乡一年四季唯一常青的植物，清明节戴上柏枝，是辟邪去病的讲究。母亲很是在意这个讲究，她替全家人折了柏树枝朵儿，内心的祈盼能从她满足的笑容里看到。

父母老了，他们大概不记得清明节这些事了，但他们记得我爱吃什么。自从父母来我这儿后，我爱吃的韭菜馅饺子、炒凉粉、蒸面皮……各式各样的北方美食隔三岔五地就摆上了餐桌，若我吃得心满意足，父母便也心满意足；若我吃得少，他们的眼神里会有些许失落。

只是不知从何时起，我们已不是那个爱黏着父母的孩子。我们常常久离家园，来去匆匆，以忙为理由，少于探望父母，少于陪伴父母，少于和他们聊天谈家常。不会在意他们发自内心的关爱，不会关注他们的喜怒哀乐，甚至还会对父母发脾气。

一天早晨，母亲拿出她的养老卡说有几个月没有取了，上面肯定有钱，让我去取些拿来用。这事母亲提了几回，我也拒绝了几回，我说你们回老家自己取来用。这次母亲又提这事，我因其他事心情不好，心里烦躁起来，吼了母亲几句，让她以后别再提这事。母亲惊慌失措，唯唯诺诺地走开了。后来，就看见母亲躲在卧室偷偷地哭。

我内心愧疚不已，上班后给母亲发了一条信息安慰了下她。这也让我开始反思，其实父母在很久以前就开始看我的脸色行事了，无论是我回家还是他们到我这儿来，若我表现得高高兴兴，他们会适时地插话和我聊天，喊我帮他们做些他们做不了的事情；若发现我情绪不对，他们一定是沉默不语的，甚至做事都小心翼翼，生怕影响了我。

成年人的生活，没有谁是轻松的，我们常常因为生活的各种压力把情绪带回家，把坏脾气带给家人，特别是对于无限包容我们的父母，总是无所顾忌。只是我们可想过，终究有一天，疼爱我们的父母会离去。

# 爷爷的向日葵

八月初,我家屋后的两亩向日葵正欣欣向荣,一个个长得圆盘大脸。向日葵脸上的黄色花边已渐萎缩,颗粒却一个个饱满起来,容光焕发。

这片向日葵是爷爷做主种的。在我小小的心里,爷爷种下的更像一个童话世界。早晨起来,这一片向日葵一律脸朝东方,镀上一层晨曦,梦幻般微笑着;黄昏,这一片向日葵又一律脸朝西方,染上一层晚霞,招手作别夕阳。

向日葵眼看着到了收获的季节,爷爷天天坐在他搭建的看护向日葵的窝棚前,吧嗒吧嗒地抽他的旱烟,烟袋在他的长烟杆上一晃一晃。抽几口,爷爷一边用他的大拇指压一压烟锅里的烟叶,一边抬头望望向日葵的圆盘大脸,然后眼睛眯成一条线,似笑非笑。

突然有一两只松鼠贼眉鼠眼地钻进地里,爷爷立刻站起来,大声吆喝。松鼠哧溜一下就不见踪影了。我很惊讶,看似漫不经心的爷爷居然如此眼尖耳灵!

河的南岸要唱戏了!这消息像长了翅膀一样在整个村庄传开,也传到爷爷的耳朵里。爷爷掰下几个成熟的向日葵,用他那粗糙的大手一颗一颗剥下向日葵子,放在簸箕里,然后舀半瓢水,抓半把盐放到水里,摇均匀,倒进向日葵子里,用手搅拌。只有五六岁的我不知道爷爷要干什么,蹲在旁边看稀奇。

感觉搅拌得差不多了,爷爷抓了几颗递给我:"尝尝,好吃不?"

我这才知道爷爷在做"瓜子"。我把瓜子放进嘴里,还没尝出味道,便点点头。爷爷看着我,嘿嘿地笑了。

其实爷爷做的瓜子不难吃,只是不像供销社卖的味道。我曾拿两分钱买过一小把,那瓜子是干的,从里到外透着说不清的香。爷爷做的瓜子是湿的,壳是咸的,仁是才成熟的向日葵子的原味。

"走,跟会去。"爷爷把他做的瓜子装在一个布袋子里,左手提着杆秤,右手牵着我的小手,向正在唱庙会的河南岸的会场赶去。爷爷虽然六十几了,但腰板笔挺,腰带扎得紧紧的,裤腿扎在袜子里,走路大步流星,那布鞋在满是尘土的大路上一踩一个大土坑,土雾随风飞扬。我得小跑着才能跟上爷爷的步伐。

下了一道坡,过了一条河,我们终于来到了会场。会场人山人海,没进会场前倒是看到台子上戏子们甩袖舞袍,进了会场,却什么也看不到了。只听得锣鼓铿铿锵锵,秦腔咿咿呀呀。

爷爷拉着我在人堆里左挤右挤,终于找着一块空地摆下了他的摊子。爷爷并不叫卖,只等看戏的人自己来问。

"瓜子多少钱?"

"两角一两。"

"哟,是湿的。"来人用手捏两颗一尝,转身走了。

爷爷也不解释,等着下一个客人。

我不敢乱跑,就站在爷爷身边。一个个客人从摊位前走过,问价、品尝,却没有一个人买爷爷的瓜子。我心焦起来,拉着爷爷要走。

"乖孙孙,等爷爷卖了钱给你买油糕。"爷爷看着我笑眯眯地说。

我不再催着爷爷走,无聊地打量起周围的人来——在人山人海的会场,我的高度实在看不到戏台子。我也看不到人的正面,我只能看到一个个看戏人的后背,准确地说是他们的腿,因为我只有他们的腿那么高。

"称一两瓜子。"

我正入神地看着会场上看戏人的腿上穿的各种各样、有补丁没补丁的裤子,突然一个声音把我的视线拉回到爷爷的摊位。一个妇女一手抱着一个孩子,一手牵着一个孩子,正在买爷爷的瓜子。妇女没有精力来尝瓜子。

接过妇女递过来的两角钱,爷爷高兴极了,我也跟着高兴起来,心里想着一会儿可以买油糕吃了。爷爷解开他的腰带,正要把这两角钱别进去——爷爷身上没钱,所以应该没有钱包——这时来了一个穿制服的人。

"交税。"

"我不知道什么叫交税。没卖俩钱,能不能等会儿交?"

"不行,卖东西就要交税。"

爷爷伸出手:"只卖了两角钱。"

那人看了看,伸手拿过两角钱走了。我迷惑不解。

爷爷看看我,有点沮丧,随即又高兴起来,充满期待地看着一个个走过摊位前的人。可是直到戏散场,再也没卖出一两瓜子。

会场的人走完了,爷爷收拾起他的布袋,用手一甩搭到了肩上。看看我,又把布袋放下来,从里边抓了一把瓜子给我:"吃吧。"

像来时一样,爷爷一手提杆秤,一手牵着我,过了一条河,上了一道坡,回家了。

后来,那一布袋瓜子被我和弟弟妹妹一点一点吃掉了。爷爷睁只眼闭只眼,说:"你们这些小老鼠!"爷爷原本还想等着下一次庙会拿去卖的。

爷爷依然天天守在窝棚前,吧嗒吧嗒地抽他的旱烟。脸上依然笑眯眯的,像向日葵一样容光焕发。

## 奶奶的微笑

很多年后，我总是想起生产队那个大院子。大院子是生产队的粮仓，双扇门朝西，院子里的一排北房装满了粮食。院子里却是杂草丛生，滋生出许多"野生动物"，比如老鼠。

大院子的门紧闭的时候多，但总有那么一阵子，生产队的男男女女在院子里忙进忙出。我记不清他们忙什么，只记得有一只老鼠蹦出来咬了队长的脚后跟，队长被咬得跳起来，于是男男女女追着打老鼠去了。奶奶便是这男男女女中的一员。

我的奶奶极爱我，做活总喜欢带上我，比如这次在仓库里忙活。奶奶忙活着的时候，我就被暂时忽略了，我看够了热闹，独自钻进了粮仓。粮仓里有很多用竹席围成的囤，装着各种各样的粮食，堆成高高的山尖。仓库里的粮食带着土腥味，但不难闻，有阳光从窗户透进来，将粮食堆画得斑斑驳驳，空气中也有了带着尘点的光芒。这种气氛是令我高兴的，趁大人们不注意，我从一个装芝麻的大囤中抓了一把放进了嘴里。我以为自己做得神不知鬼不觉，可不一会儿，生产队队长就叫了起来："谁抓了芝麻？"然后对着我说，"肯定是你这个小鬼。"——原来那粮食上面都盖了大印的。我吓得不敢吭声。奶奶听到队长的叫声，踮着小脚急急地跑过来把我拉到她的身后，两手还不忘护着我，生怕队长一把把我抓走了似的。

"不是我孙女，我孙女很乖的，肯定是老鼠。"队长和奶奶争执了很久。

奶奶活在我八岁以前，她总是穿一身黑色的衣服，裤脚紧紧地扎在裹脚布里，那三寸小脚走路很快，打你身边走过就像刮过一阵风。她常常推着独轮车拾柴，我担心她的小脚和独轮不能支撑车身，我怕它随时会倒下来，可独轮车一次也没倒下来，要倒时，奶奶会赶紧放下独轮车后面的两条木腿。

奶奶爱牵着我的小手串门，然后每遇到一个人就冲人家说："看，我孙女多可人疼！"不管人家搭理不搭理，她自个儿先笑了，慈爱而满足的笑脸充满阳光。

没事的时候，奶奶爱坐在老屋的房檐下看我和小伙伴们玩。暖暖的太阳照着小小的院落，风儿轻轻地吹拂着树叶，发出沙沙的响声。我和小伙伴们在院边的小树林疯玩，叽叽喳喳地吵闹着。奶奶乐呵呵地看着我们玩，不时嘿嘿笑几声。

"奶奶你看，好多蝴蝶。"

"在哪儿呢？"奶奶眼神不好。

"奶奶你听，树上有鸟儿叫。"

"在哪儿呢？"奶奶耳朵不好使。

我和小伙伴们不再搭理奶奶，奶奶坐着坐着就打起了盹。

奶奶极爱我，却总和母亲吵架，吵着吵着，我家的三间西房就变成了两半，一半住着爷爷奶奶，一半住着父母和我、弟弟、妹妹。到了吃饭时间，我会钻到奶奶的屋里去，奶奶做的饭却不好吃。奶奶也会念叨："还是你娘做的饭好吃。"后来，虽然两个锅灶，却总是一个烟囱冒烟——常常是母亲做好了饭派我端给爷爷奶奶。

那年冬天，火蹿上西房顶时，母亲和邻居才发现我家失火了，赶紧扯着嗓子喊人来救火。人们从四面八方赶来，我看到隔壁大叔从屋里把奶奶抱了出来，放到了院子的一堆软柴上。奶奶嘴里还念叨着："我以为我能爬起来，几脚就把引着的火踏灭了。"那时正是冬天的傍晚，奶奶烧炕，不小心引燃了炕眼门前堆着的柴火，于是就发生了火灾。

奶奶躺在柴火上，眼神有些空洞，望着被烧成"天窗"的屋顶发呆，被烧黑的木头还冒着丝丝细烟。后来父亲补好了屋顶，奶奶却病倒了，她时而清醒，时而昏迷，而且失去了语言功能。虽然不能说话，奶奶的手却老是在半空中摸索。家人猜来猜去猜不到她的心思，直到把我的小手放在她的手里，她才安静下来。奶奶的手虽然温暖，但我心中充满了恐惧，我感觉奶奶要死了！

果然，那天早晨放学，我就看到我家门前飘起了白飘儿，一指宽的白须子在门前的高杆上随着寒风飘荡。后来，奶奶被送到了坟地，永远地睡着了，再也没有醒来。每年年三十，父亲会领上我去给奶奶送钱，我仍然害怕，奶奶终究是地底下的人了。

# 爸 婆

爸婆是我娘的奶奶，我以为也是我娘的娘。我娘一直叫她婆。按辈分，我就叫她爸婆。

从娘记事起，她就一直跟着她的婆生活。我娘见过她的亲娘，但记不得娘的样子。娘说她两岁时她的娘就去世了。她的娘去世时盖着一床被子躺在炕上，脚露在外面，她摸着娘的脚说"娘的脚脚"，然后她就被她的婆流着泪抱走了。当然这些事我娘也记不得了，这是她的婆后来告诉她的。

我不知道娘是把爸婆当婆还是娘，但爸婆说她把我娘当女儿养。娘说当年爸爷主持整个大家庭分家时，她和爸婆、爸爷分为一家。爸婆爸爷是怕我娘受别人的委屈才这样分的家。可是爸爷在我还没满月时就去世了，所以严格地说，我没见过我的爸爷。但娘总记得爸爷在我生下来没多久时来我家的情景，时不时念叨几句："你爸爷扯了几尺花布来看你的，到了屋门口还不敢进，怕吓着你，咳嗽两声让我出去接他呢。"娘说着就笑了。

爸婆是我的童年里最疼我的人，或者说是最疼我娘的人。她是个小脚女人——缠过脚。她永远穿着一身黑衣服，胸前用别针挂着个小手帕，手里随时拄着个木拐棍。爸婆身高体宽，面阔脸白，花白的头发在后脑勺绾个髻，虽然七十有几，精神头却好得很。隔三岔五，爸婆就拄着她的木拐棍，要么挎个竹篮子，要么提个布包袱，悄无声息地来了——她的小脚走路迈着小八字，头和身子向前扑着，似乎心里急着赶路，脚步却跟不上，拐棍随着左右手的摆动，在地上当当地响，脚步却是没有声响的。

等爸婆进了屋，我娘才发现，欢喜地迎上去，接过行李，把爸婆让上炕。爸婆把两只穿着鞋的脚放在炕沿相互磕一磕，或者拿扫炕的笤帚扫一扫，然后麻利地收到炕上，盘腿坐下。小脚女人的裹脚布又臭又长，所以爸婆白天上炕不脱鞋。

我见过爸婆晚上脱鞋子。她坐在炕沿，脱下鞋子轻轻放在炕跟下，然后开始解裹脚布。那白色的裹脚布解了一圈又一圈，似乎总也解不完。终于，露出了脚——真的是三寸金莲哪！脚背高弓着，只有一根大拇趾朝前伸着，其他四个脚趾却没了。爸婆解完裹脚布，收腿上炕，脚掌侧翻放在席子上，脚底露出了嵌在肉里的脚趾。我很不喜欢爸婆的脚，甚至是厌恶的。也许爸婆从我的表情里看出了什么，她跟我说，过去的女人都要缠脚的，要不嫁不出去。其实爸婆对她的脚也是"嫌弃"的，觉得丑。她洗脚都是背着人偷偷洗，在我家住惯了，她才敢于把脚露在我们面前。

见的次数多了，便见怪不怪了，我常常给爸婆提鞋。有时是从炕根下把鞋提起来递给炕上的她，有时是把母亲给她做的新鞋送到她家。她的新鞋子倒像是件艺术品，那尖尖鞋小巧玲珑，很精致。鞋底依然是千层底，只是小而尖长，鞋帮用黑绒布做成，鞋尖绣着红花绿叶。如此，一双小小的鞋子放在眼前，还真赏心悦目。

爸婆来我家时，我娘有时会让我或者弟弟去路上接。我不知道娘和爸婆是以怎样的方式互通信息的，只记得去接爸婆时，爸婆正坐在苜蓿地里掐苜蓿。她跪坐在地里，一手捉着衣襟，一手掐着苜蓿，衣襟里已兜着半衣襟嫩嫩的苜蓿。看到我，爸婆爬起来，拾了身旁的拐棍，不忘让我提上她的包袱。就这样，爸婆一手提着衣襟，一手拄着拐棍，仍然扑着身子急急地走。

爸婆来我家一般会住很久，于是娘变着花样给她做好吃的，今天做臊子面，明天蒸花卷，后天烙油饼……穷得叮当响的家因为爸婆的到来似乎"富"了起来。除了吃外，婆孙俩就一起做针线活、谈家常。爸婆的手很巧，会用很多碎布片给我们缝制图案精美的背心，背心上或蹲着一只猫，大眼圆睁；或卧着一只老虎，威风凛凛；或方形菱形组合，活像"八卦阵"。我娘的巧手方圆几十里出名，爸婆一定功不可没。

娘和爸婆也吵架，其实是娘一把鼻涕一把泪地诉说父亲的不是，诉说家庭的贫困，埋怨爸婆给她找的婆家不好。爸婆张着缺了门牙的嘴叹口气，嘴巴一鼓一瘪，细声细语地劝解娘。爸婆说话声音小而糯软，更像说悄悄话，连我这个不懂事的小孩子听着都觉得舒坦。爸婆总认为"嫁鸡随鸡嫁狗随狗"，自己的男人再不好也得容忍，日子再难也得坚持过下去。这些话于娘来说没有任何实际意义，但娘在爸婆的软语里会安静下来。

爸婆永远乐呵呵的，好像从没有什么愁苦的事。娘却告诉我，爸婆也是个苦命人。爸婆一生养育了五个儿女，夭折了两个。在整个大家庭没分家前，爸婆每天要操持一家十几口人的饭。家大人杂，大小矛盾不断，吵吵闹闹的事常有，作为家庭的"核心成员"，爸婆夹在中间没少受气。但爸婆性子特别好，从不生气，从不记气。这个我倒真是深有体会，我从没见过爸婆对谁发过脾气。

去外婆家，实际是去找爸婆，我能记事起爸婆已跟着大外公生活。大外公家上房的东头，爸婆的厢房是我和弟弟妹妹最温暖的去处。爸婆见我们去，欢喜得不得了，总是先用她那白皙绵柔的手摸摸我们的头，拉拉我们的手，然后忙不迭地东找西找。一会儿从腰间摸出几颗水果糖，糖纸已经被挤压得粘在糖上剥不下来；一会儿爬上炕翻腾挂在顶棚上的篮子，或者拿出一个皱巴巴的苹果，或者拿出一个软得要化了似的香蕉，总之不会空手腾出来。晚上，睡在爸婆热腾腾的土炕上，昏黄的油灯下那只篮子还在头顶一摇一晃。

　　枣花飞扬时，我已经在想着吃木枣了。爸婆家院子的那棵木枣树结枣时，我必去爸婆家。青青的枣儿挂在枝头，在暖阳的照射下透着水灵灵的诱惑。但并不能时时吃到枣，还是青枣时大外婆说要等熟了吃，于是爸婆也跟着说等熟了吃。趁大外婆不注意，爸婆忘记了自己说的话，手疾眼快地摘几个青枣塞到我手里。

　　每回从爸婆家回来，也不会空着手，爸婆会把她平时攒下的零碎让我带回家：几块碎布片、几枚几分钱、几颗水果糖……凡是她认为有用的都让我带回家。

　　后来，我上学越走越远，爸婆也越来越老，走不动了，她再来我家时，是父亲用架子车拉着来的。再后来，爸婆跟着大外公进了城，是我娘隔三岔五地进城去看她。

　　我还在上大学时，爸婆去世了，享年八十九岁。

# 妹　子

妹子在微信上跟我说："姐，我在上学哩！"我问她："上什么学？"妹子嘿嘿两声说："我在参加县上免费的电脑培训。上天可怜我，给我学上哩！"

听着妹子的话，我心里酸酸的。此时，妹子已年过四十。

我的老家在陕西渭北一个旱塬上。在外人面前我常常这样解释我的家乡：我的家乡在陕西关中，陕西分三大块，陕北、陕南、关中，我的家乡是陕西条件最好的地儿。但实际上，我也说不清我家所处的村庄应该划分到哪个片区，而且打我记事起，整个村庄除了穷还是穷，我家则是村上最穷的那一家。也许穷怕了，怕说自己的家乡穷。

妹子就出生在我们这样的穷家。她的出生是一个意外，让父母有点措手不及。家里太穷，多一个孩子多一张嘴。打我记事起，妹子好像一直营养不良，头发稀黄稀黄，经常像个小老头一样皱着眉。而且三天两头地生病，一病母亲便抱着她满庄寻人借钱看病。然后就是父母轮流在医院照顾她，白天母亲在家做饭，我负责送饭到乡上的医院。医院里那个粗粗的胶皮管里的药液一滴一滴流进妹子的血管，妹子像个病猫一样蜷缩在病床上，无声无息。

这个像小老头一样的妹子总是抱着母亲的腿唧唧呜呜地哭，然后瞪着圆圆的眼睛把手放在嘴里吮，看着是那样弱不禁风，以至于多年后她成为家里的顶梁柱时，我常常想起她小时候的模样。妹子不生病的时候，爱跟在我和弟弟的屁股后面扭，但我和弟弟从没在意过她。

20世纪80年代初的一个夏天，知了叫得格外疯狂，树影婆娑处，风裹挟着热浪狂躁地与骄阳对峙。妹子风风火火地从学校跑回家——那时妹子已经九岁了，我真没注意她从什么时候开始再也不病恹恹的了，相反像个女汉子一样疯。进了院门，她大声武气地对正在院子里铲牛粪的父亲说："爸爸，老师要我们交暑假作业的钱。"

听到妹子的话，父亲的眉头皱成了一团："不买，没钱。"随着铁锨的上扬，一团牛粪被父亲甩到了粪堆上。

妹子立马嘟了嘴，低着头，站在屋檐下揉搓自己的衣襟："不买老师不让念书哩。"

"那就不念了，家里没钱！"

妹子不说话，脚一跺，转身进了屋。

父亲的话不是说着玩的，妹子真不再上学了。也许父亲是早有考虑，那时已是80年代初，家庭联产承包责任制实行，一家六口人，母亲一直体弱多病不能干重活，爷爷年事已高，家里实际上只有父亲一个劳动力。父亲考虑家里总要有一个孩子退学，一是节省学费，二是帮助家里劳动。

当不能念书的妹子常常坐在院子里发呆、偷偷地哭时，无知的我正坐在教室里享受中学生应有的快乐。妹子常常魂不守舍地在村子里乱转，脾性大变，常常无缘无故发脾气，常常一个人偷偷跑到无人的地方让家人找不到。有一次，她稀里糊涂跑到了一个乱坟堆里，不知不觉睡着了。等醒来看着满坟地被野风刮得东倒西歪的荒草时，她才感觉到害怕。

终究，妹子接受了不能上学的现实。她安静了下来，安安静静地帮父母干活，她屈服于家庭贫困的现实。由于母亲长年卧病在床，为给母亲看病，家里确实已经欠了太多的外债，不但借了邻里乡亲很多钱,还在信用社贷了不少款,常常有讨债人上门讨债。为了逃避讨债人令人心焦的折磨,每当有人上门讨债,我们便躲在屋里不出来,只听到父亲母亲一遍遍地向讨债的人告艰难,央求宽限时日。

隔了两年,父母心中愧疚,又想让妹子再回学校,但妹子坚决不回学校了,她的同学到家里来前拉后推也不能让妹子回心转意。妹子用心中的苦支撑着一种原始的倔强,她嘴上说长大了再和小她的同学一起上学不好意思,实际上内心似乎放弃了求学的欲望,她接受了现实,她得和父亲一起撑起家。但妹子想学习的欲望其实在心底疯狂地膨胀!她常常把我和弟弟学过的课本带在身上,利用做农活休息的时间学习,她还打算把《新华字典》上所有的字背下来。她没有奢望以后再考学,没有奢望跳出农门,她只是想自己不成为"文盲"。后来,没读完三年级的妹子不但信写得流畅,而且生活中的账目算得顶呱呱,不知内情的人都以为她是个初中生。

从十岁开始,妹子便和孙家沟的这座山为伴。家庭联产承包责任制后,不光塬上的地分了,家家户户在山上也分了地。山高地广,山上的人家分散在各个旮旯,犹如几滴水融入了大海,悄无声息。妹子不得不和父亲一起在山上劳作。有农活的季节,父亲清晨早早地出门耕田播种,妹子迎着晨曦,出门到沟底挑水。十岁的妹子个子太矮小,水担的钩子太长,她便把水担钩子在水担上缠绕一两圈。早饭做好了,妹子用水担一头担着米汤罐子,一头担着菜和馒头,穿过一人多高的玉米地和茫茫的大雾,给耕地的父亲送饭。大雾中看不到父亲的身影,妹子便扯着嗓子"爸爸——爸爸——"地大叫几声,随着父亲的应答声,妹子便找到了父亲。

有活的季节,主要是热天。在山上最难熬的是晚上睡觉,铺天盖地的蚊子让人惧怕。十几平方米的屋子里必须煨上烟火,要

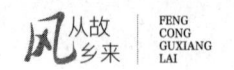

不然能被蚊子吃掉！而煨了烟火，蚊子跑了，烟子却熏得人难受。另一件让人难受的事情是下雨的夜晚，牛和人得同住一间屋子。牛槽就在人的头边，牛嚼草的声响、呼出的草味清晰可辨，要是再拉几泡牛粪，满屋的臭气熏得人只能大睁着眼睛等天明。

妹子就是在这样的环境中挑水做饭、放牛打柴，在这种懵懂的劳作中，她似乎渐渐忘记退学的痛苦记忆。妹子长到十四五岁时，收割播种、除草担粪，样样活路做得精细，真正成了一个农民"把式"。她割起麦子比父亲都快，她背起柴来能背牛腰壮的一大捆，她挖起药材比谁都挖得多……她的能干已经在方圆几个村出了名。

当妹子独守一座山的时候，她的孤独应该是到了极致。母亲一直体弱多病干不了重活，父亲得两头跑，塬上的农活来了，他得下山做；山上的农活来了，他就上山做。父亲下山了，妹子却不能一起下山，她要放牛放羊。山上人烟稀少，很多时候她只能与牛羊为伴。她喜欢听牛羊的叫声，牛羊一叫，她觉得山不再那么静得可怕。妹子常常把小羊抱在怀里喂草，与小羊小牛玩耍。但我想妹子所忍受的孤独是任何人无法体会到的，她和我在一起的时候说："山上有个狼把我叼走了都没人知道。"虽然说这话时带着玩笑的口吻，但我知道这也是她最真实的内心表达。妹子说这话的时候，我的眼泪不由得就掉了下来，我能深切地感受到她的孤独甚至恐惧！记得有一次，只有我和妹子在山上，有一天睡到半夜，突然听到一阵敲门声。我和妹子同时惊醒了，恐惧地紧紧抓着彼此的手，瞪大眼睛望着黑暗，大气都不敢出。直到门外传来说话声，说他们是我们村拉东西下山的，拖拉机陷在路上了，想找我们借斧头用一用。我和妹子辨别着说话人的声音，终于确认是我们村的人，才放松了下来。我不知道妹子一个人在山上时，她在半夜里听到过多少次不明真相的各种声音，是怎样熬过一个又一个孤独的夜晚！

忙假和暑假，我和妹子一起在山上做农活时，应该是妹子最快乐的时光，我们一起放牛、一起割麦子、一起拔豆子……妹子和我一边做农活，一边讲笑话、说绕口令。她的快乐天性一发不可收拾。妹子的嘴巴比我会说，绕口令说得很顺溜，我却常常说得跑了偏，惹得她哈哈大笑。妹子一个接一个地给我讲故事、讲笑话，我惊奇她哪儿来的这么多故事。

有时候，我们就坐在山坡上，什么也不做，看青青的野草在微风中颤抖，看白云在蓝蓝的天上漫游，也会说长大了想做什么的话题。偶尔，会说起家里的情况，说起妹子自己。才提起话题，妹子好像说得不经意、不在乎，似乎还带着戏谑的口吻，渐渐地，她会突然沉默，把目光投向远处，等回过头来，眼里已经盈满泪水。然后妹子放下所有的坚强，和我抱头痛哭。她说她常常梦到又回到学校读书了，梦到老师同学围着她说这说那，梦到自己考了班上第一名。从前，妹子的学习成绩是非常好的。

哭过之后，妹子又会恢复快乐的天性，露出笑，嘴角带着倔强向上扬着。她说不相信我们家总是这么穷，说等我们都长大了，日子一定会好起来的。看着脸上挂着泪水笑着的妹子，我的心剧烈地疼痛起来，心中充满了深深的愧疚，却茫然无助。

妹子在山上除做农活外，养羊喂鸡，挖草药摘野果，凡是能挣钱的门道她都尝试，她的目的很单纯，挣钱还债，让家里的日子好起来。但也有很多不如意的事情发生，让她幼小的心灵承受巨大的打击。有一年，她喂的一只羊因为吃了毒草发病，当时父亲不在山上，她心急火燎地跑了几里地找来兽医给羊看病。医生给羊喂了药，却回天乏术。妹子眼睁睁地看着发病的羊死去，心疼地坐在地上痛哭。年幼的她不知怎么办，舍不得丢掉死去的羊，她用自行车把死去的羊驮下山，一路走一路哭。后来羊埋在了我家后院的果树下，她想起了就去树下看看，总是说："可惜了，可惜了。"

这件事过了两年后，妹子又遭受了一次更沉重的打击。那年，家里喂了一头黑牛，健壮无比，皮毛黑油油地发亮，拉车犁地是一把好手。妹子常常赶它到山上放牧。放牛的同时，妹子并不闲着，不是割草割麦就是砍柴挖药。这次她也没闲着，一边割草一边放牛，一不留神，黑牛跟着别人家的牛钻进了苜蓿地。牛吃草是没有分寸的，特别是遇到好吃的苜蓿或者庄稼，就会放开肚皮吃。这次黑牛吃多了，然后又跑到沟底喝了水，肚子一下子就胀起来了，鼓得高高的。妹子吓坏了，带着哭腔喊父亲，在山上锄地的父亲听到妹子的叫喊，赶紧拿了一根椿木棍子赶了过来。父亲把棍子插入黑牛的胃里，搅动着，黑牛的嘴角流出了很多白色的泡沫，但鼓胀的肚子并未消减。眼看黑牛的气息越来越微弱，父亲只得采取最后一招，他拿起割草的镰刀从黑牛肚子的一侧插了进去，血迅速冒了出来，同时草料和一些气体也跟着冒了出来。但黑牛最终没有活过来，胀死了！妹妹早已吓呆了，傻愣愣地看着父亲所做的一切。牛死了，妹子好像醒悟了过来，坐在黑牛旁又痛哭了一场，最后眼睁睁地看着一个"杀牛客"以八十元拉走了黑牛。

一年又一年，妹子在山上像其他老农一样日出而作日落而息，直到我上大学。我上大学的时候，已是90年代初，家里已不在山上种地了，于是妹子又随打工潮到西安打工。

如今，妹子已年过四十，以她那一贯乐观好强的性格和妹夫一起勤扒苦做，家里不但盖起了两层小洋楼，而且屋里自来水、太阳能热水器、电视、冰箱样样俱全。

正在上电脑培训班的妹子十分开心，她说她是他们班上学得最好的一个，最能学进去的一个，她还自嘲地说："我发现我还是很聪明的嘛！"她爱学习的天性什么时候也不会泯灭。

生活中，像妹子一样勤勤恳恳向着好日子奔的人还有许许多多，也许他们经历着生活给予他们的种种意想不到的磨难，但他们从不放弃，不放弃对美好生活的追求，不放弃对未来的希望。也许他们不知道什么是梦想，但他们一直活在梦想里，他们用语言无法表达的质朴甚至苦难，谱写心中最宏大的梦想。

# 青春之殇

二姨上初中了,她满心欢喜。虽然外公外婆愁云满面,她却看山是山、看水是水,那种愉快明媚任谁看了心都会柔软起来。

我和二姨也就是这个时候才熟络起来的,因为她常常到我家吃饭。学校离我家近,也离她家近,但她更爱到我家吃饭。母亲对这个妹妹是极爱的,不管什么时候来,家里有没有吃的,总不会让她饿着肚子。我记得很多个早晨,九点多快吃早饭的时候,二姨就从门里进来了,笑眯眯的。她的笑是温暖而纯净的,即使大冬天,也是如此灿烂。她并不多说话,每进门就叫一声"姐姐",母亲问她话,她微微一笑,用轻轻柔柔的声音回答,然后端着碗坐在锅眼门前的草墩上吃饭。

年芳十七八的二姨长得漂亮,来我家吃饭时碰上庄里的人,总有一些叔婶忍不住夸赞。我也爱看二姨,苗条的身材、圆圆的脸庞、大大的眼睛、深深的双眼皮,不说话从你身边走过,忍不住就会多看几眼。她的温婉却是最吸引我的,说话从不大声,笑眯眯地给我讲故事、读课文。看似纤纤弱弱的二姨,听说还是学校篮球队的主力,很受老师器重。这让我对二姨更多了一份仰慕。

二姨还常常到我家来住,晚上在煤油灯下给我读英语——才上一年级的我哪听得懂。但她仍爱读,她趴在炕上,圆圆的脸庞在摇曳的油灯下泛着亮光,额头搭着一两绺头发。其实她并不是读给我听的,她是在享受安静的夜里读书的快乐。我也并不怎么听,但对书上弯弯曲曲的字母感兴趣,我会缠着她问是什么,于是她给我讲英文里的故事。她也看我写作业,歪着脑袋看我一笔一画地写生字。我记得我们并没有多少话说,多数时候都是静静地看书,她看她的课本,我看我的课本。

后来,二姨来我家的次数少了,据母亲说是常常到我家来吃饭不大好意思,她知道我家也缺衣少吃。虽然母亲没嫌弃过她,她毕竟是一个知道害羞的姑娘了。

我去外婆家时仍能见到她,仍然那么温柔。我记得她和小姨带我去摘香椿,外婆家门前的香椿树在春天里发着诱人的芽,许多小孩子来采摘。在一群孩子中间,二姨的笑容舒展而活泼了很多,不像平时那么拘谨了。她举着长长的钩刀钩树上的香椿,钩下来就让我拿着,我忍不住拿了一根两根吃起来。她并不说我,仍然钩。

我和二姨一起去赶过集,但究竟是去乡场上买了什么记不得了,却记得和她一起愉快地走路的场景。应该是初春,塬上没有高的庄稼,正是中午,阳光也好,我们穿过麦田里的小径,看开始泛绿的麦苗。二姨是快乐的,她抬头朝远处望,一眼望穿了整个塬面,圆润的脸上有她那个年龄应有的朝气和憧憬。

最后一次见二姨,是在那一年的农历十一月,已进入隆冬。那天早饭后,太阳很暖,树影斑驳地画满院子,二姨说不用去上学,她要去街上。于是母亲给了她几元钱,让她扯些布回来缝衣服。二姨高高兴兴地接过钱,走到大门口了还回过头来冲我和母亲笑。

这个笑就这样永远定格了,从此后,我再也见不到二姨了,所有人都见不到二姨了。她,像谜一样消失在了一渠清水里!二姨的离去扯疼很多人的心,却并没有什么真相,这终究成了一个谜。这时我却知道二姨为什么常常爱在我家吃住——外公外婆长年在山庄上为一家八九口人的吃食劳作,二姨是没有爹娘照顾的孩子。

长姐如母,虽然母亲时不时管二姨的吃住,甚至为她缝制棉袄,终究贫困的家庭让母亲疲于应付。母亲常常自责,觉得二姨是从我家走了的,自己也有责任。村里的叔婶看见母亲也会念叨:"唉,多乖的女子,可惜了!"这更让母亲伤心难过。

等我上了初中,在二姨曾经坐过的教室读书时,在二姨曾经跑过的操场上打篮球时,在父亲不得已想让我辍学时,我终于明白了二姨所有的欢乐与痛苦。二姨,并不是当年我所看到的只有美好,她慎微的笑容里其实包含着很多无奈与凄凉。贫困,其实是限制了她当年追求理想的行动的,她也应该有过像我一样被迫辍学的困境,甚至她那么大的年龄才上初中也能想象到她要上学是多么艰难。只是她的离去,我却是无论如何也理解不了的。

/ 情之所至 /

# 木 匠

木匠是我母亲的姑父,我叫"姑爷",他常常背着大木箱子走村串户、走南闯北。箱子里有斧头、锯子、刨子、锉刀、木尺、墨斗……木匠用这些家什给人家打犁、盖房、做家具,做着做着,木匠就成了方圆几十里的名人。

木匠在别人家干活我没见过,只听母亲常说:"人家确实是有手艺呢!"表示他的木工活不是一般的好。木匠长得高高瘦瘦,背却不怎么直,感觉人老是朝前佝着,十有八九是他那个大大的木箱子压弯的。

木匠给我家干活时,我首先感觉到的是他的好脾气,他时常乐呵呵的,边干活边与父亲母亲闲谈。也有不说话的时候,那时候他的专注力全在木头上。实际上木工活是特费力气的,推、刨、砍、拉、锉、钉,样样工序有技巧,更得有力气。我也听说很多人想学这手艺,终究吃不下苦半途而废。

木匠已给人做了几十年木工,无论技巧还是力气,都锻炼出来了,所以看木匠干活,更像欣赏艺术家创作作品。木匠在我家院子做活时,我常常站在旁边看。那时有暖阳,木匠在父亲搬来的一堆木头中间忙碌,他的影子在一堆木头上弯弯扭扭地移动。木匠把木头掰扯来掰扯去,瞅瞅这个、瞧瞧那个,然后告诉父亲,这个能做什么,那个能做什么。

木匠挑好木头,拿出墨斗,抽出墨线,让父亲把线头固定在木头的一端,然后他拿着墨斗顺着木头走,墨线一点一点从墨斗里抽出，跟着木匠走。走到木头另一端，他把墨线压在木头上，蹲下身子，眯上一只眼，从墨线的这一头看向那一头，看准了，用拇指食指提起墨线，又松开，"嘣"一下，木头上便有了一根黑线，黑线边缘还带了墨汁弹出的黑须子。遇着画短线和打点的，木匠拿着三角尺子比画，用木签蘸上墨汁画。线条在一根木头上横着竖着画，长着短着画，画出木匠想要的样子。然后他把木头垫高，拿了锯子，一只脚蹬着地，一只脚踩着木头，锯子沿着墨线嘶啦嘶啦地上下拉扯，锯末扬扬洒洒地从锯缝里飘散下来。一会儿，木匠的额头上有了汗珠子，父亲赶紧上前帮忙，坐在地上拉锯子的另一头。

大多数时候父亲是帮不上忙的，比如木匠推刨子时，比如木匠锉榫卯时，比如木匠钉钉子时……木匠把刨子唰——唰——地从木头的这一头推向那一头，刨花卷儿从刨子上端冒出来，后浪推前浪，落到地上，地上堆满了刨花卷儿。木匠把一根木头推得四棱上线，木头表面光滑得能照镜子，上面的花纹回旋，颜色深深浅浅，很是好看。刨花卷儿也是很好看的，木匠不看，只有我喜欢。刨花卷儿洁白柔软，蓬松地挤成一堆，我拾了刨花卷儿，要么戴在手指上，要么把卷儿拉直又看它卷上。刨花卷儿没有什么用处的，只能拿来烧火，我就爱把它们抱到灶房去。木匠又锉榫卯，跨坐在木头上，一点一点锉，锉得仔细小心，时而用手刨刨木屑，时而用嘴吹吹木屑。木匠又钉钉子，从钉盒里撮两三颗，嘴上叼一两颗，手里正咚咚地钉着一颗。

木匠累了会坐下休息一会儿，喝一杯水，吃一支烟。他嘴上叼着纸烟，一只眼睛好像仍然在看墨线，时不时眯一下。木匠到底在看远处呢还是在思考，我不得而知，总之这时候木匠应该是悠闲的。

木匠在院子里推推刨刨、敲敲打打，我家就有了桌子、凳子、柜子……要什么家具就有什么家具。

木匠还为我家盖过房。盖房子是庞大的工程，木匠在我家院子里忙活了很多时日，后来那些大梁、小椽、门窗……就整整齐齐地码在院子里了。立木那一天，木匠立在高高的房顶上把控全局，指挥一众人把人字形大梁吊上房顶；把五根檩子搭起来；把小椽一根一根排上去。木匠在房顶的木头和墙头上走来走去，指指画画，这儿敲敲那儿打打，大梁就稳稳地立起来了。一条条火红的被面子挂在大梁上，梁上"某年某月某日上梁"的毛笔字清晰可见。鞭炮噼里啪啦响起来时，木匠在房顶背着手站个八字，笑眯眯地看着。

父亲说木匠给我家盖房时少算了十个工，一天算一个工，值二块五。那是1985年。

木匠手艺了得，却没有传给他的孩子，他用自己的手艺供出了两个"公家人"儿子。也许木匠觉得木工饭吃得太辛苦，所以不想让儿子们步他后尘。听说木匠得了职业病，腰椎不好。我去看过木匠，那时他已被儿子接去大城市里生活，背仍然有些驼，精神却很好。木匠到底闲不住，听说还会捡些小木工活做。大城市里是没有人请他盖房子上大梁了，木匠看着城市里的高楼大厦，仍然会眯眼睛，他应该想起了乡村里那些经他手盖起的土木、砖木结构的房子。

所以，木匠隔一段时间就会回老家来看一看，他应该是看村庄里的房子，看房子里的家具。

# 老先生

"老先生,给我写个对联。"每年春节前,老先生门前总有一些村民,两手抄在袖筒里,胳肢窝夹着红纸,找先生写字。先生有求必应,高高兴兴拿出笔墨,把纸铺在堂屋的桌子上,大笔挥舞几下,一副对联就成了。来人像先生写字一样也高高兴兴,两手提着对联走了。

庄里有两位老先生让我记忆深刻。一位是我本家长辈,我叫他伯,我的爷爷和他的父亲是亲兄弟。另一位与我家没有什么亲缘关系,与我说的话却还比本家伯伯多一些。

叫他们先生,必然因为他们当过先生。我伯是念过高中的,爷爷说他曾赶着毛驴往学校给伯送过吃食。在那个识文断字的人较少的年代,作为高中生的伯就被"提拔重用"了。听说先是教书,后来还当过教育上的小官,再后来又被水利上的人看中,去兰州工作过一段时间。灾荒年,靠伯那点供应粮食显然养不活一家五六口人,人饿得遭不住,就丢了工作拖家带口回了董坊塬。

我能记事时,他已是和父亲一样的庄稼汉,却并没见他做过多少农活,常常是他的孩子们在地里忙活。伯个子高,也有和他很相熟的人叫他"大个子",但他的"大个子"是与魁梧沾不上边的,人虽然高大,背却弯着,走路极慢。而且他走路的姿势在我看来很是怪异,背直不起来,头便努力往上看,两只手不由自主地朝后甩着。头没有抬上去,倒像朝前伸着,步子又挪得慢,这样看来,走路的姿势像一只高大的鸭子在踱步。伯的话也极少，至少我没听过他说几句话，更没见过他大声斥责过他的孩子们。我常常想，这样一个木讷的人，是如何当先生教书的呢？

伯的字写得极好，性格又温和，人缘也就不差。那时候，只要过年，母亲就早早裁好红纸，打发我和弟弟妹妹找伯去写对联。伯一家住在老屋，我们下一段小坡，就到了伯的院子，院里一排窑洞古旧而破烂，窑洞前却盖了一座看着很阔气的石木结构的房。房檐台用了很多石料堆砌，很高，房子就高高在上，伯常常在这阔气的大房里写对联。这就让我想起父亲曾说，我们的祖上也曾是大户人家。伯并不说话，接了我们拿的红纸铺在木桌上，研墨提笔，弯下他那本就不大直的背，极认真地写，写好了交给我们，看我们提着对联出门。

虽然不常和伯说话，每次看见伯，他总要提一下神，深深的眼窝里也似有亮光，大概是对我这个读书的孩子有殷殷的期望。

另一位老先生却是活泼一些，按辈分我叫他"爷"，父母常常以他家孩子的名字呼他——碎豆他爹。我没见过他教书时的模样，我记得他时，他也是一个地地道道的农民了。我记得我和母亲找他写过对联，老先生很热情，笑呵呵地拿出笔墨，毛笔在砚台上蘸来蘸去，蘸得饱满而尖锐，然后手肘上提，笔尖稳稳地落在红纸上。不出几分钟，字写好了，我和母亲拿了对联欢喜地走了，却听得他的老伴在身后嘟囔着不满。毕竟写对联不挣一分钱，还要搭上笔墨。

我还在读高中，老先生和老伴在地里干完活打我家门前路过，刚好碰上我在大门外立着，就露出笑呵呵的脸，停步把肩上的锄头或者铁锨放下来挂在胸前，花白的头发在风里微微动着。他问我在学校的学习、生活。我却是很害羞的，问一句答一句，并不主动和他交谈，甚至盼望他少问些话，早点离开。先生并不自觉，直说到他急性子的老伴催促，才扛着锄头或者铁锨踟蹰离去。教书先生大概干活都不大在行，我常常看到先生的老伴干活比他多，比他麻利，也就常常听到他老伴的嘟囔声。我考上大学，暑假里，再碰上他，他脸上笑得更灿烂了，话也更多了，还有些激动，仿佛自己的孩子考上了大学回来了。直问我问到无话可问，才心满意足地离去。

虽然我和老先生们不大亲近，但我一直觉得他们与庄里的其他人不同，他们提笔写字的动作里透着我所仰慕的内涵，说不清楚是什么，却温暖而高尚。想来，是他们身上透着的儒雅，谦和而沉稳，以一种无形的书香之气区别于庄里的其他农人。于是我也曾买了笔墨，偷偷学了一段时间毛笔字，终究羞于请教老先生们，没练出什么名堂，半途而废。

后来我走出村庄，很少回家，也就很少见到老先生们了。我记得最后一次见我伯，是我参加工作几年后。去看他时，他的精神已大不如前，半蹲半蹴在炕上，看见我进门，身子努力端直一些，脸上浮出一丝不大显眼的笑意，深深的眼窝又亮了一下。仍然不怎么说话，只听我们说。另一位老先生——碎豆他爹，我却是再也没见过。如今他们都已是地底下的人了，但他们和他们的字，一定有人和我一样记得。

# 醉在故乡

# 与光阴一起老去的女人

我是在家乡高崖中学的门前不经意听到她的名字的——景金惠。彼时我正和家乡的几个友人从千阳县城一路游玩到此地。高崖,千阳最远的、位于大山深处的乡镇。有人提议去看看她,说她是一位老支书,退休多年了。我仍然淡淡地应着,一起去看看吧——是那种陪友人礼节性地去拜访老熟人的感觉。然同行的一位友人接下来的介绍让我的某根神经剧烈地跳了一下!我的情绪就像友人说话的语气一样,突然提高了八度——景金惠是临近县城的千川人,因不满媒妁之言,为逃避没有感情的婚姻出走,辗转落脚此地。从此,她的青春一路颠沛流离,在沧桑岁月中老在了大山深处。

彼时,高崖中学门前的一排白杨树两两交错,直钻蓝天,叶子在风中猎猎舒展。我看到白杨树干上深深浅浅皲裂的树皮呈现出一棵树的老态。此时有人正在感叹:原来这些树都很纤细的,现在长这么大了。一个人,多像一棵树,无论你曾经有多么宏大的梦想,曾经多么努力,最终一定被种在自己无法预知的时空里,以一种自认为清醒的状态,走过或多或少夹裹着迷茫和遗憾的一生。

去拜访她的心境竟然有些忐忑。有人说她老了,老得双腿弯曲,行走不便;有人说她还精神,说话口齿清晰。我脑子里交替出现着充满活力的姑娘和踟蹰蹒跚的老人形象。我的思维似乎在描述一个性格执拗的姑娘长长的一生。我似乎能望得见她过去火一样跳跃着的青春光影在这山山水水里灵动。此时阳光温暖而不灼热,田野娴静而安详。她,应该安静地坐在光阴里,或者昏昏欲睡,或者浊眼迷离。

踩着铺满黄土的路逐坡而上,那些老旧的土屋破墙渐渐清晰起来。景金惠就住在这个还保留着20世纪五六十年代风格的老院子里。时光似乎倒流,四合院的格局里,土墙褐瓦的房子斑驳陆离,晾晒玉米的木头棚架如森林般密集,冒着些绿意的树枝在院子四周的屋顶上散着。那只钻在炕洞里的狗把头露在炕洞外,表情之宁静、目光之淡然,让人惊讶,它都懒得抬头看一眼突然造访的陌生人。鲜红的对联和黄褐色的门神却显得醒目,于是散淡的时光稍稍活跃了一些。景金惠住在这个地方,当是和这样的时光一样安静了。

没有料到的是景金惠并不在家,也联系不上。她的儿子,一个看起来符合高崖性格的汉子,讷讷地笑着,像这里的时光一样讪讪地、慢慢地行走。他带我们去看他娘住的地方。屋子里的陈设颇让我讶异了一下!没有想象中的那么寒酸,是苦涩中带着温暖,温暖中带着苦涩的那种味道。土炕符合旧农村的特点,锅碗瓢盆带着农村人的习惯,她就如一个普普通通的农家老太太,按部就班地过着农家老太太的生活。让我吃惊的是墙上的画,财神爷对面挂着历届国家领导人的画像。那"万众一心,众志成城,为全面建成小康社会而奋斗"和"财神到"的文字让我对这个老人的心性似乎更了解了一些。她最终没有逃出婚姻的藩篱,却坚持了心底的净土;她屈就于生活的困境,却没有沉沦于现实的残酷;她一边奋力抗争,一边委曲求全。其实,谁又不是在理想与现实之间采取一些折中的生活态度呢?

同行的友人说,景金惠年轻时是一个漂亮而能干的女人,本有好的工作和前程,只因想逃避婚姻,先在草碧镇当会计,后主动要求到高崖工作,当了村支部书记,这一当便当到了退休,曾经获得省劳模、三八红旗手等荣誉称号。无论出于什么样的原因，她却是在支部书记的岗位上用自己的热血为一代高崖人奉献了青春。也许她没有意识到什么是奉献，只是一步一步走着自己的路，一步一步走出了自己的路，但没有坚韧的毅力，是无论如何都走不动的。人，无论处于什么样的环境之下，始终不沉沦，始终积极地活着，便是伟大的。我似乎看到一个年轻姑娘奔波在这村落的土路上，风风火火、热烈向阳；我又似乎看到一位古稀老人，蹒跚着走进村委会，想讨一张报纸，却被一个年轻人推出门外。

我们等了等，始终没等到她，心中却并不急于见她了。我绕着院子漫步，看老旧的院落在淡淡的阳光下安详着，就如看到她在阳光下安详着。我想，见了她她会说些什么呢？见了她我会与她说些什么呢？我要见的这个人，已然从友人的叙述和这旧院落里立了起来，无论见与不见，她都留在了我的心底。

再见，景金惠，在那座遥远的深山里，请以你自有的方式，活着自有的生活。

/ 醉在故乡 /

# 静在高崖的风尘里

出千阳城,沿着宝平公路北上,我们朝高崖的方向奔去。高崖,位于千阳县最北端,与甘肃接壤,东邻麟游、凤翔。一路的顺畅可以用丝滑来形容,是那种在蜿蜒的绸带上随波逐流逆水而上的感觉。

空气里夹带着晨风的薄凉与暖阳的温热,二者竟然不能中和,泾渭分明地凉着和热着。这是故乡特有的气候。透过车窗,先是塬上的景致在公路两旁高的白杨和矮的苹果树上晾晒,那种宽广的铺展延伸到目光的尽头,便是蓝天了。渐行渐深,起伏的山丘开始替代平塬,渐浓的植被起起伏伏,时不时被裸露的黄土打岔。在这条路上走着走着,便静谧到说话的声音都似滴进了大海,悄无声息。

遇到那几棵光秃着枝丫立在路旁的土槐时,我着实被它们宏大的气势震撼。高大的身躯,遒劲的枝干,细如血管的疏枝,在蓝天白云下透着博大的空旷。弯弯曲曲一直伸展到高空的粗干与细细密密织在粗干之上的枝条如此生动地勾勾画画,成就一幅自然天成的水墨画。那高枝上的鸟窝,一定勾起了每个人温暖的记忆。此时并不见鸟儿的踪影,我却想起了老家屋檐下的燕子,那童年淡淡的时光悠然浸入此时。或者,时光恍然回到了从前,那恬静中的愉悦,一模一样。

继续前行,目光依然被这层峦叠嶂之上的清幽吸引。那一沟一沟的大绿之中,深深浅浅、层层叠叠,翠绿与墨绿交融,淡黄

221

与土褐相间，雪白与粉红映衬。或者，我并不能说尽其中的色彩，却能清晰地看出这沟岭纵横之下的色彩透着毛茸茸的醇厚。这幅画，已然是水彩浓郁的国画，那线条里深藏着这一方水土孕育出的清冷与纯净。一路走来，我有意无意会忽略掉印上现代痕迹的人文景观——忘忧谷也罢，白杨寨也好，甚至"一岭分泾渭"之代表当地特色的玉米、核桃、黑娃雕塑景观，也只带给了我浮光掠影式的片刻欢愉，我更愿意立在沟边，看一看目之所及的自然风光。比如，那一株远远地泛着嫩嫩的浅黄色的核桃树；比如，那一株顶着满头雪白的杜李；比如，那一株光秃秃立在坡顶上的还没发芽的土槐树……这才是高崖之最质朴的风景。它们，会深入一个人的内心，用生动而朴实的意象触动灵魂深处的乡愁。

真正到了高崖，却并不见"崖"，所谓一个人掉下崖到三周年的时候还没掉到崖底的传说不攻自破。我看到的是暖润的阳光里，两面山挟制下顺川而行的田园风光，一畦一畦的玉米尚在塑料薄膜之下，看不清它们是否发芽，白黄相间，却实实在在形成了一道风景。一块地里，一个老农正在平整土地，他一丝不苟的样子像极了我的父亲，那动作与神态几十年来一成不变。田坎上的蒲公英正举着白伞摇曳，旷野里的小蒜正绿着缨缨招展，桐花紫成喇叭成串成串，焦叶伸着嫩尖吐露清香……

古镇上，却是如此崭新，新居丛生，旧居稀缺。樱花正艳，开在街道的两边。还好依旧是大山深处的古镇，没有喧闹，仍然宁静。三三两两的人影晃动，在淡淡的阳光下散发着淡淡的生气。

我一如既往地选择忽略现代元素，白墙褐瓦的新民居让我感受到新农村的崭新和新农民的幸福生活。可我更钟情于那土土的旧院落。立在院里，时光静了下来，不再移动，闲散幽静到不知魏晋。那院里的老农用纯朴而生涩的眼光打量我们，用热情而朴实的话语绘着他们自有的生活。庄稼只种玉米，户口依然不增不减，人口不多不少，外出打工的人并不多。这倒把我给聊糊涂了，让我觉得很是诧异！一直以为在时代大背景下，高崖这样偏远的村落更应该成为"孤村"才符合现实，老人的话语却让我疑惑，是我的判断错了还是老人的思维停滞在过去？但这儿的慢生活是一定的，像这位老人说话的语速一样不急不忙，不喧不躁。

狗在野猪场的院子里吠叫时，鸡鸣也一声两声地穿插进来。"二牛耕地跨两省，鸡鸣一声闻三县"，不光是说高崖的地理位置，我以为更描绘了高崖恬静优雅的田园风光。这时太阳正烈，那棚架上金黄的玉米棒子肥肥地占了半边天地，闪着黄色的光泽。那带着野性的圈养野猪在圈里扑腾着、吼叫着，却让整个世界安静下来。你看远的山、近的树；你听远的风、近的声，那田园里的静透明着、清亮着。一棵树如此之高大，高过房顶几丈；山墙上的白羊皮撑得很展，趴得如此周正；树影婆娑处，光阴摇摆，一个朗朗的晴空下天地如此宽阔，时空如此浑厚，心中似乎可以放空一切，只享受此刻的空灵与宁静。

落在高崖的风尘里，只享受这静。这静，唯有在这大山深处保持了原始的纯。不问春暖，不问花开，只为这始终不变的风尘里的静。

## 苹果花开

塬上的苹果花开了，在我回家的春季，故乡各种各样的花儿在塬上渐次开放。就在黄的红的紫的蓝的花色当中，那白的苹果花占据了半壁江山，在千阳县董坊塬我家门前的沃野上规规矩矩地开着，它们是所有的花儿当中最正规的品种，横平竖直地铺排在蓝天白云下。

那是隔了几十年的重逢。我努力回忆曾经与苹果花相处的时日。

那时我还小，我家崖背有一片苹果园，属于生产队的。那一片园子在几个梯田一样的地块上分布着，梯田各自独立又相互牵依，一台一台从最高处渐次落下来，形成一个错落有致的果园。园子里的苹果树虽然不高大，但枝杈展开来也能形成一个相对较大的树冠，一株一株均匀地排在地里。我并不知这些苹果树是什么时候种植的，看树皮却有些老，因为主干和支干上布满皲裂凸起的黑斑。

有些年份，果园被看护得很好，从苹果树开花起我们便不能随便进园子了，我们远远地看着翠绿的苹果园一天天膨胀起来，想念着渐渐长大的果子。园子是开放式的，没有围墙和围栏，四周还有麦田围绕，于是每天下午四五点，我常常看到有人在果园周围的麦田除草或者在果园的田埂上割青草，人的影子弯在一片碧绿里，映在了染着晚霞的光影里。借了这样的机遇，有大人小孩也能趁护园子的人不注意偷得一两个半生的果子尝鲜。

在苹果园不被重视的年份，这里才真正成了孩子们的乐园。我记得我在一棵苹果树上爬上爬下，把苹果树的枝干溜得光滑，那些黑色的斑痕都收起了生涩的棱角。其实每一根树干都被孩子们溜得光滑了，孩子们欢乐的童语顺着这些光滑在枝枝叶叶上荡漾。花儿一朵一朵，白白地绽放在树上，坐在枝杈上透过枝叶和花儿看蓝天，顺着风的思路遐想，忘了日月，不问年华。望着树下一地雪白染着黄土的花瓣生怜。如今想起来，那一片天地是如何的明澈与透亮。花瓣飘零，果子渐生，一天一天，不过拇指大小，树上竟然就找不到几个了。因为从果子冒出花尖，我们便从中抠出食用。每天在果园过滤一遍，总有一些收获，有一次我竟然在孩子们过滤了无数遍的园子里摘到一个鸡蛋大小的苹果，那种喜悦无法言表，我把它捧在手中像宝贝一样舍不得咬一口。

后来，果园不知什么时候消失了，在我不知情的情况下。那种老旧的果树也许真应该退休了。只记得后来在那片田地里还摘过青皮核桃，同样地在核桃仁还半水半仁时摘了来吃，染黑了手嘴，却没吃出多少核桃的味道。

时隔多年后，已是家庭联产承包责任制实行的年月，响应政策，家家户户种起了苹果，我家屋后也种了一片，此时的苹果树没有了老态，那么年轻地在农人们的希望里茁壮地成长。于是看花开花落，看果青果红，吃苹果也再不是难事了。吃着吃着，苹果树又一棵棵被砍了，零散的没有多少技术含量的种植并没有给农民带来多少实惠，在看似热闹的经济繁荣背后，是不能可持续发展的忧虑与无奈。苹果树，以壮士断腕的决绝，从我的村庄整片消失，剩下零星的几棵在人们的念想里断断续续地挣扎了一阵，最终和星星点点的苹果花一起飘零，不见了踪影。

我在南方常常吃着北方的苹果时，已是几十年后。一个个红的或青的苹果从城市的商场走出来，走进我城市里的家，苹果似乎就是城市生产出来的，不带一丝乡间泥土的气息。苹果园更是遥远，甚至想象不出果园的样子，那满园的白终究停留在了孩童时代。

再一次看到苹果园在村庄铺天盖地地伸展，是这些年的事。我并不能确切地知道塬上的苹果园是什么时候发展起来的，只记得是一年的夏天和下一年的春天，苹果园如此浩瀚地在塬上呈现出不同的景致。此时的苹果园彻底颠覆了我关于苹果树的记忆，那一株株纤细的果树依着一个个水泥桩，一行一行地列在地里，没有树冠，单薄无比。这，就是新技术培育出来的矮砧苹果。正如父亲感叹的那样，我也感叹，这么小小的一株树怎么就能结果呢？然而它实实在在地结着丰硕的果实。一个夏天的午后，我信步走进了村里新植的那片果园。此时夕阳染红了半边天，那一片果园摊在田野里，与周围空旷的麦茬地和浓密的玉米地相掩映，在夕阳中如此梦幻，如此丰厚。微风拂叶而过，叶片上的点点金光闪闪烁烁，那乡间里的纯朴新鲜便清冷冷地透了出来。我看见一棵棵果树上挂着一个个用纸包着的果子时，却是如此的不适应，不由得想起了城市里货架上的苹果。我须得近前去仔细瞧一瞧这包在纸里的果子，看看它与曾经裸露在树枝上野长的果子有什么不同。当一个光滑得近乎完美的果子露出来时，我真的被现代技术的魅力折服！我留恋曾经飘着天然野性的香果，我也接受顺应时代精耕细作造就的新果。这就像长江后浪推前浪的衍生更迭，使世界欣欣然地向前。

苹果花却真是时隔几十年后的邂逅。春天到了，我又一次走进苹果园时，花儿正开得施施然。这个春天，塬上一片葱绿，蓝天白云透过热烈的阳光映照下来，把田野拉得如此宽阔博大，远处一排排树影给天与地画了个分界线，近处的麦子厚实地绿着，身孕沉重，嫩嫩的麦芒细细密密地指向天空。苹果园被包围其中，绿中泛白，远远看去更像一片棉田。苹果树依然纤纤弱弱，叶子和花儿却是如此精神。那叶片脉络清晰，叶边齿印规则，微卷着,围绕在一朵朵花儿的周围。这个时候的苹果花正是百样神态尽现,紧紧包着的蓓蕾粉嫩地红着,红中泛着淡淡的白,上面的脉络如皮肤上的毛细血管一样布着;半开半合的花儿,外层花瓣仍然红红地绽开,露出了里层雪白的花瓣,那半开不合的状态多像一位害羞的姑娘;全然开放的花儿已然像棉花一样全身雪白了,淡黄的花蕊点缀在中心,亭亭玉立、落落大方。

我在这片苹果园里有些沉醉,这是多少年不曾感受的时光?新农村日新月异的变化沧海桑田、物换星移,但那浸染在骨子里的乡情是一定没有变的,所以才会让远离故乡的游子望穿秋水、魂牵梦萦。

苹果花开,又一个清明的春天在故乡绚丽。

## 千湖雨韵

与千湖的相遇,纯属一场意外。那是多年前的一个夏天,很久没回老家的我回乡探亲,顺便去看望多年未见的初中同学。老同学在千阳农贸市场做些针线活的小生意,见到我格外高兴。一起吃完饭后,老同学说:"走,去千湖湿地公园耍。"彼时,天还下着蒙蒙细雨。

说起千湖湿地公园,我的印象停留在每次路过千河时看到的"千湖国家湿地公园"的大牌子上。但不知为什么,并没有进去看一看的欲望——许是时间太紧,许是千湖在我的概念中应该就是我上高中时常常去耍的冯家山水库。

但老同学的兴致很高,如数家珍般说起了公园的美好,竟勾起了我前往探寻的欲望,于是邀约了大人小孩一行七八人浩浩荡荡地向公园进发。从千河大桥往冯家山水库方向走去,我们穿越的是现代而不乏乡土气息的民居集聚区。一排排白墙褐瓦的民居,头顶红色的太阳能热水器,掩映在一片绿色中,透着湿漉漉的清纯。垂柳依小路而立,被细密的雨水清洗得低眉顺眼。更有我叫不上名字的其他绿树,带着垂在发梢的水珠,清亮地绽放属于自己的妩媚。小路含着绿的情韵,携着雨的温柔,一直延伸,直至消失在薄雾的那头。这是一片宁静的天地,宁静到让你愿意带着微笑驻留在这里。

不知不觉走进了杨树林,这些杨树应该是新植的,纤细而挺拔,虽然罩在雨雾中,不及在艳阳下闪着金光神气,却也别有一番藏在骨子里的深沉。穿杨树林而过的，是我们正在漫步的橘红色廊桥，廊桥也是湿漉漉的，载着我们一行人的欢声笑语，蜿蜒曲折。身边的游人不知什么时候渐渐多了起来，于是热闹随行而至，游人一边嬉戏打闹，一边谈东论西。孩子们已经闹疯了，在廊桥上跑上跑下，或在相机前抢镜头，或捡一片树叶把玩，或以雨水打湿的脸庞"卖萌"。我也不知不觉放下了大人的矜持，脱下鞋子光脚在廊桥上奔跑，享受雨的盛宴。此刻，尘世的疲惫被洗涤一空，只剩这纯净的简单快乐。

穿过一片杨树林，越过一片水草地，廊桥又连接上了景区的小路。因为是第一次来，也因为景区还在建设之中，并不知道自己游玩到了什么地方，只感觉一路向东，朝曾经玩耍过的冯家山水库而去。一路上，已经修建好的和正在修建的亭台楼榭不时出现，"秦风民俗园""亲水湾""奇石园""竹林探幽""冰清玉洁"等标牌随时映入眼帘。因为入园的随性，我们的游览也是随性的，到了哪儿就看哪儿，眼前有什么就欣赏什么。

在秦风民俗园，给我感动的是那台石碾子和水车。石碾子记录着我们这一代人多少的苦难和乐趣！看到它，小时候家家户户排队等石碾子碾吃食的景象不觉浮现在眼前。连石碾子周围的麦草垛、杂树、荒草都让人感到那么亲切温暖——我们曾经的家园就是这个样子。水车，于我来说则带有浪漫色彩了，因为我的家乡在塬上，并不是水乡之地，所以没有用过水车，但当它从书本中浪漫地走到现实中，还是令我愉悦和感动。

进入向日葵园时，我有些恍惚，这是我家屋后的向日葵园吗？我想起了小时候爷爷在我家屋后种的那片向日葵。那时候，我觉得爷爷种下的是一个童话世界。有多少年没看见过向日葵了？我真记不起来了。这片向日葵虽然沐浴在细雨中，虽然还没有完全成熟，虽然圆盘的花边湿漉漉地一绺一绺拧着，但它散发出来的浓浓乡愁，却是这般让人揪心。

不知不觉来到了千湖边上，眼前忽然开阔起来。抬眼望去，一湖碧水烟雨蒙蒙。远看水面平静如镜，近观则见细波闪烁，泛着花纹，如巧手的女人绣织的锦缎。整个湖面在轻雾的笼罩下透着一些梦幻，与层层叠叠的远山相映成趣，勾画出碧水连天的美景。

收回远游的视线，看这近处的沙滩，那种美妙是用孩子们的欢喜来证明的。别具风格的沙雕有的像城堡，有的像动物，在丝丝细雨中别有一番大西北沙漠的味道。再看那湖边的棵棵椰树，一下子又仿佛来到了热带海滨，似乎能享受到冲浪的体验。金鸡独立的天鹅虽然只是一种人工造型，却也平添了湖色秀美，更是孩子们宠爱的对象。

在那年夏天的雨中，千湖湿地公园突然就在我的脑海中扎下了根，它真的承载了我许多的乡愁，叫我时时在梦中回到魂牵梦萦的故乡。

后来我了解到，千湖国家湿地公园是我国西北地区典型的黄土高原湿地，公园里还有各种珍贵的动植物和湿地鸟类、水禽等，具有很高的历史文化价值。我对它又多了一层深深的敬意。

如今，湿地公园已完全建成，它依托湿地景观、水禽景观、林海景观、文化景观和人文景观，已成为著名的旅游景区，但我始终没能再次前去领略它独特的魅力。

## 夕照书院

春光正好,不燥不闹、不媚不娇。这柔软得有些眩晕的时光,正熨帖在燕伋书院的简约梵净之上。

此时,我正与友人踩着夕阳的光影,推开虚掩的院门,缓步入院。院子就嵌在这山涧的半湾,面临千水的轻盈温柔,背靠千岭的浑厚深沉,于是一个"采菊东篱下,悠然见南山"的纯明世界静静地绽开来,拥你入怀。

此时,夕阳晕染着薄薄的云彩,淡淡地洒下来,西面的一壁高崖投下厚重的阴影,倒在尚显稚嫩的一田翠绿里。那一棵一棵我叫不上名字的小树,弱风扶柳,却焕发着勃勃生机。

此时,我们隐在这崖下的阴影里,顺一排古旧的窑洞而行。窑洞有些残败,透出曾经的人间烟火,是如此清晰,你能看见端着大老碗的老汉吃面,能看见围着围腰的老婆扫地,还能看见一群孩童在窑洞前的院子里酣玩。几串爬山虎顺崖而下,翠生生地蔓延开来。

踏上石磨盘铺就的小径,一颠一跳朝书院的正屋走去,有了孩童般的喜悦。圆圆的石磨上,凿痕纹理清晰、纵横盘旋,与两旁硕大的鹅卵石和青葱的矮草相映成趣,有了童话般的诗意。石碾子在右张望,水辘轳在左静立,木栅栏上的草藤冒着新绿。书院小屋却有些现代而单薄,似无法承载这淡然的景致。

进得书院小屋,书香扑面而来。书架和书桌上随意而有些散乱的书籍,与算盘、石窝、笔墨纸砚混放在一起。透进窗户的夕阳如此之热烈，明暗有度地把书架书桌折射成书香暗涌的维度。另一侧的茶厅座椅、书画展板、匾额古物，布满了有限的空间，没觉得拥挤，倒多了些厚实——这小屋单薄的是形态，醇厚的是内涵。恍然有了古代山居闲士的雅适之感，似主人随意而闲淡地生活在自然中，随遇而安、超然世外。书香正浓，茶韵悠长，"谦谦君子，卑以自牧也"。

看作家陈忠实所题的"燕伋书院"几个大字时，那墨迹里闲士的影子更浓重了起来。居在农家小院写书的陈忠实与两千五百年前在坊间教书育人的燕伋竟然以这种方式完美地重叠了起来。相距几千年的对话，把千阳一隅小小的书院历练成传承历史血脉的净土。在这一方天地里，一页页纸墨记录文明，一口口水瓮盛装过往，一对对石锤打磨岁月……似乎时光的长河在书院缓缓流淌，不徐不疾，恒久绵长。

坐下来吧，坐在那把我看了很久的小竹椅上，坐在那面朴厚的木茶桌前，沐着这春日里的夕阳，啜饮茶香里的书香。抬头，看一看山岭之上或深或浅，或浓或淡的新绿，看这新绿正以怎样的勃发，逐着暖暖的阳光奔放；转身，看一看千湖，透过那一片迷蒙，看千湖横卧川里，披着云霞、携着悠远，浩浩然川流不息。

夕阳仍然绚烂，书院依旧泛着静幽的闲适。这田园里的书香，以最质朴的澄澈，以最丰润的厚重，蹲在千湖之畔、千岭脚下，守着祖辈耕耘的故土，绵延秦人的血脉。

## 梧桐树下

　　这是我离开学校二十多年后的一个秋日午后，我和老同学玉霞走在去千阳中学的小路上。小路仍是旧时模样，切开了千川这一片田地，北边一大片辽阔地铺展出去，南边一小块靠着千河。绿却是一样的，有绿绿的庄稼，绿绿的蔬菜，不很丰茂，带着午后阳光下的慵懒。重新走在这条凹凸不平的土路上，心里忽地被某种情绪填满，久别重逢的熟悉与亲切竟滋生出淡淡的惆怅——我终究是远离故土的人，故乡的一切，于我都是久远的。

　　学校定是有了一些变化，大门变成了推拉门，"千阳中学"的校牌由大门上方移到了大门右下角，红底黄字倒也气派。

　　正是国庆放假，校园很静，这正合我意。不知怎的，重回学校，心中生出些许怯意。我怕碰见学生，于那些学生来说，我是一个太陌生的造访者，必有生涩的目光；我也怕碰见老师，于老师来说，我不再是当年老师面前那个青涩的学生，半生归来人到中年，韶华已逝乡音渐变。而于我来说，我只是学校里走出去的孩子，归来自然而然，不应陌生相待。于是，我只想被时空忽略，静静地在这校园里走一走，捡拾曾经的似水流年。

　　这校园是与我相熟的，尽管旧貌换新颜，它骨子里穿越历史风尘，积淀书香岁月所透出的清悦，已深深地镌刻在我心中。老同学玉霞虽然未曾远离学校，毕业后一直教书，但重回千中，也有了莫名的兴奋。她总是热心地为我做向导，为我照相，好似要把学校的一切让我带走。看得出来，她对学校深深的眷恋并不比我少。我们一齐站在新校园里感叹,感叹岁月流逝青春不复,感叹新时代日新月异大好时光。

我们在欣欣向荣的校园里赏阅新生的物事,寻找老去的曾经。我们是被青春托起的梦想迎进校园的,那尊被高高托起的地球雕像,透着阳光,闪烁着执着向上的信念,校园的激情与活力瞬间漫上心头。青春追逐的梦想努力向上,成就了一届又一届莘莘学子走向无限广阔的天地。新的教学大楼靠千河矗立在夕阳里,云霞浩浩然渲染着深远的背景,纯净高洁的影像里,琅琅的读书声似乎正从楼上铺泻下来。我们在新教学楼前走来走去,看书亭飞檐翘角,风从亭子穿过,似有书生坐在亭子里挥袖吟诵;转头再看那教学楼,倒希望有熙熙攘攘的学生从教学楼里涌出来,慢慢扑散到校园的各处,活泼生动的校园图景一定会让人沉浸其中,重回少年。

校园依旧是寂静的,我们继续在各处闲逛,偶遇一两个人,并不认识,微微点头微笑,算打了招呼,却没了开始想象的那种生疏,把他们看作守护学校的老师或者家属,倒有了亲切感。走在校园的小径上,树影婆娑,枝条依依,清爽的心境一路蔓延。走过学校的雕像群,以燕伋为首的历代学者正翘首以盼,眼里似有对学生殷殷的期望;看喜报栏,"书香盈耳,含英咀华",一个个学子神采飞扬、展翅欲飞;那宽阔的塑胶操场,赏心悦目,气势令人振奋。

我终究是个怀旧的人,走到旧操场时,脑子里立刻生出了曾经的画面。在这儿,我们在沙土地上打篮球,在水泥台子上打乒乓球,在单杠上吊手臂……热闹的运动场上,人声鼎沸,尘土飞扬,一个个青春的身影跑着跳着,肆意挥洒着不知疲倦的活力。走到一排水龙头前,我们挤挤闹闹排队打开水的画面在脑海里弥漫开来。那沸腾的水灌满一个个水壶,溢出壶口,正顺水槽流淌。老同学玉霞说,这里应该是我们曾经的宿舍。那一排有些破旧的房子立马浮现在了眼前，宿舍前杂草萋萋，有些学生正把洗脸水泼将上去。那些木板床组成的大通铺、那些挂在墙上的馍馍笼笼、那些放在床脚下的瓶瓶罐罐……还有那些吵吵闹闹的吃喝玩耍，一股脑儿涌了出来，似乎触手可摸。那些生动的脸庞也跳跃着闪现，曾经的同学，你们可好？

一转身，旧的教学楼就立在身后，仍然坐北朝南，仍然是四层。我们拥挤着上教室，我们拥挤着下楼梯，我们曾经在这座教学楼上与老师一起手不释卷、苦心孤诣，争取自己最好的未来。这里曾经盛装着我们多少渴望与梦想。站立良久，心绪竟有些寂寥，看着一个个教室的门窗，似乎能望见同学翻书写字的样子，似乎能望见老师在讲台上讲课的身影，似乎能望见黑板上那一行行板书……我没有上楼去，没有推开那间艰苦奋斗了好几年的教室，欢乐也罢、艰苦也罢，都书写在了历史的岁月里，再也回不去了。

走出校园，太阳西沉，静默的阴影下，一条宽敞的马路直直地向北伸去，这条连通学校的大马路，与那条小路一样保持了旧时模样。只是两旁整齐而繁茂的梧桐使马路有了英武之气，那手掌大的叶片微微地摇摆着，精神向上。不由得想起了校园里"展翅苍穹逞英豪，笑傲翰林竞风流"的标语。站在梧桐树下，回望校园，心中生出了一些骄傲：我也是从千中走出来的。"凤凰鸣矣，于彼高岗。梧桐生矣，于彼朝阳"，从千中走出来的学子们，一定不负过去，不负未来。

## 那一湾夏荷

那一湾夏荷,是千阳千湖湿地的新宠,她优雅恬淡地嵌在朴素的两面青山之间,在蓝天白云的映照下,犹如不染风尘的仙女突然降临凡尘。于是,一种阳春白雪与下里巴人的和谐意境醉了这个夏日的午后。

我和同伴就是这样猝不及防地闯入了这一片天地。我惊诧于故乡竟然也有这般圣洁的荷花!于我来说,荷花一直以她精致的"雅"开在书中,她从《诗经》《乐府》、唐诗宋词一路走来,带着诗意,载着情志,绽放着异彩,渲染着我的梦幻。那种"江南可采莲,莲叶何田田""荷叶罗裙,芙蓉向脸,乱入池中,闻歌始觉"的采莲生活,像一幅画,一直珍藏在我的脑海中。直到在南方看了几次荷花,她才落入俗世,成为我心中实实在在的花仙子。

而在北方故乡,第一次看到这般精致优雅的荷花,我着实被她清雅的美感动了!甚至觉得我们像一群不小心踏入她领地的入侵者,偷窥了她的芳容,因为我看见朵朵荷花都微红着脸,仿佛要低下头去。

我们被这一湾荷花诱惑着,踩着夕阳的背影,渐行渐深。虽然荷池不大,竟也有曲径通幽之感。向东望去,荷池尽头青山连绵,苍翠满目;向西望去,荷池边缘夕阳正艳,彩霞迷幻。满池荷花就在这样一径浅浅的山湾中妩媚着,白中透粉,粉中透红,立于田田的荷叶之上,闪着梦幻般的色彩。荷田之中,有的荷花大开大放,有的荷花含苞待放,有的却已结了莲蓬。微风拂过,荷花似乎丢掉了羞怯，突然活泼起来：大开大放的，花瓣轻颤，好像一只展翅欲飞的蝴蝶，即刻就飞离荷池了；含苞待放的，在花茎之上摇头晃脑，也是要挣脱束缚似的；只有莲蓬最为踏实，绿的也罢，黄的也罢，只把那一捧莲子轻抖，好似与微风戏耍。我忍不住探下身子，与每一朵能亲近的荷花爱抚，与每一片能亲近的荷叶缠绵，只觉得心底柔软得想流泪。

就这样沉浸在这如诗如画的荷田里吧，用我们的笑靥如花与她媲美，用我们的玲珑笑声与她对话。我更愿意捡一片静默，立于离她一步之遥的树下，猜测朵朵荷花冰清玉洁的心事，打探低调而浓郁的片片荷叶之下潜藏的秘密。我融入荷的世界，用荷的心语清理纷繁生活中的丝丝缕缕，心便澄澈起来。我不想用"出淤泥而不染"来形容她，因为淤泥于她有恩，她也从未嫌弃过淤泥。荷与淤泥何尝不是一种相依相偎的情感呢？此刻，荷只属于每一个能读懂她心语的人。

不知什么时候，荷池的游人多了起来，每一位游人如我一样，对荷宠爱有加，或手抚荷花爱不释手，或手舞足蹈喜不自禁。我想，荷生在这样一个乡野之地，给予这片土地上的人们的不仅是视觉上的享受，更是心灵上的洗涤。人们应该和我一样，观荷赏景，心底便纯明得忘掉了俗世。

荷生在北方，也许并不奇，但于我来说，荷生于故乡这片土地上，这真是一个奇迹！我想这或许与千湖湿地这样一个环境有关吧，一定是这样！我曾于几年前的一个雨天领略过千湖湿地绰约的风姿，那时的它稚嫩而简单，而如今有了一种厚重的成熟。日渐茁壮的杨树、日渐浓密的翠竹、日渐清澈的湖水……无一不彰显着这一方水土自然生态的原始风貌。荷虽然"雅"，但她应该出生在这纯净的自然环境才符合她高洁的品性。

千湖湿地的荷，是故乡纯朴的热土里盛开出的奇迹，她寓意着在这片神奇的土地上，还会有许许多多的奇迹渐次诞生。

# 后 记

我是故乡的叛逃者。我爱故乡，也怕故乡，我无所适从，当有机会走出村庄时，我选择了远离故乡。一半是爱情，一半是幼稚。

董坊村，渭北旱城塬上的一个小村庄，没有走出这个小村庄的时候，村庄就是整个世界，在我的认知里，世界上的生活都如村庄里的生活一样。人们勤恳劳作，但缺衣少吃；人们质朴淳厚，也钩心斗角。乡亲们按自己的思维和方式生活着，无所谓对错，只关乎生存。

不幸的是，我家是庄里较穷的那一个，用我当时的眼光认定，确实是最穷的。"人穷志短"是有一定道理的，打那时起，我骨子里的自卑就在渐渐形成，怕见生人，怕和人说话。直到现在，我是不大会说话的，说话比较索然而不讨喜。然内心深处似乎又是自傲的，我不想被别人看不起，我想凭自己的努力改变家庭的命运。是的，就是改变家庭的命运。那时候，没有想过自己要过什么样的生活，就是想家里没有贷款，母亲有钱看病，弟弟妹妹有钱上学。于是我发奋读书，虽然读得磕磕绊绊，终归是在那个唯有"知识才能改变命运"的年代走了出来。可是，妹子没有读成书成了我心中最大的遗憾，也成了我心中的痛，当我能挣钱时，妹子已错过了读书的年纪。我对过去的生活是有怨的。

刚走出校门，来南方工作生活，依然意气风发，或者说，无知者无畏，一路向前，不知不觉就从花样年华走到了年过半百。

/ 后 记 /

这么多年在南方生活,加上当时交通不便,我几年才回一次家,村庄,渐渐在我的心里模糊了。突然有一天生出了"我是谁,我在哪儿,我要干什么"的念头,梦初醒的感觉,心中怅然、惭愧。原来我的人生是没有规划的,我被时间推着一步一步走,走到哪儿算哪儿。这么多年,故乡越来越陌生,我也好似没了根,又回到了当初无所适从的感觉。村庄的记忆开始清晰,或者说我开始疯狂地怀念村庄里的生活。也许怀念自始至终都在,只是自己不愿承认罢了,要不我怎么会写下这么多故乡的人和事?要不我为什么常常在梦里回到村庄?梦,纠缠了我近三十年。

年过半百,我终于敢于直面自己的内心,我曾经想逃离的地方成了我最怀念的地方,成了我回不去的过去。我想念我的家乡,想念那个小小的村庄。我想起了庄里老先生对我的谆谆教导,想起了庄里总端吃喝给我家的爷爷和婆婆,想起了庄里给我家借钱的乡亲们,也想起了小时候与玩伴一起玩耍的快乐。过去的生活是简单清苦的,是纯洁丰厚的。我想用我的笔替我自己、替乡亲们、替村庄,记下过去的岁月,记下曾经的时光,让精神回归。

我是村庄的孩子,出走半生,当落叶归根。

倪红艳
2024 年 9 月 12 日